JN093139

日本短歌行

〈小倉百人一首〉中文全訳

《編訳》安　四洋
ansiyang

風詠社

写在出版之前

公元 2020 年，似乎注定是不平凡的一年。年前岁尾，互联网同学群中有人问：明年会咋样？一句本极平常的话题，不知为何引起了笔者的兴趣。端详着 2020 这几个数字，总觉得有失衡之感，于是便不假思索地回贴说“不好。大凶之年。”谁知一语成谶。一场不明由来的“新冠”疫情，突然在武汉爆发，随后迅速蔓延，很快又波及到了世界各地。

一向无人问津的各种网群，骤然间活跃起来。一日，班群中网名“小米”（日语教授）同学发帖，介绍了中国人作日本古诗的一则消息，竟勾起笔者对小学时背过的一首“俳句”的回忆：“古池や　蛙飛び込む　水の音”（芭蕉）。随之，一股翻译的冲动莫名涌来。但思忖片刻，尝试落实到文字时，又觉得无从下手。感觉“俳句”文字太少，如直译成：“古池，蛙跳，水声。”，仅仅六个字，虽不能说不是诗，但读起来，似难意达于人，甚至会有索然无味之感？

据说，中国最早的古诗还有 8 个字，即：“断竹，续竹，飞土，逐穴。”（见《弹歌》）；再后有：“土反其宅，水归其壑，昆虫毋作，草木归其泽。”（见《腊辞》），已是 17 个字了。到《击壤》时，又增加到 23 个字，即：“日出而作，日入而息。凿井而饮，耕田而食，帝力于我何有哉。”。至于《诗经》，更是长篇频出，娓娓道来。

这似乎说明，年代越后，越需要更多文字，以表达人们愈加复杂的情感。于是，笔者试着依原韵译成：“月下古池塘，忽见有蛙跃身跳，水击一声响”。诗意一看便知，似无需注释了。但此贴一出，同学们纷纷质疑：你如何知道是在月下？此言一出，如同一瓢冷水兜头浇下，顿时感觉狼狈不堪（笑）。情急之下，忽然想起昔日小学校对面的水稻田里，往往在放学的黄昏时分，时常可见有蛙跳跃，满身翠绿，煞是好看。为取佐证，笔者急忙上网检索，竟欣喜地发现，蛙类动物确实是在傍晚或夜间出来活动，情景吻合。难怪一到夜晚，总能“听取蛙声一片”了。（见辛弃疾《西江月.

夜行黄沙道中》)。

日语有“調子に乗る”一词，似可形容笔者当时的心情。不如趁着疫情期间，翻译几首日本古诗，也不枉学日语一场。于是便找来《小仓百人一首》准备尝试。这多半是因为，《百人一首》比较有名，又没有著作权问题，似可免去许多麻烦。古代哲人说“祸兮福之所倚”，此言确实不虚。不过坦率地说，笔者并没有什么文学诗作功底，孩童时背过的几首诗，如“噫吁嚱，危乎高哉”..，蚕丛及鱼凫，开国何茫然...’云云，也是家姐教习，好奇背背而已。偶尔兴起，诵上几句，也不知所云，更不解其意。

俗语说“磨刀不误砍柴工”；古语也说“凡事豫则立，不豫则废。”于是在“喜马拉雅”的助力下，什么“诗经”“离骚”，“乐府”“古体”，“五言”“七言”，外加“唐诗”“宋词”，《西厢记》《牡丹亭》亦不放过，统统灌之入耳，终日播放，反复咀嚼。终于在自觉有些心得，足够“风骚”时，便跃跃欲试了。

译文具体落实到哪种中国诗体上，是个颇费心思的事情。笔者几经尝试，试译几首发出，投石问路，寻求意见。如“阿倍仲麻吕”的名作：“天の原　ふりさけ見れば　春日なる　三笠の山に　出でし月かも”。中译文五言为：“举目望长天，皓月当空悬，遥想春日野，三笠共婵娟。”；七言为：“极目远眺夜长天，碧空衔海月高悬，遥想故乡春日野，三笠山上月儿圆。”；原字韵为：“抬眼望夜空，海天一色月明中，遥想春日野，三笠山上月更明，归心悠悠似云行。”

对此，前述小米同学复贴说：五言更符合国人欣赏习惯。专家之言必有道理。因此，笔者在每首译文中，即用七言，也有五言，一并列出。总体感觉，五言字数偏少，似意犹未尽？七言可即解诗意，但似缺乏想象空间？

此外，另一难题莫过于翻译女诗人的作品。《百人一首》中共选入 21 位女诗人（含女性天皇）诗作。如何把握女性特点，揣摩其心理，使译文更接近作者本意，确是一大挑战。

“车到山前必有路”。一日突发奇想：何不在女同学中征集？但不知何故，帖子发出后，应者寥寥。正在一筹莫展之时，幸得杜红雁（艳）同学的友好响应，笔者大喜过望。

这位杜同学要特别提一下。她竟是堂堂共和国开国将军之女。说“竟是”不免失礼，但确是笔者的真实感受。要知道在当今的世道中，一块假招牌，足以混迹于世，搅得风生水起。而笔者与杜同学虽多年同窗，却是50余年后才得知此事。可见其为人之谦逊，品格之高尚，令人肃然起敬。而且文笔也好。百忙之中，友情贡献出5首译文。其中，周防内侍（女）所作：“春の夜の　夢ばかりなる　手枕に　かひなく立たむ　名こそ惜しけり。”她的译文是：“春宵苦短梦初醒，帘后软榻醉卧庭，手枕轻触情已乱，又恐身外世俗名。”把女诗人内敛柔美的特性，复杂的心理活动，表现得淋漓尽致，为本书大为增色。谨在此向杜同学表示由衷的谢意。

千百年前的古诗，如何得以原貌流传至今，是笔者常想到的问题。遍观《小仓百人一首》，可知大部分是在诗会上发表，且有现场记录，存档可查的，原汁原味，似无大问题。这与凭借歌妓传唱，后人收集整理，难以断定本来面貌的诗文相比，有大不同。可见，在追究原态及其真实性方面，古代日本文化人似乎更加偏执。也为今人能够领略到古人的原始诗作，提供了基本保障。

在此，还要非常感谢风见治子女士，没有她帮助介绍日本“風咏社“出版社，也不会有小书的问世。因此，还要特别感谢“風咏社”的大衫社长及参与者同仁。他们不厌其烦地，为本书的出版尽心尽责，常使笔者大为感动。

回想起来，“新冠”已成“旧冠”，且持续3年有余。疫情翌年的清明，笔者曾写了：“又到清明时，不见雨纷纷，匆匆行路人，掩面泪如奔”：第2年又发帖：“新冠何时灭？　残酒对明月，月公不作答，疑似黯垂泪”。文字罗列，并无诗意，但似乎只有如此，才聊以表达笔者的内心感受。相信我们“忧伤的星球”终能渡过此劫，顺利迈向“第四密度”的未来（见《一的法则》）。

最后笔者想说，本为文学素人，日语亦非母语，译文难免有误。希望读者及日语同道，不吝赐教，大力斧正为盼。另外容说，本书译文均为原译（创），如有雷同，纯属巧合，望乞周知。

联系邮箱：ansiyangansiyang@163.com

译作者：安四洋

2023年9月30日子时许

目 次

用语索引

第 1 首原文：秋の田の　かりほのいほの　苫を粗み
我が衣手は　露に濡れつつ
天智天皇

日文平假名：あきのたの　かりほのいほの　とまをあらみ
わがころもでは　つゆにぬれつつ
てんぢてんのう

第 1 首中译文：（之一）秋田又黄稻谷熟，小憩农家看秋篷，
苫草粗编寒露透，悄然打湿吾衣袖。
安四洋原译

（之二）秋田稻谷熟，小憩看秋篷，
苫草寒露透，打湿吾衣袖。
安四洋原译

作者简介：

作者天智天皇是日本第 38 代天皇（在位：661-672）。其父为第 34 代舒明天皇（在位：628-642），母为第 35 代皇极天皇（在位：642-645）；娶倭姬王（古人大兄之女）为皇后，有子女：大友皇子，大田皇女，菟野皇女（即持統天皇），建皇子，川島皇子，御名部皇女，阿閉皇女（即元明天皇），志貴皇子等，属正统皇室一族。

作者在作太子时，人称“中大兄皇子”。日本大化元年（645）与藤原鎌足（又名“中臣镰足”）等人合谋，发动宫廷政变，打到了当时的宫中权贵“蘇我蝦夷”和“蘇我入鹿”父子等人（史称“乙巳之变”）。后在叔父第 36 代孝德天皇（在位：645-655）即位后，以皇太子身份积极参与新政改革。期间颁布了《改新之诏》，在日本实施一系列变革（史称“大化改新”）。新政仿照中国唐朝政体，旨在确立以天皇为君主的中央集权国体，即“律令制”体制，使日本成为真正意义上的封建王权国家。

大化改新期间，日本曾依朝鲜半岛“百济国”的请求，派援军协助抗击唐朝与新罗国联军的进攻，结果在朝鲜半岛“白村江之役”中大败，铩羽而归。作者于天智 6 年（667）将国都从奈良飞鸟（今奈良市明日香村）迁至近江“大津宫”（今滋賀県大津市）。翌年，正式即位日本第 38 代天皇。随之，颁布日本第一部国家法典《近江令》。继而，于天智 9 年（670 庚午）2 月制定了《庚午年籍》户籍法，建立起日本最早的全国户籍制度。是日本家喻户晓的重要历史人物。

据古史记载，作者天资聪颖，文才出众，时有“和歌”（日本诗歌）佳作创作问世。在古史《日本書紀》和古诗集《万叶集》中，就收录有作者的诗歌作品 4 首。此外，在《后撰和歌集》，《新古今和歌集》，《玉叶和歌集》和《新千载和歌集》等“勅撰和歌集”中，还各收录有 1 首。总计有 8 首诗作流传至今。

本诗简说：

本诗选自《後撰和歌集》秋部中・第 302 首。据说，在某个晚秋之日，作者在宫中花园漫步，偶见花瓣上有凝水露珠，便自言自语道“这深秋时节的露水，打在农人的衣衫上，一定又湿又冷吧”。于是有感而发，就有了这首诗。

名词释义：

1. 和歌　日本古有的詩歌形態，又称“倭歌”或“大和歌”。据研究，日本最早的古诗集《万葉集》中提到的“和歌”，原本是“唱和诗歌”之意。后逐步演变为，有别于中国漢詩的日本式诗歌的概念。“和歌”也有称“国歌”的，意指古代日本各地方国的诗歌。日本早期的“和歌”，其范围涵盖長歌，短歌，旋頭歌，佛足石歌体，混本歌等多种诗体形態，故也有日本诗歌总称的含义。平安時代（794-1192）以后，“和歌”中的短歌逐渐成为主流诗体，其它如長歌，旋頭歌等，则统归为“雑体”诗一类。直到近現代，在日本除短歌以外的其它诗体，几乎已经无人采用了。

2. 日本最古老和歌　日文原文：“八雲立つ　出雲八重垣　妻ごみに

八重垣作る　その八重垣”（安四洋原译：八雲起出雲，吾建八重宮，垣墙围八重，爱妻居其中。）据传说，这首和歌是“須佐之男命”神（日本众神之一）所作，始见于和銅5年（712）由“太安万侶”編纂的日本首部古史《古事記》中。传说“須佐之男命”神降临人间后，斩杀了地上凶恶的“八俣大蛇”，救出神女“櫛名田比売”，将其迎娶为妻，并在出雲須賀之地（今島根県）建造一座宮殿，以作新居。这首和歌就是“須佐之男命”神在决定建造宮殿时，即兴创作吟咏的诗作。后世将和歌又称作“八雲”之歌，将“和歌道”称作“八雲道”，皆源于此。

3.《万叶集》 日本最早的诗歌总集，共20卷，收录有自公元4世纪至8世纪中叶的日本诗歌，共4500余首。关于《万叶集》的成书年代和编撰者，历来众说纷纭。一般认为，是大伴家持（717-785）于公元8世纪后半叶，最终完成的。

4. 勅撰和歌集 平安时代（794-1192）至室町时代（1336-1573）期间，由天皇或太上皇敕令编辑的全部和歌诗集之总称。时间从延喜5年（905）编撰的《古今和歌集》开始，至永享11年（1439）的《新续古今和歌集》为止，在长达534年间，共编撰了21部集，通称“二十一代集”。入集诗人約3000人，收录诗歌作品3万5000余首。

二十一代集分别是：1.《古今和歌集》，2.《後撰和歌集》，3.《拾遺和歌集》（以上又称“三代集”），4.《後拾遺和歌集》，5.《金葉和歌集》，6.《詞花和歌集》，7.《千載和歌集》，8.《新古今和歌集》（以上又称“八代集”），9.《新勅撰和歌集》，10《続後撰和歌集》，11.《続古今和歌集》，12.《続拾遺和歌集》，13.《新後撰和歌集》，14.《玉葉和歌集》，15.《続千載和歌集》，16.《続後拾遺和歌集》，17.《風雅和歌集》，18.《新千載和歌集》，19.《新拾遺和歌集》，20.《新後拾遺和歌集》，21.《新続古今和歌集》（以上又称“十三代集”）。

5.《後撰和歌集》 日本第2部“勅撰和歌集”。本集是奉第62代村上天皇（在位：946-967）圣旨編纂而成。体裁仿照第1部《古今和歌集》，分别由春部，夏部，秋部，冬部，恋部，雑部，離別部等构成，共有 20 卷，收录诗歌总数为 1425 首。

6.**《新古今和歌集》** 日本第 8 部“勅撰和歌集”，共 20 卷，成书于鎌倉时代（1185-1333）初期。本集由“後鳥羽院”（太上皇）下令，源通具，藤原有家，藤原定家，藤原家隆，藤原雅経和寂蓮等人参与编撰而成。与以往不同的是，本集由“後鳥羽院”（太上皇）亲自参与编写，其中的序言和“詞書”（诗歌简介）部分，也是依照院本人的立場书写的。因此，被认为是日本第一部親撰体诗歌集。

7.**《玉叶和歌集》** 日本第 14 部“勅撰和歌集”，共 20 卷。由“伏見院”（太上皇）降院宣，“京極為兼”等人编撰，公元 1312 年前后成书，收入诗歌約 2800 首。

8.**《新千载和歌集》** 日本第 18 部“勅撰和歌集”。由“后光严天皇”（在位：1352-1371）下令编撰而成，作者“二条为定”。本集没有序言部分。内容分为：春上下编，夏，秋上下编，冬，离别，羇旅，神祇，恋一二三四五编，杂上中下编，哀伤和庆贺等各部类。据说，本集是参照《千载和歌集》和《续千载和歌集》的形式编著而成，最大特色是，所收作品多偏重于简单易懂的歌风。

9.**律令制** 也称“律令体制”或“律令国家”，指古代日本的中央集权制国家政体。律一般指刑法，令指行政法。日本的律令，据说是仿效中国唐朝的法律体系所制定。其核心是：集天皇君主制，行政官僚制，土地国有制，以及文書管理制为一体的国家体制。

10.**古人大兄** “古人大兄皇子”之略称。其父为舒明天皇，母为“苏我马子”之女“苏我法提郎媛”：異母兄弟有：中大兄皇子（即天智天皇）和大海人皇子（即天武天皇）。

第 2 首原文：春過ぎて　夏来にけらし　白妙の
衣干すてふ　天の香具山
持統天皇（女）

日文平假名：はるすぎて　なつきにけらし　しろたへの
ころもほすてふ　あまのかぐやま
じとうてんのう

第 2 首中译文：（之一）又是春去夏日来，远眺天降香具山，
古风悠悠今尚在，白衣璨璨挂山前。
安四洋原译

（之二）春去夏复来，远眺香具山，
古风今犹在，白衣晾山前。
安四洋原译

作者简介：

持統天皇，女性，日本第 41 代天皇（在位：686-679），也是日本史上第 3 位女性天皇。即位前称“鸕野讃良皇女”。其父为第 38 代天智天皇（在位：626-671），母为“蘇我倉山田石川麻呂”之女遠智娘。嫁于叔父大海人皇子（即天武天皇）为妻，生草壁皇子。天武天皇（第 40 代天皇，在位：672-686）即位后，曾以皇后身份问政辅政。天武天皇去世后，继承皇位，成为日本第 41 代天皇。随之，颁布并严格实施新法《飛鳥浄御原令》，进一步完备和强化戸籍制度，大力推行“班田収授法”；即位后第 8 年（694），仿照唐朝长安洛阳的宫殿建筑风格，在今日本奈良县橿原市，建造起一座富丽堂皇的宫殿“藤原宫”，作为新皇宫。后不久，于公元 696 年将皇位禅让给嫡孫，即第 42 代文武天皇（在位：697-707），本人则成为日本史上第一位太上皇。大宝 2 年（702）12 月崩御，终年 58 歳。

作者在皇位期间，曾降旨“藤原不比等”等人编撰法律文集《大宝律令》，为后来奈良時代（710-794）的国家政体奠定了法律基础，是一位颇有作为的女性天皇。又据日本古史《持統称制前紀》记载，持统“天皇深沈且大度”，才学卓越，喜好文墨，尤擅和歌创作，被誉为“万叶诗人”。日本古诗集《万葉集》中收录作者诗作有 4 首。据学者考证，本篇作品和天武天皇驾崩時的 3 首“挽歌”诗，可以确定为是作者本人所作。

本诗简说：

本诗选自《新古今和歌集》夏部·第 175 首。据说，一天作者登上皇城，眺望東南方，远见香具山，心情舒畅，诗兴盎然，于是咏成此诗。本诗被认为是日本古代诗作的名篇之一。

名词释义：

1. 香具山　此山位于今奈良県橿原市，在古代传说中，被视为天降神山。据说，日本众神之一的“甘橿明神”，为检验世人言行之真偽，只要看在香具山上神水里浸泡过的衣裳，经晾晒后是否呈现白色，就可一目了然。白色表示为人真诚，言行一致，值得信赖。因此，当时的日本人，每到春季来临之时，都要把用楮麻编织的衣服（即“白妙之衣”），挂在香具山前晾晒呈白色，以证明自己的人格人品。后逐渐成为古代日本人“山岳信仰”的对象，流行有时。

2. 班田收授法　日本律令制下的土地国有法，主要为防止土地过度集中于少数人，確保国家租税收入而制定。其概要即：国家租给每人一定面积的田地耕作，待收成后按每 1 段地（約 12 公亩）收稲谷 1 束 5 把，作为国家税赋上缴。租户死後，田地收公，再行分配。据说，此法是参照唐朝的“均田法”所制定。

3. 藤原京　日本飛鳥時代（593-710）的都城，位于今奈良県橿原市明日香村一带，三面环山，从宫城可眺望香具山。“藤原京”作为日本京城的时间为：持統 8 年（694）始至 710 年，历经持統，文武，元明等 3 朝天皇时期，前后共 16 年。据考证，“藤原京”宫城单边长度約 1 公里，城中建有大極殿，朝堂院，以及天皇后宫居所等建筑施設；都城整体规划，采用中国唐都的“条坊制”布局。是日本第一座真正意义上的国都和皇宫建筑。

4. 藤原不比等　日本律令制初期的著名政治家。父为藤原鎌足（即中臣镰足），母为“車持国子”之女“与志古娘”（一说：天智天皇之遺女）。文武 4 年（700），“藤原不比等”接受天皇勅令，与“刑部親王”等人共同編纂《大宝律令》。后又参与《養老律令》的編制。和銅元年（708）官至正二品右大臣。死后追贈正一品太政大臣，謚号文忠公。

5.《大宝律令》　日本第一部法律文集。于大宝元年（701）完成编制，共 17 卷。其中律（即刑法）有 6 卷，令（即行政法民法等）有 11 卷。

6.《新古今和歌集》　日本第 8 部“勅撰和歌集”。建仁元年（1201）由第 82 代后鸟羽天皇（在位:1183-1198）主持编修，元久 2 年（1205）大体完成。后又经后鸟羽天皇亲自删补修改，于建保 4 年（1216）最终完成。诗集共收录和歌 1979 首，内容分为 12 部类：即春歌，夏歌，秋歌，冬歌，贺歌，哀伤歌，离别歌，羁旅歌，恋歌，杂歌，神祇歌和释教歌等。

第 3 首原文：足引きの　山鳥の尾の　しだり尾の
長々し夜を　ひとりかも寝む
柿本人麻呂

日文平假名：あしびきの　やまどりのをの　しだりをの
ながながしよを　ひとりかもねむ
かきのもとひとまろ

第 3 首中译文：（之一）深山野雉尾长长，晚秋风寒夜茫茫，
不堪夜长胜尾长，孤寂独眠黯神伤。
安四洋原译

（之二）野雉尾长长，秋夜晚风凉，

不堪夜更长，孤眠黯神伤。

安四洋原译

作者简介：

柿本人麻呂是日本著名的宫廷诗人，具体生卒年及父母情况不详。据推测，当生于大化元年（645）前後。唯一记载作者生平的确切史料，只有《万葉集》一部书。其中记载：作者作为宫廷诗人，曾奉职于第 41 代持统天皇（女性，在位：686-697）和第 42 代文武天皇（在位：697-707）等两朝天皇。

作者诗才罕见，作品甚丰，一生创作了许多优秀诗篇。其中有明确年代记载的有：持統 3 年（689）为“草壁皇子”逝世所作的“挽歌”诗；持統 4 年（690）2 月伴驾天皇巡幸吉野时的即兴诗；翌年 9 月川島皇子（天智天皇之次子）病逝时，在殯宮所作的献给其妃子瀬部皇女（天武天皇之女）的“哀婉歌”（诗）。还有：持統 6 年 3 月写给“妹”（即恋人）的情诗；同年冬季，随軽皇子狩猎时所作的“安騎野遊猟歌”等。特别值得一提的是，持統 10 年（696）7 月为高市皇子病逝所作的长篇“挽歌”诗，被认为是《万葉集》中最辉煌的雄編巨作，自古评价甚高，影响至今。作者在持統天皇禅让後的文武 4 年（700）4 月，为皇女“明日香”之死所作的“挽歌”诗，是生前有明确记载的最後一首诗作。

据说，作者尤其擅长“挽歌”（哀悼诗）和“相闻歌”（唱和诗）的创作，留下了大量作品，在《万叶集》中就收录有 80 首之多；在“二十一代集”中共收录诗作达 260 首。本人后人选日本“三十六歌仙”之一。

作者被后世尊崇为“至高别格之歌人”和“和歌之神”。《万叶集》编撰者大伴家持，甚至称“倭歌学之道”为“山柿之門”（见《万葉集》卷 17）。紀貫之则称作者为“歌圣”（诗圣）（见《古今和歌集》仮名序）；著名诗人藤原俊成称其为“超時代歌聖”（见《古来風躰抄》）。可见作者诗坛地位之崇高以及对后世影响之大。据说，神亀元年（724）在“石見国”

（今島根県西部）曾建有“高津人麻呂神社”（即“柿本人麻呂神社”）一座，供奉着作者不逝的灵魂。

本诗简说：

本诗选自《拾遺和歌集》恋部 3・第 773 首。据说作者曾暗恋天皇身边的一位侍女，但苦于无法见面，直接表达爱慕之情，于是就写下这首诗，以表露心境。

名词释义：

1. 日本长尾雉　据说这种鸟类习性特别，一到夜晚，雄雌各自分开休憩。

2. 草壁皇子　天武天皇与皇后“鸕野讚良”（即持統天皇）所生之子。曾娶天智天皇之女（持統天皇之異母妹）阿陪皇女为妃。

3. 軽皇子　第 36 代孝德天皇（在位：645-655）之别名（一说：第 42 代文武天皇之名，汉字写作“珂瑠皇子”）。曾参与中大兄皇子与中臣镰足发动的“乙巳之变”。

4. 安騎之野遊猟　一首由 5 篇长短诗歌组成的赞美诗。持統 3 年（689），作者曾随“草壁皇子”去安騎之野（地名）狩猎。后再次奉命随行其子“軽皇子”，为追懷亡父，又去同一地点狩猎。回京后即创作了这组诗歌。全诗共 5 首，其中长歌 1 首，短歌 4 首，全部用汉字书写。其中一首抄录如下：题目《天皇游猟内野之时中皇命使間人連老獻歌》，诗文“八隅知之　我大王乃　朝庭　取撫賜　夕庭　伊縁立之　御執乃　梓弓之　奈加弭乃　音為奈利　朝猟尓　今立須良思　暮猟尓　今他田渚良之　御執〈能〉〈梓〉弓之　奈加弭乃　音為奈里”。

5. 三十六歌仙　指平安時代（794-1192）中期，由藤原公任等人编撰的诗集《三十六人家集》中入选的 36 位诗人。他（她）们分别是：1. 柿本人麿，2. 紀貫之，3. 凡河内躬恒，4. 伊勢，5. 大伴家持，6. 山部赤人，7. 在原業平，8. 遍昭，9. 素性，10. 紀友則，11. 猿丸大夫，

12. 小野小町（女），13. 藤原兼輔，14. 藤原朝忠，15. 藤原敦忠，16. 藤原高光，17. 源公忠，18. 壬生忠岑，19. 斎宮女御（女），20. 大中臣頼基，21. 藤原敏行，22. 源重之，23. 源宗于，24. 源信明，25. 藤原清正，26. 源順，27. 藤原興風，28. 清原元輔，29. 坂上是則，30. 藤原元真，31. 小大君，32. 藤原仲文，33. 大中臣能宣，34. 壬生忠見，35. 平兼盛，36. 中務（女）。

6. 紀貫之　平安时代（794-1192）初期的“和歌圣手”，著名随笔作家。其诗风独具，自成一体，被认为是日本“三十六歌仙”中最有才华的诗人，被尊崇为诗圣。延喜 5 年（905）曾奉第 60 代醍醐天皇（在位：897-930）之命，参与日本首部“勅撰和歌集”即《古今和歌集》的编撰。此外，还著有日本最早的诗论著作《古今和歌集序》和《土佐日记》一部。在日本诗歌文学史上，占有极其重要的地位。

7. 藤原俊成　平安时代（794-1192）后期的著名歌人，藤原道长之玄孙，藤原俊忠之子。因幼年丧父，曾被鸟羽法皇（出家后的鸟羽天皇）的政治顾问藤原显赖收养为子，用名“显”。晚年出家，取法名释阿。作者是日本诗坛“幽玄”之风的倡导者，也是《千载和歌集》的编者之一。据评论说，其诗风绮丽温婉，清新雅致，别具风韵。

第 4 首原文：田子の浦に　うち出でて見れば　白妙の
富士の高嶺に　雪は降りつつ
山部赤人
日文平假名：たごのうらに　うちいでてみれば　しろたへの
ふじのたかねに　ゆきはふりつつ
やまべのあかひと

第 4 首中译文：（之一）信步踱出田子浦，悠然抬首望远方，

富士山峰白茫茫，大雪纷飞漫天舞。

安四洋原译

（之二）步出田子浦，悠然望远方，

富士山高岭，降雪白茫茫。

安四洋原译

作者简介：

山部赤人，具体生卒年不详，生前经历亦不甚明了。据推测，当是奈良时代（710-794）初期的宫廷诗人。曾作过下級官吏，先后侍奉过日本第 43 代元明天皇（女性，在位：707-715），第 44 代元正天皇（女性，在位：715-724），以及第 45 代圣武天皇（在位：724-749）等 3 位天皇。

作者虽官职不高，但经常伴驾天皇左右，随行御驾巡幸。如：神亀元年（724）的"紀伊国"（今和歌山県，三重県）巡幸；同 2 年的吉野（今奈良県南部）和難波（今大阪府大阪市）巡幸；同年的"播磨国"（今兵庫県南部）巡幸，天平 6 年（734）和天平 8 年的再度吉野，難波等地巡幸。所到之处，创作了许多讃美诗和风土诗。足迹遍布日本广大地区。如："伊予国"（今愛媛県）的温泉风景地，传说中的勝鹿真間神水井旁，风光迤逦的田子浦海滨等名胜之地，创作出许多吟咏大自然的优秀诗篇。据学者考证，目前已知作者确切创作年代的诗作，均为圣武天皇时期（724-749）所作。

《万葉集》中收录作者的诗作有：長歌 13 首，短歌 37 首；《三十六人和歌集》中有专辑《赤人集》一卷，均为作者作品。可见作者在诗坛上的特殊地位。此外，人选各部"勅撰和歌集"的诗作约有 50 余首。

作者自古以来，与柿本人麻呂並称为"日本歌仙"。据说，大伴家持所说的"山柿之門"中的"山"，指的就是作者姓名中的"山"字（一说：山上憶良之"山"）。紀貫之对作者的诗作也有很高评价，称之为"日本歌聖”。本人后入选日本“三十六歌仙”之一。

本诗简说：

本诗选自《新古今和歌集》冬部・第 675 首。据说，一次作者在伴驾天皇巡幸“骏河国”（今静冈县）时，途中有人看到远处的富士山，白雪皑皑，雪花飞舞，就对作者说：“写一首诗歌献给圣上吧”，于是就有了这首即兴诗。

名词释义：

1. **田子浦**　指日本駿河湾西线一带（今静岡県海湾，古称“田子浦”），位于富士山南側，风光迤逦，景色宜人，是著名的旅游观光之地。

2. **奈良时代**　日本古代史上的一个重要时期，即公元 710 年至 794 年之间。具体指：日本第 43 代元明天皇（女性，在位：710-715）迁都至“平城京”（今奈良市），到第 50 代桓武天皇（在位：781-806）再次迁都至“平安京”（今京都）为止的 84 年时间。

第 5 首原文：奥山に　紅葉踏みわけ　鳴く鹿の
声聞く時ぞ　秋悲しき
猿丸大夫

日文平假名：おくやまに　もみぢふみわけ　なくしかの
こゑきくときぞ　あきはかなしき
さるまるだゆう

第 5 首中译文：（之一）深山茂林何所觅，霜打红叶乱铺地，
忽闻呦呦踏鹿鸣，更觉瑟瑟悲秋意。
安四洋原译

（之二）深山林更密，霜楓乱铺地，

呦呦踏鹿鸣，瑟瑟悲秋意。

安四洋原译

作者简介：

猿丸大夫，生卒年不详，关于其生平事迹，有各种说法。日本《古今和歌集》真名序中说，是“大友黒主之哥，古猿丸大夫之次也”；《猿丸大夫集》後记中说，是“元慶以往人也”（即日本元慶元年暨公元877年以后之人）；还有学者认为，作者也许根本就不存在，诸说纷出，不一而足。《古今和歌集》在收录本诗时，特别加注说“作者不知”。尽管如此，在藤原公任编撰的《小仓百人一首》中，仍认为本诗是作者所作，还在其编撰的另一部诗集《三十六人撰》中收录了“猿丸秀歌”3首，坚持认为作者是真实存在的。著名诗论家鴨長明，在诗歌論著《無名抄》中也曾提到：在“田上的曽束（今滋賀県大津市）有猿丸太夫之墓。”另外，在今京都府宇治田原町与滋賀県大津市交界处的逢坂関附近，建有“猿丸神社”一座，或可作为作者真实存在的佐证。

作者生前诗作，后收录在哪些诗集中，一直说法不一。平安时代（794-1185）末期的《三十六人歌仙伝》猿丸大夫条目中记载“臨延喜御宇被撰古今。集之日件大夫多載彼集”之语，意即：醍醐天皇延喜年间，在编撰《古今和歌集》时，选入猿丸大夫的多首诗作。另外，在《袋草紙》一书中有：《古今和歌集》中的“《猿丸大夫集》专辑所収诗歌，均为作者不详之作”之语。由此可知，当时在选取作者诗作入集时，都是以“作者不详”论之。据此，有研究者认为，按此推论，作者入选的作品应有：《猿丸大夫集》和《古今和歌集》中的18首，加上出典不明的2首，共計20首。此外，作者还著有家集《猿丸集》一部，收录自作和歌50余首。本人后入选日本“三十六歌仙”之一。

本诗简说：

本诗选自《古今和歌集》秋部上・第 215 首。据说，这是作者在一次“是贞亲王”府邸举办的秋日赛诗会上吟诵的，表达了诗人的悲秋之情。

名词释义：

1. 平安时代　日本古代史的一个时期，始于公元 794 年第 50 代桓武天皇（在位：781-806）迁都至“平安京”（京都），到源頼朝建立武士政权镰仓幕府（1185-1192）为止，历时近 400 年。

2.《古今和歌集》　平安時代（794-1192）前期，由第 60 代醍醐天皇（在位：897-930）降旨，紀友則，紀貫之，凡河内躬恒，以及壬生忠岑等人編纂的“勅撰和歌集”之一，共有 20 卷，前后耗时 10 年，收録各类诗歌約 1100 首，是古代日本诗歌的集大成之作。

3. 是贞亲王　日本第 58 代光孝天皇（在位：884-887）之子，宇多天皇之兄长。貞観 12 年被赐“源朝臣”姓氏。寛平 3 年（891）成为親王。曾历任朝官：左近衛中将，大宰帥等职。最终官阶为三品。

第 6 首原文：かささぎの　渡せる橋に　おく霜の
白きを見れば　夜ぞふけにける
中納言家持

日文平假名：かささぎの　わたせるはしに　おくしもの
しろきをみれば　よぞふけにける
ちゅうなごんやかもち

第 6 首中译文：（之一）宫院桥栏霜露白，更觉夜深星河璨，
牛郎织女今相见？宫桥鹊桥遥相连。
安四洋原译

（之二）**宫桥霜露白，夜深星河璨，**

牛郎织女见？宫鹊桥相连。

安四洋原译

作者简介：

中納言家持（718-785），本名大伴家持。父名大伴旅人，母亲情况不详（一说是“多治比氏”）。因其父曾官任“中纳言”一职，故人称作者为“中纳言家持”，以示尊重；武士家族出身，族人长期侍奉朝廷，家世绵长，门第显赫。第45代圣武天皇（在位：724-749）时期，作者曾历任：中務大輔，左中弁，左京大夫，以及衛門督等朝廷要職。后荣任参議，参与朝廷議政。期间，曾一度被怀疑与一起宫廷政变有牵连而被革职，但很快又恢复了名誉。后任“中纳言兼东宫大夫持节征夷将军”（官阶正三品），参与拟订征討日本北方夷族“蝦夷人”的作战計画。

作者是《万叶集》的编撰者，学识渊博，才华超群。少年时期，就善作诗歌，曾与“坂上郎女”（姑母）等女诗人互有诗作贈答。天平11年，因原配妻室亡故，作咏《悲傷亡妾歌》，以深切缅怀；后娶坂上郎女之女“大嬢”为妻室。神亀4年（728）冬，作者随官升“大宰帥”的父亲，赴任地“筑紫国”（今九州地区），有机会与山上憶良，沙弥満誓等著名文人诗客汇集于大宰府，专研和歌创作，同时接受漢学的熏陶和洗礼。

作者继承了自柿本人麻呂，山城赤人等宫廷诗人以来的日本和歌伝統和理念，又自成一系，形成著名的“筑紫歌壇”流派，享誉一时。最终成为万葉诗歌领域的集大成者和著名大诗人。

作者生前诗作浩如烟海，包括长歌，短歌。其中被收录在《万叶集》中的就有473首之多（一说479首）。入选“二十一代集”的诗作有63首。一般认为，作者诗作多以繊細優美，抒情感怀的短歌最有特色，被誉为“奠定日本盛世王朝和歌基石”的奠基人。在日本文学史上影响巨大。

近年来有研究说，《万叶集》并非作者单独编撰，应该还有其他人等共同合作。但无论如何，作者对《万葉集》的编撰成书，所起到的巨大作用，是毋庸置疑的。同时，也是把这部伟大的诗著，传于後世的最大功績者。还有学者甚至认为，《万葉集》后 4 卷内容，可以说是作者的“日記诗”，其中杂揉着散文式书札等文学形式，已经超出单一诗集的概念和范畴，是完全有意識编织而成的，极为独特的文学世界。本人后人选日本“三十六歌仙”之一。

本诗简说：

选自《新古今和歌集》冬部・第 620 首。据说，作者在一次冬夜宫中值班时，看到庭院桥栏上覆盖着霜雪，白色映眼，于是有感而发，遂有此诗。诗中的鹊桥源于中国的古老传说，即织女星与牛郎星七夕之夜鹊桥相会的故事。据说，后来因为本诗的缘故，一时间，皇宫庭院中的御殿桥和阶梯，都被谐戏为鹊桥了。

有研究者认为，这首诗疑似借用了唐人张继的名作《枫桥夜泊》中“月落乌啼霜满天”一句的意境。张继的全诗抄录如下：“月落乌啼霜满天，江枫渔火对愁眠，姑苏城外寒山寺，夜半钟声到客船”。

名词释义：

1. **中纳言**　日本古代朝廷官职之一，归属于“太政官”府（最高行政机构）所辖。太政官府的官职排序是：1. 长官：太政大臣（非常设），左大臣（实际的最高责任人），右大臣（左大臣之辅佐）；2. 次官：大纳言（参与朝廷议政），中纳言（令外官，从四品以上官员中选拔，可参与议政）；3. 判官：少纳言，左大弁，左中弁，左少弁，右大弁，右中弁，右少弁。4. 主典：左大史，左少史，右大史，右少史，少外记。“中纳言”又称“黄门侍郎”，俗称“黄门”。另，“纳言”一词，据说源于中国古书《尚书・舜典》中的“命汝作纳言，夙夜出纳朕命，惟允。”一段文字。

2. **长歌，短歌**　指日本诗歌的两种诗体形式。长歌是：5.5 字音和 7 字音反复交替出现，最后以两个 7 字音结尾的诗歌；短歌一般有 5 句，为 5.7.5.7.7 字音的结构呈现，共 31 字拍，咏之一气呵成（如《小仓百人一首》)，是一种传统定型诗，始见于公元 6 － 7 世纪间。据古诗集《万叶集》记载，日本第一首和歌创作于公元 757 年，原文是 :“八雲立つ　出雲八重垣　妻ごみに　八重垣作る　その八重垣”（安四洋原译 : 八雲起出雲，吾建八重宮，垣墻围八重，爱妻居其中。）作者是“须佐之男命”神。

3. 蝦夷人　指日本大和朝廷政权（公元 4-7 世紀的雏形国家）建立后，对日本“東国”（今関東，東北地方）及北方（今北海道，樺太一帯）居住的少数民族族群的称谓。随着大和朝廷支配地域不断扩展，“蝦夷人”逐步演变成泛指居住在北海道，樺太（今库页岛南部），千島群島，以及勘察加半島南部等广大区域的，以“阿依努语”为母语的“阿依努人”。

第 7 首原文 : 天の原　ふりさけ見れば　春日なる
三笠の山に　出でし月かも
阿倍仲麿

日文平假名 : あまのはら　ふりさけみれば　かすがなる
みかさのやまに　いでしつきかも
あべのなかまろ

第 7 首中译文 : (之一) 抬眼望夜空，海天一色月圆中，
遥想春日野，三笠山上月更明，归心悠悠似云行。
安四洋原译

(之二) **极目远眺夜长天，碧空衔海月高悬，**
遥想故乡春日野，三笠山上月儿圆。
安四洋原译

(之三) **举目望长天，皓月当空悬，**
遥想春日野，三笠共婵娟。
安四洋原译

作者简介：

阿倍仲麿（701-770），汉名朝衡（或晁衡）。生于日本“大和国”（今奈良县），朝廷官员“中務大輔”阿倍船守之子。作者少年时即显露出超人的才学天分。靈亀 3 年（717）16 岁时，即作为留学生，随日本国第 8 次遣唐使，远渡唐朝求学。在唐期间，先就学于太学院，后考中科挙，担任唐朝命官。在唐期间，曾侍奉过唐玄宗皇帝，官至正三品。

作者文才极高，精通汉学诗文，与唐人李白，王维等大诗人交往甚密，友情深厚。以至于，李白在误以为作者归国途中溺水身亡时，曾作《哭晁卿衡》诗一首，以示怀念。诗云“日本晁卿辞帝都，征帆一片绕蓬壶。明月不归沉碧海，白云愁色满苍梧”。可见两人友情深厚，诚挚感人，成为中日交流史上的一段佳话。

作者在长达近 30 年的大唐生活后，曾一度申请回国被拒。当时大唐朝廷只允许同来的吉備真備，玄昉和尚等人回国。日本天平勝宝 5 年（753），作者又起归国之念。为实现目的，甚至与日本国第 10 次遣唐大使藤原清河一起，专程到扬州延光寺面会鑑真和尚，拜托游说回国之事。果然，功夫不负有心人，在作者 51 岁那年，终于获唐玄宗帝御准，踏上归国之途。遗憾的是，在乘船归国途中，遭遇海上风暴，后几经周折，竟漂流到了安南（今越南）之地。最后，不得已又重返唐国，继续在朝为官。后历任：左散騎常侍（従三品），鎮南都護，安南節度使（即：正三品越南总督），直至潞州大都督（従二品）等职。最终回国未果，埋骨长安，享年 73 岁。生前诗作，后收入日本“勅撰和歌集”中的有 2 首。

本诗简说：

本诗选自《古今和歌集》羇旅部・第 406 首。据说，这是作者在中日友人为其回国饯行的宴会上，即兴创作吟咏的。地点在唐时的明州（今宁波）海边。这首诗后世流传甚广，知名度极高，甚至在中日两国的教科书中不时有载。日本古诗集《和汉朗咏集》和中国大清乾隆帝勅撰《全唐詩》中也有收录。

名词释义：

1. 春日　日本古代地名，指今奈良市春日野町奈良公園到春日大社一带。据说，昔日日本国遣唐使出発之际，都要来此参拜"春日大社"（神社），以祈求旅途平安，渡海成功。

2. 三笠山　又写作"御笠山"或"御蓋山"，是位于今奈良市春日大社（神社）後方，原始森林前面的一座山。山体横跨若草山和高山之間。

3. 日本遣唐使　指公元 7-9 世紀之间，日本派往中国唐王朝（618-907）的官方使節。最早的遣唐使，是第 34 代舒明天皇（在位：628-642）即位后的第 2 年（630）8 月，派出的"犬上御田鍬"大使。以后，又陆续成功派出 16 次（一说 15 次）。随行前往的，除朝廷官员外，还有许多留学生，学問僧等人员。据考证，最多一次随船人员多达 600 余人，蔚为壮观。

4. 中務大輔　古代日本律令制度下，中央朝廷设置的行政机构"八省"之一"中務省"次官的称谓（官阶正五品上）。中务省主要负责辅佐天皇办理发布诏勅，叙位等朝廷相关事务，为八省中最核心的机构。其它各省为：式部省，治部省，民部省，兵部省，刑部省，大蔵省和宮内省。据说是仿照唐朝行政建制设置。

5. 吉備真備　奈良時期的著名政治家，学者。吉備豪族"下道朝臣国勝"之子。母亲楊貴氏（又称八木氏）。靈亀 3 年（716）入唐留学，研读経史，衆芸等学问，与阿倍仲麿等人同为知名留学生。天平 7 年（735）帰国，献日本朝廷唐札 130 卷，暦書，音楽書，武器，楽器，以及測量具等"唐物"。后任東宮学士，教授阿倍皇太子（即孝謙天皇）学习中国的《周礼》和《漢書》等典籍。

6. 玄昉和尚　奈良时期的著名僧人，俗姓阿刀氏，生于日本"大和国"（今奈良市）。出家后，先前往龙门寺（佛寺），师从义渊和尚研读"唯识学说"。养老元年（717）奉天皇敕令入唐留学，师从唐僧智周学习"法相宗"，留学时间长达 20 年。期间，曾受唐玄宗赏赐紫袈裟一件。天平 7 年（735）归国，带回经纶 5000 余卷及佛像若干，并以奈良兴福寺为中心，开始在日本弘扬佛法。后受日本朝廷任命为“僧正”一职，准入皇宫内道场作法事。

第 8 首原文：わが庵は　都のたつみ　しかぞすむ
世をうじ山と　人はいふなり
喜撰法師

日文平假名：わがいほは　みやこのたつみ　しかぞすむ
よをうぢやまと　ひとはいふなり
きせんほうし

第 8 首中译文：（之一）结庵隐居城东南，清心度日自悠闲，
却闻坊间流言转，失恋逃遁宇治山。
安四洋原译

（之二）结庵城东南，静处自悠闲，
却闻流言转，逃遁宇治山。
安四洋原译

作者简介：

喜撰法师，具体生卒年不详。据推测，当生于日本“山城国”乙訓郡（今京都府宇治市）。後出家入佛，学习“真言宗”（日本密宗）。据日本佛教史书《元亨釈書》记载，“僧窺仙（即作者）曾住宇治山，念密咒，求長生，服仙薬，最终修行成仙，乗雲升天而去 ...”。也有研究说，作者是第 50 代桓武天皇（在位：781-806）的末裔，或是奈良時代（710-794）的皇族公卿“橘諸兄”之孫辈后人。

作者后人选日本“六歌仙”之一。“六歌仙”其余人为：僧正遍昭，在原业平，文屋康秀，小野小町（女），大伴黑主等 5 位著名歌人，可见作者诗歌成就及知名度之高。可惜，作者流传下来的诗作极少，唯一入选后世诗集的作品，只有《古今和歌集》中的这一首。

本诗简说：

本诗选自《古今和歌集》雑部下・第983首。据说，当时京城盛传“喜撰法师失恋，躲进了宇治山”的流言。这首诗就是作者的回应之作。有学者认为，作者虽为知名诗人，但在流传下来的诗作中，只有这首能确认是本人所作，故十分稀有和珍贵。

名词释义：

1. 宇治山　横贯京都和奈良之间的山脉，自古为交通要衝，据说也是古代权贵们闲居的山间别墅区。

2. 真言宗　又称“东密”或“唐密真言宗”，是由日本和尚空海（即“弘法大师”774-835）从中国大唐带回，并布教于日本的佛教教义。因信奉大日如来佛的“真实言教”，故称“真言宗”。

3. 六歌仙　是日本《古今和歌集》序文中提到的“近世颇闻其名之人”的6位诗人，分别是：僧正遍昭，在原業平，文屋康秀，喜撰法師，小野小町（女性），大伴黒主等6人，被后世称之为日本“六歌仙”。

4.《元亨釈書》　鎌倉時代（1185-1333）用漢文书写的日本第一部佛教通史。著者是“臨済宗僧侣虎関師錬”，全书共30卷。因完成于元亨2年（1322），故書名冠有元亨字样。书中収録了自佛教传人日本以来至鎌倉时代後期，长达700余年间的，僧侣传記和佛教史迹故事。

5. 橘諸兄　奈良时期（710-794）的皇族，公卿。初名为“葛城王”（又写作“葛木王”）。后脱离皇室，降为臣籍后，受赐姓“橘宿禰”，后改称“橘朝臣”。据说属于第30代敏达天皇（在位：571-586）之後裔，“大宰帥”美努王之子。母名“県犬養橘三千代”。异父妹“光明子”后成为光明皇后。本人曾官居正一品左大臣，号“西院大臣”，是橘氏一族的初代“長者”（代表性先祖）。

6.《古今和歌集》　日本第1部“勅撰和歌集”，简称《古今集》。大约成书于平安時代初期延喜 5 年（905）。歌集是第 60 代醍醐天皇（在位：897-930）降勅命，由紀貫之，紀友則，凡河内躬恒，壬生忠岑等人編撰而成。全集共 20 卷，收录诗歌作品 1100 首。内容分为：春上下（2 卷），夏，秋上下（2 卷），冬，賀，離別，羇旅，物名，恋（5 卷），哀傷，雑上下，雑躰（包括：長歌，旋頭歌，誹諧歌，大歌所御歌，儀式歌）等各部类。本书的编写体裁，成为後世日本诗歌集的编写規範。

第 9 首原文：花の色は　移りにけりな　いたづらに
わが身世にふる 眺めせしまに
小野小町（女）

日文平假名：はなのいろは　うつりにけりな　いたづらに
わがみよにふる　ながめせしまに
おののこまち

第 9 首中译文：（之一）春风又起雨霏霏，遍打樱花容色摧，
往事迷惘沉思中，红颜已逝知人谁。
安四洋原译

（之二）春风雨霏霏，遍打花色摧，
往事迷惘处，红颜逝语谁。
安四洋原译

作者简介：

小野小町，女性，具体生卒年不详。据日本《古今和歌集目録》记载，为"出羽国郡司女。或云：母衣通姫云々。号比右（古）姫云々"。意即：日本"出羽国"（今山形県，秋田県一带）"郡司"之女，母亲名"衣通姫"，本人号"比右（古）姫"；另据《小野氏系図》中所说，作者是"篁之孫女，出羽郡司良真之女"。日本历代文献中，仅有此数说，均无确证。现代研究者认为，作者曾与姐姐同作天皇后宫“更衣”（嫔妃之一），侍奉过第 54 代仁明天皇（在位：833-842）的日常起居。因此，从时间上推算，当属于平安时代（794-1192）初期之人。史书《続日本後紀》所记承和 9 年（842）正月之事中，有仁明天皇“更衣小野吉子”之语，似可作为佐证。

作者天资聪颖，文才出众，擅长和歌创作。从《古今和歌集》和《後撰和歌集》收录的本人诗作中看，生前与安部清行，小野貞樹，僧正遍昭，文室康秀等诗人有亲密交往。在上述诸人诗作中，经常出现有“小町姉”（即作者）的字样。似可知作者作为诗人，在当时已颇有名气，并受人尊重与仰慕。

特别值得一提的是，在日本作者又是美女的代名词。说起小野小町，几乎尽人皆知，被认为是罕见的绝世美女。据说她的美丽程度，甚至可以透过身穿的和服，散发出迷人的光辉。（译者惊）因此，有关作者的传说，也自然成为日本谣曲，戏曲，以及歌舞伎等各种艺术门类的必有题材。

作者著有自家诗集《小野小町集》一部，收录本人诗作 100 余首。但也有研究者认为，確属作者本人的诗歌作品，仅有《古今和歌集》所收录的 18 首，以及《後撰和歌集》中的 4 首。此外，在现存的各部日本古代诗歌集中，以“小町”之名入选的诗作総計有 65 首之多，这些作品是否均为作者所为，尚无定论。本人入选日本“六歌仙”之一和“三十六歌仙”之一。

本诗简说：

1. 本诗选自《古今和歌集》春部・第 113 首。据说，作者曾爱恋过一位名叫“在原业平”的贵公子，但对方并没有意识到。于是，某一天作者思念情生，创作了这首诗。日本著名的诗集编撰者，诗评家藤原定家，把此诗归在“幽玄様”诗风的类别中，认为它已经超出了语言的表意，给人一种超越的情感。日本《千載和歌集》的编者藤原俊成（藤原定家之父）甚至认为，这首诗表现了“日本诗歌的最高理念”，不惜给予极高的评价。

名词释义：

1. **篁之孫女**　即小野篁（《小仓百人一首》第11首作者）的孙女。

2. **更衣**　平安朝时期（794-1192）后宫嫔妃称谓之一（享俸禄正四品）。嫔妃排序为：1. 皇后，2. 妃，3. 中宫，4. 女御，5. 更衣，6. 采女。

3. **在原业平**　日本第51代平城天皇（在位：806-809）之孙。母为第50代桓武天皇（在位：781-806）之女：伊都内亲王。据说本人风流倜傥，容貌英俊，才华横溢，曾与3733名女子有亲密交往。后人列日本"六歌仙"之首和"三十六歌仙"之一。

4. **幽玄様**　指一种艺术风格，理念的概念。"幽玄"有寂静，深邃，深遠，微妙之意，本用于表现佛法教义之深奥难解。后用来形容日本诗歌的诗风取向，理念等意，成为日本诗論的重要概念。再后，其含义中又加进优雅，艳丽，柔美等审美观，统称为"幽玄様"。

第10首原文：これやこの　行くも帰るも　別れては
知るも知らぬも　逢坂の関
蝉丸

日文平假名：これやこの　ゆくもかへるも　わかれては
しるもしらぬも　あふさかのせき
せみまる

第10首中译文：（之一）眼前闻名逢坂关，往来人流互摩肩，
何论相识不相识，重逢还在此山关。
安四洋原译

（之二）眼前逢坂关，往来人摩肩，
何论相识否，再逢此山关。
安四洋原译

作者简介：

蝉丸，具体生卒年不详。据《後撰和歌集》中本诗的“詞書”（诗作简介）介绍，是一位在“逢坂関”附近结庵而居的隠者，当属于平安时代（794-1192）初期之人。又据古代故事集《今昔物语》卷 24 中记载，作者曾在第 59 代宇多天皇（在位：887-897）之子“敦实亲王”府邸作“雑色”（即管理府内杂务的管家）。后入逢坂山，不知所终。

《今昔物語》还说，作者双目失明，精于琵琶弹奏，曾向源博雅（918-980）秘授琵琶曲。鴨長明在《無名抄》中也说，作者是“和琴”名師，曾教授良岑宗貞（即遍昭和尚）弹琴。由此看来，作者似应是第 54 代仁明天皇（在位：833-842）时期之人。

作者又被後世尊为日本“音曲芸能之神”，加以供奉。在日本的“净琉璃”和“歌舞伎”等表演艺术中，经常出现有作者题材的作品。本人诗作入选各代“勅撰和歌集”的有 4 首。

本诗简说：

选自《後撰和歌集》雑部一・第 1089 首。据说，作者经常在逢坂关前，看到各种人等进进出出，摩肩接踵，日复一日，于是一日有感而发，创作了本诗。诗中似乎表达了佛教中“会者定離”的思想，即“有遇有别，别后再遇”的“無常观”。

名词释义：

1. **逢坂关**　跨境古代日本“山城国”（今京都府南部）和“近江国”（今滋賀県）两地的関所，又写作“相坂関”，“合坂関”或“会坂関”。关隘位置处于古来的交通要衝，被称为日本“三大関”之一。另外 2 处为“不破関”和“鈴鹿関”。

2. **《今昔物语集》**　成书于 11 世纪的日本古代故事集，作者源隆国（皇族公卿，正二品权大纳言）。全集共 31 卷，收录 1040 则故事。其中第 1 卷至第 5 卷为古印度故事，第 6 卷至第 10 卷是中国故事，第 11 卷至第 31 卷是日本故事。

3. 净琉璃　原本是古代日本民间的一种木偶戏，后逐渐演变成一种说唱艺术形式。“净琉璃”的名称由来，一般认为是源于室町幕府时代末期的故事书《御伽草子》，以及最早的说唱故事“净琉璃十二段草子”（即《净琉璃物语》）。另据近来考证，“净琉璃”最早是由“近松门左卫门”（人名）发明创作的说唱曲艺。

4. 歌舞伎　日本独有的表演艺术。据说创始人是，日本妇孺皆知的美女“阿国”，盛行时间约为 17 世纪的江户时代初期。后经近 400 余年的演变和发展，现已成为充分成熟的剧种：布景精致，舞台机关复杂，演员服装华丽，出演者均为男性。“歌舞伎”现被指定为日本的“重要无形文化财”。2005 年又被联合国认定为“世界非物质文化遗产”之一。

第 11 首原文：わたの原　八十島かけて　漕ぎ出でぬと
人には告げよ　海人の釣舟
参議篁

日文平假名：わたのはら　やそしまかけて　こぎいでぬと
ひとにはつげよ　あまのつりぶね
さんぎたかむら

第 11 首中译文：（之一）茫茫大海漫无边，千岛万岛浮海面，
吾辈今朝乘风去，渔人快把音信传。
安四洋原译

（之二）大海漫无边，万岛浮海面，
吾欲乘风去，渔人把信传。
安四洋原译

作者简介：

参议篁（802-852），本名小野篁；父为“陸奥守”（今福島，宮城，岩手，青森県等地的地方官），素以喜文墨，好学问而闻名。据说，作者从小曾沉迷于骑马射箭，习练武功，惰于精进学问。以至于当时的第52代嵯峨天皇（在位:809-823）闻言后叹道“有好学之父，焉无好学之子”。作者听说后，自以为耻，从此开始专心学問。弘仁23年（822）21岁時，一举考中文章生，后晋为“東宮学士”。再后，担任朝廷参议（官阶従三品），人称“参议篁”。年仅33歳时，即被任命为日本国遣唐副使。后因遣使乘船之事等，触怒了嵯峨天皇，被罢官流放到隠岐岛。

作者聪明过人，善诗能文，尤其长于汉诗，据说，所读之书过目不忘。且写一手好汉诗文，名扬天下，是平安时代（794-1192）初期的著名学者。后有多篇汉学诗文作品，分别收录在《経国集》，《扶桑集》，《本朝文粋》和《和漢朗詠集》等各部诗歌文集中，广为传咏。此外，还有13首和歌作品，分别入选各部“勅撰和歌集”。其中：《古今和歌集》收录6首，《新古今和歌集》2首，《続古今和歌集》2首，《玉葉和歌集》2首，以及《新千載和歌集》1首。此外，还著有《篁物語》（又称《小野篁集》）一书，描写了作者与其异母之妹的恋情故事。

本诗简说：

本诗选自《古今和歌集》羈旅部第407首。据说，这首诗歌是，作者在乘船前往流放地隐岐岛的途中，看见远处有渔夫钓船，即兴创作而成。诗文大有怀才于胸，能奈我何的气势。（译者笑）

作者趣闻：

1. 日本承和3年（837），作者被任命为“日本国遣唐副使”，在数次渡海失败，再度准备启航时，因在乘船问题上（被误安排在破损船上），跟“遣唐正使”藤原常嗣发生争执，引起嵯峨天皇（在位：809-823）不悦，被罢官并流放到隐岐岛（日本海一侧的孤岛）。后天皇惜其才学，不久又恢复了作者的名誉和参议官职。

2. 传说，嵯峨天皇听说作者聪明过人，且博览群书，犹善汉诗，又有过目不忘之誉，于是想亲自一试。某日，天皇把自己密藏的唐朝漢詩集《白氏文集》（即白居易诗集）中的一首诗，随手改写一个字后，拿给作者看。谁料作者看后，当即指出诗中有错字，并将错字改正后，把诗集送还给了天皇。在场所有人，无不目瞪口呆，惊叹不已。据说，远在万里之外大唐的白居易本人，对此事亦有耳闻，也感到十分惊讶和钦佩。后来，当他听说作者将作为日本国遣唐使，前来大唐学习的消息后，曾非常兴奋和喜悦，表示一定要见面叙谈。（编译者笑）

名词释义：

1.《和漢朗詠集》 平安時代中期的诗集，又称《和漢朗詠抄》，《倭漢抄》，《四条大納言朗詠集》等，编撰者是藤原公任。这里的“和漢”，即指日本和歌与中国漢詩文之意。诗集收录有适合朗詠的漢詩文秀句 588 首，和歌 216 首，总計 804 首。其中有紀貫之的和歌 26 首，白居易的汉诗 135 首。诗集分上下 2 卷，上卷以四季歳時类诗歌为主，如立春等；下卷以天象，動植物，人事雑題等为主要内容，具有百科全書的风格；全书総計分類 114 項目（加付加項为 125 项）。各項诗作的排序为：1. 中国人诗作長句，2. 詩句，3. 邦人诗作長句，4. 詩句，5. 和歌；所选詩句大多为七言二句，如唐诗七言律詩的頷聯，頸聯部分等。

2. 隐岐岛 位于日本海一侧的海上孤岛，距离今本岛島根県约 50 公里处。因若无大船很难从岛上逃出，而成为古代理想的流放之地。

第 12 首原文：天つ風　雲の通ひ路　吹き閉ぢよ
をとめの姿　しばしとどめむ
僧正遍照

日文平假名：あまつかぜ　くものかよひぢ　ふきとぢよ
をとめのすがた　しばしとどめむ
そうじょうへんじょう

第 12 首中译文：（之一）天风起兮吹莫停，云路归途当断行，
五節仙女从天降，再留人间翩翩情。
安四洋原译

（之二）天风吹莫停，云路当断行，
再留五仙女，人间舞翩情。
安四洋原译

作者简介：

僧正遍昭（816-890），俗名良岑宗贞。素性法師之子，日本第 50 代桓武天皇（在位：781-806）之孙。早年在朝为官，奉职于第 54 代仁明天皇（在位：833-842）。历任：蔵人左近卫，少将，直至蔵人頭等要职。35 岁时，因仁明天皇驾崩，失意离职，入京都比睿山，出家为僧，受“菩薩戒”于“慈覚大師円仁”，专修佛教密宗。貞観 10 年（868）作花山寺（又名元慶寺）座主。又于貞観 11 年（869）受朝廷任命，从仁明天皇之子常康親王手中，受让接任雲林院“别院”一职。后升任“権僧正”和“僧正”，成为日本史上一代名僧，史称“花山僧正”。作者的生前事迹，后被写进《大和物語》等故事书中，作为爱恋绝世美女“小野小町”的痴情男，成为人们茶余饭后的谈资。

作者又是享有盛名的诗人。诗作入选《古今和歌集》的有 17 首；入集各代“勅撰和歌集”的作品有 38 首（含連歌 1 首）。此外，本人还著有家集《遍昭集》一部存世。后人选日本“六歌仙”和“三十六歌仙”之一。

本诗简说：

本诗选自《古今和歌集》雑部上・第 872 首。据说，这首诗是作者一次陪伴仁明天皇，在宫中观看“五節舞”（每年 11 月举行的仪式性舞蹈）时构思创作的。

作者趣闻：

日本古代故事集《小町传説》中有这样的逸话。说：“深草少将”（即僧正遍昭）在得知美女小野小町搬到乡下居住后，竟毅然辞去一切官职，前往小町处求爱。当时小町正患天花，卧床不起，但为安抚作者的一片痴心，就答应作者，只要每天在自己庭院内栽种一棵芍药花，直到种下第 100 棵时，就可以见面。于是，作者每天风雨无阻，前来栽种花木。就在要栽种第 100 棵芍药花的那一天，突然平地刮起罕见的狂风，当作者渡桥前往小野住处时，桥体突然崩塌，人身跌落水中，被湍急的浊流吞没而亡。

名词释义：

1. 五節舞　据传说，日本第 40 代天武天皇（在位：672-686）一次在巡幸吉野期间，傍晚时分，突发雅兴，随即抚弹一首古琴曲。谁知琴声一响，只见 5 个仙女自天而降，随之，伴着琴声翩翩起舞。舞姿优美动人，使人赏心悦目，久难忘怀。由此，以后每年的同一天，在日本宫廷，为纪念和祈盼五仙女再次降临人间，精选 5 名少女在宫中舞蹈，称“五節舞祭”。后逐渐演变成宫廷的固定传统节日。

2. 僧正，権僧正　古代日本国家佛教寺院僧官的称谓。僧官由朝廷任命，排序依次为：1. 大僧正，2. 僧正，3. 権僧正等 3 个等级，分别相当于朝廷的二品大納言，二品中納言和三品参議官阶，身份高贵。

第 13 首原文：筑波峰の　峰より落つる　男女川
恋ぞつもりて　淵となりぬる
陽成院

日文平假名：つくばねの　みねよりおつる　みなのがは
こひぞつもりて　ふちとなりぬる
ようぜいいん

第 13 首中译文：(之一) 筑波山峰瀑布涌，飞流直下男女湖，
恋情醇醇莫如是，积水渊渊平峡谷。
安四洋原译

(之二) 筑波瀑布涌，直下男女湖，
恋情醇如是，积水平峡谷。
安四洋原译

作者简介：

阳成院（868-949）是日本第 56 代清和天皇（在位：858-876）之子，母亲是藤原高子。有子“元良親王”（《小仓百人一首》第 20 首作者）。貞観 18 年（876），作者 9 歳时接受父皇禅让，即位第 57 代阳成天皇（在位：876-884）。在位期间，由父皇清和太上皇，母亲皇太夫人，以及“摂政”藤原基経等輔政。元慶 4 年（880）父上皇崩，母亲与“摄政”藤原基経之間发生权争，朝政陷于混乱。后又因异乳母弟藤原源益在皇宫清涼殿被殺，且本人擅自在宮中养马，沉迷于斗鸡走狗，加之体弱多病等原因，在 15 岁（一说 17 岁）时，被迫将皇位让于叔父康親王（即光孝天皇）。自己退位后称“阳成院”（即太上皇）。

作者讓位後，虽身体依旧虚弱，却意外长寿，年至耄耋，仍精力充沛，十分热心举办赛诗会，表现出对日本和歌的极大热爱与关注。后有几首自作诗歌被收入在《後撰和歌集》中。

本诗简说：

本诗选自《後撰和歌集》恋部・第777首。据说，作者退位后，迷恋上了第36代孝德天皇之女“綏子内親王”。为表达恋慕之情，写下了这首诗。綏子内親王后成为作者之妃。苦心追求，终遂所愿。

名词释义：

1. **内亲王**　日本皇室对女性皇嗣的封号。古代日本女性皇嗣最早称“姬命”（如“丰锹入姬命”等）。后自第12代景行天皇（在位：70-130）继位，直到奈良时代（710-794）为止，又改称为“皇女”或“姬尊”（如“轻大娘皇女”，“高野姬尊”等）。奈良时代以后，男性皇嗣改称为亲王，女性皇嗣则改称为内亲王。

2. **筑波山**　位于茨城県筑波市的名山。山体分两座，西边称“男体山”，海拔871米；東侧称“女体山”，海拔877米；山姿优美，自古以来为日本人所喜爱，享有“西有富士山，東有筑波山”之美誉。

第14首原文：陸奥の　しのぶもぢずり　誰ゆゑに
乱れそめに　われならなくに
河原左大臣

日文平假名：みちのくの　しのぶもぢずり　たれゆゑに
みだれそめにし　われならなくに
かわらのさだいじん

第14首中译文：（之一）陆奥名物忍草染，色彩斑斓乱人眼，
心绪烦乱恍若是，一声长叹何人怨。
安四洋原译

（之二）陆奥忍草染，斑斓乱人眼，

情愁心绪乱，长叹何人怨。

安四洋原译

作者简介：

河原左大臣（822-895），本名源融；父为日本第52代嵯峨天皇（在位：809-823），母为大原全子，本人有子：源升（大納言）；后脱离皇族，改为源家姓氏，以臣下身份，在朝为官。历任：侍従，右衛門督等职。貞観14年（872）51岁时，晋升为左大臣（官阶从一品），并置私邸于京都六条街河原院，人称“河原左大臣”。死后追赠官阶正一品。

作者生前，曾在京都宇治，嵯峨等风景胜地建造别墅，甚至把海水引入自家庭院。还在院中建“陸奥塩釜”，炼烧海盐，醉心于“道乐”，生活极尽奢华。74岁离世后，宇治别墅曾一度成为藤原道长的宅邸。后几经变迁，现为日本京都的著名佛教观光名胜“平等院”。作者一生留下的诗作不多，在《古今和歌集》和《後撰和歌集》中仅收录有4首。

本诗简说：

本诗选自《古今和歌集》恋部四·第724首。据说，这是作者为回复恋人的来书所作。诗中可窥见作者为爱情所恼的内心情感。

名词释义：

1. **陆奥忍草染**　忍草染又称“忍捩摺”，是古代“陆奥国”（今福岛县信夫郡）的名産。制作方法是：将忍草放在光滑石头上磨压成汁，然后把白布浸泡在汁液中，染成各种颜色和花纹。

2. **陸奥塩釜**　古代日本“陸奥国”（今福島，宮城，岩手和青森県等地），用来烧制海盐的专用大锅。因烧出的海盐品质优良而闻名。

3. **平等院**　位于京都府郊区宇治市的佛教建筑。是平安时代（794-1192）的园林式寺院的代表作。贞观年间（859-877）“左大臣源融”

（造园家）在此首建别墅。后阳成天皇，宇多天皇和朱雀天皇等先后在此兴建庄园。长德 4 年（998），“摄政太政大臣”藤原道长在此重建私宅。后又被改建成供奉“阿弥陀如来佛”坐像的“平等院”（佛寺）至今。1994 年被联合国列为世界文化遗产之一。

第 15 首原文：君がため　春の野に出でて　若菜つむ
わが衣手に　雪は降りつつ
光孝天皇

日文平假名：きみがため　はるののにいでて　わかなつむ
わがころもでに　ゆきはふりつつ
こうこうてんのう

第 15 首中译文：（之一）为君送上若菜鲜，清晨郊外早撷采，
乍暖还寒初春日，瑞雪飘落吾衣沾。
安四洋原译

（之二）为君送若菜，清晨早撷采，
乍暖春寒日，雪飘吾衣沾。
安四洋原译

作者简介：

光孝天皇（830-887）是日本第 58 代天皇（在位：884-887），史称“仁和之帝”或“小松之帝”。其父为“正良親王”（即仁明天皇），母亲是“贈太政大臣”藤原総継之女沢子。据古书《大镜》记载，作者天资聪颖，从小喜读书，好音楽，受到太皇太后橘嘉智子的寵愛。天長 10 年（833）作者 4 歳时，其父正良親王即位第 54 仁明天皇（在位：833-842）；作者成人后，即在朝为官，历任：常陸太守，中務卿，上野太守，大宰帥，以及式部卿（官阶一品）等职。元慶 8 年 55 岁时受讓践祚，成为日本第 58 代天皇，随后，即任命太政大臣藤原基経为“関白”（辅政大臣），并下令“頒行万政”，以治天下。可惜，在位仅 4 年就因病离世。

作者还是一位文化人和诗人。有记载说，一生“好文事，喜古風”，是宇多，醍醐两朝天皇时期振兴日本和歌的奠基人。又精通古琴弹奏，是少有的才艺双全的天皇。生前诗作入选《古今和歌集》的有 2 首；入集各代“勅撰和歌集”的有 14 首。此外，在御制和歌集《仁和御集》中还收录有 15 首。

本诗简说：

本诗选自《古今和歌集》春部・第 21 首。据说，这是作者作皇子时，一次清晨去京城郊外采春，归来后将所采若菜赠人时，随物附上的一首诗歌。

名词释义：

1. 若菜　日语中表示初春时采食的“初芽野菜”之总称。古书《日本岁事史》中记载：正月七日是小阳之数，调理七种菜，有治愈四季病之功效；又说“人有七魄，天有七曜，地有七草，摄取后，可祛病健身，延年益寿”。如今在日本，每到新年正月之时，家家户户食“七草粥”，其习俗似源于此。

2. 七草粥　用初春之季代表性的几种嫩野菜，切碎后做成的大米粥。七草分别是：1. 水芹，2. 荠菜，3. 鼠曲草，4. 繁缕，5. 宝盖草，6. 芜菁，7. 萝卜英叶等。食七草粥，疑似为古代中国的旧俗，古书《荆楚岁时记》中有记载“正月七日为人日，以七种菜为羹。”

3.《仁和御集》　一部专门收录光孝天皇御製诗歌作品的和歌专辑。

第 16 首原文：たち別れ　いなばの山の　峰に生ふる
まつとし聞かば　今帰り来む
中納言行平

日文平假名：たちわかれ　いなばのやまの　みねにおふる
まつとしきかば　いまかへりこむ
ちゅうなごんゆきひら

第 16 首中译文：（之一）奉命远赴国因幡，依依惜别去意难，
幸闻彼地多松柏，卿有吩咐即时还。
安四洋原译

（之二）奉命赴因幡，惜别去意难，
幸闻彼地松，有待即时还。
安四洋原译

作者简介：

中纳言行平（818-893），本名在原行平。日本第 51 代平城天皇（在位：806-809）之孙，阿保亲王之子；其母，一説是“伊都内親王”；有一女文子，后成为第 56 清和天皇（在位：858-876）的“更衣”（妃子）；有一子貞数親王；本人是当时另一著名诗人“在原业平”的兄长。

作者 9 歳时脱离皇族，受賜“臣籍在原氏”。后在朝廷供职，一生为官，政绩斐然。曾历任：侍従，右兵衛佐，右近少将，因幡守，兵部大輔，中務大輔，左馬頭，播磨守，内匠頭；后又任：左京大夫，信濃守，大蔵大輔，左兵衛督，参議，直至大宰権帥（従三品）。后又兼任：治部卿，民部卿和按察使等重要官职。陽成天皇元慶 6 年（883）升任中納言，人称“中纳言行平”。

作者被认为是日本史上的一代能吏，是敢于同邪恶势力抗争的“硬骨政治家”；在朝为官时，曾在民政民生等方面发挥了重要作用。期间，曾一度获罪，被流放到須磨之地（今兵庫県神戸市）。仁和 3 年（887）4 月，

70 歳时辞官归隐。

作者生前致力于培养人才，曾创办“学问所”和“奖学院”等教育机构。同时又是一名出色的诗人，文学才能卓越，一度成为影响日本诗壇的中心人物。元慶 8 年（884），作者在自家私邸举办的“民部卿行平歌合”，被认定为日本有明确记载的最早赛诗会；生前诗作在《古今和歌集》中收录有 22 首。据学者研究，日本著名小说《源氏物語》中的人物“須磨”，就是以作者为原型创作的。此外，在日本謡曲集《松風》中，也记述有作者生前的恋情故事。

本诗简说：

本诗选自《古今和歌集》離别部・第 365 首。据说，作者 38 岁时，曾被任命为“因幡国国司”（今鸟取县一带的地方官），在赴任前的饯行宴上，与所恋之人道别时写下了这首诗。本诗被认为，是日本文学诗歌史上“惜别诗”的名作。作者在诗中，巧妙地利用了任地名产“松树”与“等待”两词的日语谐音和双关寓意，充满感情地表达了与爱恋之人依依不舍的惜别之情。

名词释义：

1. 民部卿行平歌合 “民部卿”是古代日本朝廷“民部省”的最高官员。民部省是日本古代律令下中央行政机构“八省”之一。八省依次为：中務省，式部省，治部省，民部省，兵部省，刑部省，大蔵省和宮内省；各省官员分 4 等，排序依次为：1. 卿，2. 輔，3. 丞，4. 録。

2. 歌合 在日文中有诗歌作品比赛会（赛诗会）之意。据学者考证，日本最早的“歌合”，就是作者于平安時代仁和元年（885）在自家私邸举办的“民部卿家歌合”。以后各种“歌合”逐渐蔚然成风，成为皇家权贵，文人骚客生活中的一大雅事。

日本古代的“歌合”，具体形式大致是：参加者分成左右“两阵”（即两队），每阵先各出一人，参加第“一番”（即一轮或一回合）比赛。每位参赛者按照事先的统一设题，将自己创作的诗歌进行现场吟咏，然后由“判者”（即评审）评出优劣，并记录在案。接着，左右两阵再各出一人，参加第“二番”比赛，如此反复进行，直至所有参赛者轮完为止。(也可以一人多首参赛)。

据记载，吟咏诗作最多的一次“歌合”是：参加诗人12人，每人作诗100首，共1200首。按左右两阵轮番上场，总出场次数达600次，即进行600番竞赛，史称“六百番歌合”。歌合“判者”在评审诗作优劣时，要正式宣读“判定詞”，给出评定理由。“判者”在宣读判词之前，两阵可以分别派出“方人”和“念人”，对本阵营与对方阵营的诗作进行评论和褒贬，引导“判者”向有利于本阵营的方向给出判词。(译者笑)

3. 因幡国　古代日本地方国之一，相当于今鳥取県東部一带区域。“因幡国”東北临日本海，南有山峦重峰，中部有千代川貫流，下流冲击为鳥取平原。平原東南有古代遗迹“梶山古墳”，内有珍贵的彩色壁画。

4. 謡曲《松風》　谣曲是日本传统艺术“能楽”的一部分。能楽中的“能”指作品脚本，“謡”指声楽部分（即说唱），是一种流行于民间的说唱艺术形式。謡曲《松風》是以“須磨”（古地名）为舞台，配以“行平松”的青翠松柏，描写作者“中纳言行平”生前与“海女松風，雨村”俩姐妹的爱情故事。

5. 国司　古代日本的“国”，特指各地方行政区划，“司”表示管理。“国司”意即：管理一方之地的行政长官。“国司”的称谓，始于奈良时代(710-794)，其职责与权力范围后来也时有变化。

第 17 首原文：ちはやぶる　神代も聞かず　竜田川
からくれなゐに　水くくるとは
在原業平朝臣

日文平假名：ちはやぶる　かみよもきかず　たつたがは
からくれなゐに　みづくくるとは
ありわらのなりひらあそん

第 17 首中译文：（之一）神祇时代亦未闻，眼前惊现景奇观，
龍田川水尽唐红，枫叶漂浮如扎染。
安四洋原译

（之二）神代亦未闻，眼前景奇观，
龍田水唐红，枫叶漂如染。
安四洋原译

作者简介：

在原业平朝臣（825-880），本名在原业平。日本第 51 代平城天皇（在位：806-809）之孙，阿保親王之 5 子。“朝臣”是（八色之姓）氏之一；母亲是桓武天皇之女“伊都内親王”；娶“紀有常”之女（惟喬親王之表妹）为妻；脱离皇室后，受賜臣籍在原氏。有子：棟梁，滋春；有孫子：元方（勅撰和歌集入集诗人）。本人曾在朝为官，历任：右近衛将監，左近衛将監和蔵人等职，叙従五品下。第 56 代清和天皇（在位：858-876）即位后，官职晋升，又历任：左兵衛権佐，左兵衛佐，右馬頭，右近衛権中将，直至蔵人頭。最高官阶为従四品上。

作者是平安时代（794-1192）的代表性诗人，位居“六歌仙”之首，也是“三十六歌仙”之一。一生写下大量诗歌作品。据日本《三代実録》记载，作者“体貌閑麗，放縦不拘，略無才覚，善作倭歌”（意即：虽不通汉学，但善作和歌），共有 86 首诗作分别入选《古今和歌集》，《后撰和歌集》，《拾遺和歌集》和《新古今和歌集》等多部勅撰诗歌集中。有说，日本最早的故事集，即平安时代初期的《伊势物语》中的主人公，其原型正是作者本人。此外，本人还著有自家诗歌集《在原業平集》和《在中将集》等存世。

本诗简说：

本诗选自《古今和歌集》離别部・第 365 首。据传说，有一次作者受邀，拜访第 56 代清和天皇的“女御”（皇妃）高子样的宅邸时，高子样指着室内的大型立式屏风对作者说，“把我们的恋情作一首和歌，写在上面吧”，于是，作者一边看着屏风上的画作“龍田川秋景”，一边略加思索，随后一挥而就，题写下了这首诗歌。

名词释义：

1. 朝臣　天武天皇 13 年（684）时，朝廷在以往飞鸟时代的“八色之姓”氏（“八色”即八种之意）制度中，新增设的姓氏之一。姓氏排序是：1. 真人（主要赋予皇室家族），2. 朝臣（皇族以外的最高姓氏）。其它为：3. 宿祢，4. 忌寸，5. 道师，6. 臣，7. 連，8. 稻置。各姓氏，均基于其先祖与日本皇室关系之亲疏远近，而定所属。

2.《三代実録》　平安時代（794-1192）的史書。记录了清和天皇，陽成天皇和光孝天皇等三朝约 30 年間的史实。该书采用編年体格式，用漢文书写，共 50 卷。編者有：藤原時平，菅原道真，大蔵善行，三統理平等 4 位当时的著名学者。

3. 女御　日本男性天皇的后妃之一，主要为天皇侍寝。古代日本宫廷后宫皇妃的排序是：1. 皇后，2. 中宫，3. 女御，4. 御息所，5. 更衣，6. 女院。据说，名称皆出自中国周朝的《周礼》一书。

4. 唐红　指一种深色鲜艳的赤色。有研究说，这种颜色最初从中国唐朝传到日本，故称“唐红”。

第 18 首原文：住の江の　岸による波　よるさへや

夢の通ひ路　人めよくらむ

藤原敏行朝臣

日文平假名：すみのえの　きしによるなみ　よるさへや

ゆめのかよひぢ　ひとめよくらむ

ふじわらのとしゆきあそん

第 18 首中译文：（之一）住江海边浪拍岸，惟盼恋人踏浪来，

谁知梦中仍不见，莫非还须避人眼？

安四洋原译

（之二）住江浪拍岸，盼君踏浪来，

梦中仍不见，莫非避人眼？

安四洋原译

作者简介：

藤原敏行朝臣，具体生卒年不详。本名藤原敏行。因赐姓朝臣，人称“藤原敏行朝臣”。其父是“陸奥出羽按察使”南家富士麿，母亲是紀名虎之女；本人娶“紀有常”之女为妻室，生子有：伊衡（参議，诗人）等人。作者曾在日本第 56 代清和天皇（在位：858-876），第 57 代阳成天皇（在位：876-884），第 58 代光孝天皇（在位：884-887），第 59 代宇多天皇（在位：887-897）和第 60 代醍醐天皇（在位：897-930）等五朝奉职，官阶従四品上（见《古今集和歌目録》）。

作者一生诗作，有 29 首收录在《古今和歌集》和《後撰和歌集》中。此外，还著有自家诗歌集《敏行集》一部传世，并被后世整卷收录在《三十六人集》诗集中。后人评价其诗作时认为：讲求技巧，纖細流麗，清新明快，是“前接在原業平，后传纪貫之”的“承前启后，搭桥渡河”的重要诗人，在和歌史上占有重要地位。本人后人选“三十六歌仙”之一。

作者除长于诗作外，又极善书法，被誉为与空海和尚（著名书法家）

齐名的书法大家。据考证，现存于京都神護寺内的鐘銘，就出自作者亲笔，属于日本国宝级文物之一。

另外，特别值得一提的是，作者早年创作的一首古诗：“秋きぬと　目にはさやかに　見えねども　風の音にぞ　おどろかれぬる”（安四洋原译：“秋来何所知，不见影形踪，闭目静静听，习习有风声。”），已成为日本的千古名作，至今仍脍炙人口，广为传咏。（特别注释：译者在翻译上述古诗时，偶然读到唐人王昌龄诗《采莲曲》，忽觉词语和意境似有相近之处，现抄录如下：“荷叶罗裙一色裁，芙蓉向脸两边开。乱入池中看不见，闻歌始觉有人来。”谨供读者参考）。

本诗简说：

本诗出自《古今和歌集》恋部・第559首。据说，这是作者在一次“宫中御所”（天皇居所）举行的赛诗会上，因思念曾爱恋的女子而吟诵的情诗。但也有研究者认为，从诗意上看，似乎是作者站在女性的角度，描写思念男性恋人而作。

作者趣闻：

据日本古代故事集《今昔物語集》和《宇治拾遺集》等书记载，作者因善书法，经常受邀为人代抄佛教经文，因此犯下俗身者不可擅写经文的禁忌，死后下了地狱。（译者笑）

名词释义：

1. 住江　古代地名，指今大阪市住吉区一带。此地昔日曾紧靠大海，现已填海成田。

2.《今昔物語集》　日本古代故事集，约成书于公元11世纪，全书总计31卷（现缺3卷），共收录1040则故事。作者源隆（皇族公卿）。据研究，故事集是未完成作品，文中留有不少空白之处，作者本想于日后补写，但因病去世，未能如愿，遗憾终生。

3.**《宇治拾遺集》** 日本古代故事集，约成书于公元13世纪前叶，全书15卷，共记有197篇故事。书中内容大多是中国，印度和日本的故事，作者不详。故事分三类。1.传教故事（破戒僧与高僧话题，决心生死谈等）；2.世俗故事（趣文谈，小偷，鸟兽故事，爱情故事等；3.民间传说（如：麻雀报恩等）。

第19首原文：難波潟　みじかき芦の　ふしの間も
逢はでこの世を 過ぐしてよとや
伊勢（女）

日文平假名：なにはがた　みじかきあしの　ふしのまも
あはでこのよを　すぐしてよとや
いせ

第19首中译文：（之一）难波浅滩芦苇生，苇芦节间短重重，
莫非须臾不可见，空怀孤情此身终?
安四洋原译
（之二）难波芦苇生，苇芦节短重，
须臾不可见，孤情此身终?
安四洋原译

作者简介：

伊势（874-938），女性，又称“伊勢御”或“伊勢御息所”。据考证，其家族属于“藤原北家内麻呂”一支之后裔。其父藤原継蔭，曾官作“伊勢守”（従五品上），故人尊称作者为“伊势”；作者曾作过第59代宇多天皇（在位：887-897）皇后“温子样”的侍女。后因受宇多天皇宠爱，成为天皇的“御息所”（即皇妃），并生有皇子一人（但5岁时夭折）。宇多天皇离宫出家後，作者曾与皇子敦慶親王相爱，并生女“中務”。中務亦极具诗才，后成为著名女诗人，并人选“三十六歌仙”之一。

据史书记载，作者品貌兼优，性情奔放，温婉多情；又擅长诗文创作，是日本《古今和歌集》時代的代表性诗人，被认为是仅次于小野小町的又一位一流女诗人。延喜 7 年（907），作者在长期侍奉的“温子样皇后”崩御时，曾为其作長歌哀悼，寄托缅怀之情。天慶元年（938）11 月，醍醐天皇之女勤子内親王薨时，亦作“哀傷歌”（诗）吟咏，文情并茂，催人泪下。生前参加过各种诗会，如：寛平 5 年（893）的后宮赛诗会等；善作“屏風歌”（题写于立式多面大屏风上的诗文），活跃于日本诗坛。

作者一生诗作甚多，共有 185 首分别收录在：《古今和歌集》（23 首），《後撰和歌集》（72 首）和《拾遺和歌集》（25 首）。尤其值得一提的是，作者在自著家集《伊勢集》篇首部分中，写就的自伝性濃厚的“物語風叙述”，被认为是日本“女流日記文学”（如《和泉式部日記》）的先駆性作品，在日本文学史上占有重要地位。本人后人选日本“三十六歌仙”之一。

本诗简说：

本诗选自《新古今和歌集》恋部一第・1049 首。据说，作者曾与皇后之弟“藤原仲平”相爱，后因对方另有新欢，寄书推脱说：近来太忙无法见面。于是，作者便写下了这首诗作为回应，直诉衷肠。

名词释义：

1. **芦苇节**　芦苇节与节之间的间距短小，在古代日本常被用作形容时间之短暂的用语。

2. **小野小町**　平安时代（794-1192）初期的杰出女诗人，生卒年不详。分别人选日本“六歌仙”，“三十六歌仙”和“女房三十六歌仙”之一。身后共有 66 首诗作，被收人各部“勅撰和歌集”中。此外，还著有自家诗歌集《小町集》。据说，此人美若天仙，堪称绝世佳人。甚至被誉为世界“三大美女”之一，在日本家喻户晓，成为美女的代名词。（详见第 9 首介绍）

第 20 首原文：わびぬれば　今はた同じ　難波なる
みをつくしても　逢はむとぞ思ふ
元良親王

日文平假名：わびぬれば　いまはたおなじ　なにはなる
みをつくしても　あはむとぞおもふ
もとよししんのう

第 20 首中译文：（之一）私情败露何羞恼，覆水难收木成槁，
宁舍此身再一见，粉身碎骨化澪漂。
安四洋原译

（之二）情败何羞恼，秀木已成槁，
舍身再一见，宁作海澪漂。
安四洋原译

作者简介：

元良亲王（890-943）是日本第 57 代阳成天皇（在位：876-884）之长子，母亲是“主殿頭”藤原遠長之女；曾先后娶醍醐天皇之女“修子内親王”，宇多天皇之女“誨子内親王”和“神祇伯”藤原邦隆之女为妻。生子有：中務大輔佐時王（官阶従四品上），宮内卿源佐藝（従四品下）等人。本人曾在朝廷为官，官至三品兵部卿（兵部省长官），人称“三品兵部卿”。

据说，作者诗才出众，相貌英俊，风流倜傥。在日本古代故事集《今昔物语集》和《徒然草》等书中，记有许多生前的風流逸事。《今昔物語》卷 24 中说作者“極好色，聞世有美女，无论相见与否，常遣文以自業”。尤以热恋第 59 代宇多天皇（在位：887-897）寵妃藤原褒子一事，一度成为市井间茶余饭后的热议话题。作者一生诗作颇丰，共有 20 首作品人选《后撰和歌集》等各部“勅撰和歌集”中。另有世传《元良親王集》一书，也记录有作者的生前事迹。

本诗简说：

本诗选自《後選和歌集》恋部・第 961 首。据说，作者曾与宇多天皇的“皇京极御息所”（即皇妃）藤原褒子热恋，但私情败露，两人被无情分开。这首诗，就是作者希望与恋人“再见一面”，而吟咏的情歌。诗文感情真切，令人慨叹。诗中巧用日语中“澪標”与“粉身碎骨”两词的谐音双关之妙，表露出为爱不惜一切的一片痴情。

名词释义：

1. **難波**　日本古地名，相当于今大阪一带。因此地临海，故近海处立有高大木桩（日文作“澪標”）作航标，以引导船只安全入港。

2. **兵部卿**　日本律令制下，朝廷设置的中央行政机构“八省”（见第 16 首释义）之一的兵部省长官（正四品下）。兵部卿主要负责内外武官的人事考核，诸国卫士的选任和管理，以及武器管理等军事防卫方面的相关事务。

第 21 首原文：今来むと　言ひしばかりに　長月の
有明の月を　待ち出でつるかな
素性法師

日文平假名：いまこむと　いひしばかりに　ながつきの
ありあけのつきを　まちいでつるかな
そせいほうし

第 21 首中译文：（之一）君言即来不见来，冷秋九月夜难耐，
相思情长盼又盼，不觉又到月泛白。
杜红雁原译（之一）
（之二）盼君不见来，冷秋夜难耐，
情思何漫漫，愁途月泛白。
安四洋改译

作者简介：

素性法师，具体生卒年不详。俗名良岑玄利，《小仓百人一首》第 12 首作者僧正遍昭之子。据日本《尊卑分脈》一书记载，作者曾在第 56 代清和天皇（在位：858-876）时，短期作“殿上人”，官至左近将監。后在父亲劝说下，年轻时便出家人佛。先在京都云林院（佛寺）任“别当”，后转入“大和国”（今奈良県）的良因院（佛寺）作住持。宽平 8 年（896）宇多天皇（在位：887-897）到云林院巡幸时，钦命作者为“权律师”。

作者在诗歌领域，卓有成就，作品丰富。昌泰元年（898）宇多上皇巡幸大和国（今奈良）时，曾诏其前往伴驾。后作为宫廷御用诗人，经常伴随上皇各处巡幸。所到之处，作诗吟咏，奉献圣上，诗名远扬。后又受到第 60 代醍醐天皇（在位：897-930）的特别恩宠，延喜 9 年（909）被诏入宫，前往御前提写屏風诗。生前与常康親王，藤原高子等皇亲权贵，互有诗作赠答往来。作者去世时，著名诗人紀貫之，凡河内躬恒等人曾作“追慕歌”（诗）缅怀，可见其作为诗人的声望之高。本人著有诗歌专辑《素性集》一部存世。共有 63 首诗作人选《古今和歌集》等各部“勅撰和歌集”。后入选日本“三十六歌仙”之一。此外，据说作者还精通书法，造诣高深，享有盛誉。

本诗简说：

本诗选自《古今和歌集》恋部 4・第 691 首。这是作者尝试从女性角度创作的一首游戏诗。这种男作女诗，在当时曾流行一时。本诗别出心裁，立意独特，历来受到人们的关注和传咏。

名词释义：

1. 殿上人　一般指：被允许行走于日本皇城内宫清涼殿的少数廷臣。狭義特指：除親王，公卿，受領等人之外的，在清涼殿“殿上間”名册上记有名字，且负责天皇侧近用事及内宫值班等事务的官员（包括“蔵人”

和“蔵人頭”）。“殿上人”也称“雲客”或“云上之人”，意即：身分特殊且高高在上之人。

2. 左近将监　古代日本朝廷“左近衛府”机构的3等官（従六品）。“左近衛府”是日本律令制下的国家軍事組織。主要负责皇宫禁中的警卫，天皇出巡时的护卫，警備等事务。官职设置为：1. 大将（長官），由大納言或大臣兼任；2. 中将（次官），多为参議兼任；3. 左近衛将監；4. 左右近衛将曹；下辖近卫士约450人。

3. 别当　自奈良朝时代（710-794）以来设置的，国家佛寺僧官的称谓。具体分为：1. 大别当（又称“正别当”），2. 小别当（又称“凡僧别当”），3. 权别当（又称“修理别当”）4. 俗别当等4个等级。大别当由“僧纲”担任，“权别当”由“三会讲师”的常住学者担任。“俗别当”则由在俗的文武显官担任。别当的职责是：负责处理伽蓝的建立，整修，以及度牒等教宗内庶务。

4. 权律師　古代日本朝廷为管理佛教僧尼，而设定的僧官之一。由天皇直接恩准任命。僧官排序为：1. 僧正，2. 僧都，3. 律師。“权律師”为“僧正”辖下的暂设僧官。

第22首原文：吹くからに　秋の草木の　しをるれば
むべ山風を　嵐といふらむ
文屋康秀

日文平假名：ふくからに　あきのくさきの　しをるれば
むべやまかぜを　あらしといふらむ
ふんやのやすひで

第22首中译文：（之一）山风吹过草木枯，一扫万物尽萧疏，
由是山风写作嵐，字义正解狂风呼。
安四洋原译

（之二）秋来山风吼，一扫草木枯，

山风写作嵐，意即狂风呼。

安四洋原译

作者简介：

作者文屋康秀，具体生卒年不详，别名文琳。“縫殿助”宗于之子。有子文屋朝康（著名诗人）。据《古代豪族系図集覧》所记载，作者属于“長皇子”末裔中的“文屋氏”一族，是“文屋大市”（大納言）之玄孫，名门望族之后。据日本《中古三十六歌仙伝》记载，作者曾担任过：刑部中判事，三河掾，縫殿助等低阶官吏。值得一提的是，在担任“三河掾”（今愛知県的地方官）期间，曾邀请绝世美女小野小町到其任地一游，为时人津津乐道。

另据《古今和歌集》记载，作者在仁寿元年（851）第54代仁明天皇（在位：833-842）一周忌时，曾作诗吟咏，悼念缅怀。还有文献说，作者生前，不时出入清和天皇后妃“二条后皇太后”高子的居所，并与之互有诗作交流，关系密切。

作者诗作奇拔，不同凡响，声播远近。生前参加过寛平5年（893）8月的“貞親王家歌合”赛诗会。在《新時代不同歌合》诗作汇集中，被誉为“时代歌仙”，享有盛名。作者也是大学者纪贯之选定的日本“六歌仙之”之一。但紀貫之又在《古今和歌集》“仮名序”中评论作者说：此人虽“善巧文，词清新，但内容污秽，如商贩着锦衣”（译者大笑）。作者生前诗作，入选各部“勅撰和歌集”的共有6首，其中《古今和歌集》5首，《後撰和歌集》1首。

本诗简说：

本诗选自《古今和歌集》秋部下·第249首。当时用汉字作“文字游戏诗”，颇为流行。这首诗正是此类作品的代表作之一，可一窥平安时代初期文人雅士的别样趣味。

名词释义

1. **長皇子**　第40代天武天皇（在位：672-686）之子，又称長親王。

2. **日文“嵐”字**　由上“山”下“風”两个汉字组成，有暴风，狂风之意。

3. **刑部中判事**　古代日本朝廷刑部省的官职之一。判事有大中少之分：1. 大判事，定员2人，官阶正五品下；2. 中判事，定员4人，官阶正六品下；3. 少判事，定员4人，官阶従六品下。

4. **三河掾**　古代日本“三河国”（今愛知県東部）的地方官之一。地方国官职分4等，依次为：1. 守，2. 介，3. 掾，4. 目。“掾”为3等官。

5. **縫殿助**　奉职于日本朝廷“缝殿寮”（机构）的官职之一。“缝殿寮”的主要职责是，负责天皇和皇后的御服缝制，调查宫女品行，以及奉职态度等事务。长官称“缝殿头”（从五品下），副官称“缝殿助”。

6. **藤原高子**（842-910）　日本史上通称“二条后”。清和天皇的“女御”（即皇妃），后成为皇太后。其父为藤原長良，母为“贈正一品大夫人”藤原乙春。本人生子女有：陽成天皇，貞保親王，敦子内親王等人。

本诗趣闻：

作者曾是绝世美女“小野小町”的男友之一。一次，作者在前往“三河国”（今愛知県）赴任时，曾邀小町随行。对此小町作诗回复：“わびぬれば　身を浮草の　根を絶えて　誘う水あらば　いなむとぞ思ふ”（安四洋原译：“妾为世俗沦落人，孤寂强为苦自怜，愿作断根浮萍草，顺势流水任飘然”）。诗中的“水”字与“三河国”之“河”字暗合，用词巧妙，表意委婉，不愧有才女之称。

第 23 首原文：月見れば　ちぢにものこそ　悲しけれ
わが身一つの　秋にはあらねど
大江千里
日文平假名：つきみれば　ちぢにものこそ　かなしけれ
わがみひとつの　あきにはあらねど
おおえのちさと

第 23 首中译文：（之一）抬首仰望月秋明，总有悲情泛胸中，
自古无数骚客叹，秋来岂为一人從。
安四洋原译
（之二）抬眼望秋月，悲情泛胸中，
自古骚客叹，秋来岂吾從。
安四洋原译

作者简介：

大江千里，具体生卒年不详。日本古书《中古歌仙伝》中说，是“備中守本主”之孫，“参議音人”之子（一说：少納言玉淵之子）。作者在完成“大学学生”学业後，即入朝做官。曾历任：備中大掾（883），中務少丞（901），兵部少丞（902），兵部大丞（903）等职。后在“兵部省”和“伊予国”（今愛媛県）任职期间，与师父“菅原是善”一起，共同编撰《養老律令》的补充法典《贞观格式》。是一位少年得志，颇有抱负的政治人物。作者才学之誉虽高，但后半生官运不济，晚年又受事件牵连，遭到软禁，从此远离官场。

作者在诗歌创作方面，颇多建树。生前参加过的诗会有：“是貞親王歌合”，“紀師匠曲水宴歌合”和“寛平御時后宮歌合”等，作诗吟咏，活跃一时。据说，本人尤其擅长将漢詩名篇，特别是唐人白居易的诗，转译成日本和歌吟诵，是当时极具特色的诗歌人，汉学家和首屈一指的学者。有记载说，作者在寛平 6 年（894）曾奉宇多天皇钦点，编撰自家诗集《句题和歌》(别名《大江千里集》)，完成后献于宇多天皇。生前诗作收录在《古今和歌集》中的有 10 首，入选各部“勅撰和歌集”的有 25 首。本人后入选日本中古“三十六歌仙”之一。

本诗简说：

本诗选自《古今和歌集》秋部上・第 193 首。这是一首悲秋诗，吟诵了秋夜的孤寂。有研究者认为，作者在本诗中，借用了白居易《燕子楼三首》中的名句“燕子楼中霜月夜，秋来只為一人長”之意，创作而成。

名词释义：

1. **《贞观格式》** 日本贞观年间编撰的国家法典。“格式”是法典之意，源于唐朝用语。其中《貞観格》有 12 卷，《貞観式》有 20 卷，分别于公元 869 年和 871 年完成编撰，后在日本全国实施。

2. **《養老律令》** 古代日本朝廷于养老 2 年（757）实施的国家基本法。由律（即刑法）10 卷 12 编，令（即行政法）10 卷 30 编构成。

3. **兵部大丞** 古代日本中央政府兵部省（“八省”之一）官职之一。各省官职依次为：1. 卿（大臣），2. 大輔，3. 少輔，4. 大丞。大丞属于第 4 等官。

4. **《燕子楼三首》** 唐人白居易所作，全诗如下：“满窗明月满帘霜，被冷灯残拂卧床。燕子楼中霜月夜，秋来只为一人长。钿晕罗衫色似烟，几回欲著即潸然。自从不舞霓裳曲，叠在空箱十一年。今春有客洛阳回，曾到尚书墓上来。见说白杨堪作柱，争教红粉不成灰。”

第 24 首原文：このたびは　ぬさもとりあへず　手向山
紅葉の錦　神のまにまに
菅家

日文平假名：このたびは　ぬさもとりあへず　たむけやま
もみぢのにしき　かみのまにまに
かんけ

第 24 首中译文：（之一）伴驾巡幸临行急，神社献祭忘御币，
幸有手向山红叶，如华似锦慰神意。
安四洋原译

（之二）伴驾临行急，献祭忘御币，
幸有枫叶红，华锦慰神意。
安四洋原译

作者简介：

菅家（845-903），本名菅原道真。平安时代（794-1192）初期的公卿，日本史上首屈一指的大学者，著名政治家。其父菅原是善，为“参議文章博士”，母亲伴氏。菅家是尊称。

作者出生书香，天资聪颖，才学过人，少怀大志。35 歳即获当时的最高学问称号“文章博士”。貞観 14 年（876）开始在朝作官，曾历任：存問渤海使，兵部少輔，民部少輔，式部少輔等职，后兼任文章博士。因深得第 59 代宇多天皇（在位：887-897）和第 60 代醍醐天皇（在位：897-930）信任，仕途坦荡，平步青云。后又历任：蔵人頭，式部少輔，左京大夫，参議，左大弁，春宮亮等朝廷要职。寛平 4 年（892）受天皇圣命，编撰《類聚国史》；寛平 6 年 8 月被任命为“遣唐大使”。但却上奏建言称：唐国已显疲弊，不宜再派遣使。结果在作者手中，结束了持续 200 余年之久的“日本国遣唐使”的派遣。后又升任：中納言，権大納言兼右大将等职，并在宇多天皇譲皇位于长子“敦仁親王”（即醍醐天皇）时，上奏新皇，要求“凡奏請宣行之事，皆咨询藤原時平，道真二人”，权势达到了巅峰。昌泰 2 年（899）54 歳时，又晋升为公卿右大臣（朝廷三公之一），成为名副其实的一流大政治家。

另据记载，元慶 8 年（884）第 58 代光孝天皇（在位：884-887）曾下問：“太政大臣有無職掌？”，对此，作者提出“無職掌”的意見書，引起天皇不快。加之政敌“左大臣藤原时平”等人素日谗言，以及被怀疑企图拥立醍醐天皇之弟斉世親王，取代当今天皇等原因，被贬官为“大宰权师”，派往偏远的九州地方，任“太宰府”（朝廷外派机构）长官。

作者在 2 年後的延喜 3 年（903）2 月，59 歳时去世。死后安葬在安楽寺（今大宰府天満宮）。後恢复了名誉与官位，又追贈为太政大臣。永延元年（987），因恐作者冤魂怨霊作祟，追贈“北野天満宮天神”神号，以安抚其在天之灵。

作者逝后，被尊崇为日本“学问之神”，供奉在九州太宰府安楽寺（今天満宮），追谥神号“北野天満宮天神”。据说，如今日本初高中学生在临考前，都要来此参拜，以祈祷各种考试如愿以偿。

作者生前，著有漢詩文集《菅家文草》，《菅家後集》，和歌集《菅家御集》等多部著作。据学者研究，日本现存的《万葉集》（綜輯本）的最终整理者就是作者本人。此外，还主编有日本和歌与中国漢詩并列的《新撰万葉集》一部，流存于世，据说极具学术研究价值。生前诗作入选各代“勅撰和歌集”的有 35 首。

本诗简说：

本诗选自《古今和歌集》羈旅部 · 第 420 首。据说，这首诗是，公元 898 年秋，作者伴驾宇多天皇巡幸吉野（今奈良県吉野郡），途中准备向某神社供奉祭品时，忽然发现临行匆忙，忘记带上供品，于是就有了这首尴尬自嘲似的诗歌。

名词释义：

1. 公卿右大臣　古代日本律令制下，辅助天皇处理国政的官员之一。此类官职的排序是：1. 太政大臣，2. 左大臣，3. 右大臣，4. 大納言，5. 中納言，6. 参議。以上各官员身份到平安朝時代时，又统称为“公卿”。据说，是参照中国周朝的“三公九卿”制而设置的。

2. 文章博士　古代日本朝廷中设有“大学寮”（最高学府），在此讲授歷史（主要是中国史）等学问的教官称“文章博士”。研究者认为，日本的“文章博士”类似于中国古代朝廷的翰林学士。

3. 存問渤海使　古代日本朝廷中负责处理与“渤海国”来使相关事务的专员。渤海国于公元 698 年由大祚栄所建。到该国纪年“大武芸”時代，该国与唐朝和新羅国发生外交纠纷，为避免国際孤立和牽制对方勢力，渤海国开始派使节访问日本，寻求支持。为此，日本朝廷特设“存問渤海使”负责处理相关事宜。

4.《類聚国史》　平安時代（794-1192）的史書。由菅原道真奉天皇勅令，于寬平 4 年（892）编撰而成。该书将《日本書紀》等前代的六部正史，按照神祇，帝王，歳時，音楽，政理和刑法等内容进行重新分类，然后按各类别，汇集编撰而成。

5. 手向山　别称“逢坂山”，位于今奈良市東部。山体跨奈良山科区和滋賀県大津市境界，山標高 325 米。此山自古以来，即是许多日本詩歌与紀行文学的创作之地。尤其是以时令一到，櫻花盛开，绚烂多姿，漫山尽染而闻名。山麓有“手向山八幡宮”（神社）座镇，与東大寺的“二月堂”並具“赏櫻胜地”之殊荣。

第 25 首原文：名にしおはば　逢坂山の　さねかづら
人に知られで　くるよしもがな
三条右大臣

日文平假名：なにしおはば　あふさかやまの　さねかづら
ひとにしられで　くるよしもがな
さんじょうのうだいじん

第 25 首中译文：（之一）逢坂山上小夜籐，正喻情侣幽相逢，
何不顺藤寻过去，悄然来到伊人旁。
安四洋原译

（之二）逢坂小夜籐，暗喻幽相逢，
何不顺藤去，寻到伊人旁。
安四洋原译

作者简介：

三条右大臣（873-932），本名藤原定方。其父为"内大臣"（贈正一品太政大臣）藤原高藤，母为"宮道弥益"之女引子；有子：藤原朝忠（诗人），有女：藤原能子（醍醐天皇的"女御"，人称"三条御息所"）；家族属于藤原北家"勧修寺"一支。作者曾在朝为官，历任：少将，左衛門督，参議，中納言等职。延長 2 年（924）52 歳时，晋升右大臣（官阶従二品），后追贈従一品。因私宅建在京都三条（街名）上，人称"三条右大臣"，是平安时代（794-1192）中期最具代表性的政治家之一。

作者也是一位热衷于诗歌创作和音乐的文化人。曾作醍醐天皇朝"和歌沙龙"的资助人。《后撰和歌集》中收录作者诗作有 17 首。此外，本人还著有自家诗歌集《三条右大臣集》一部。

本诗简说：

本诗选自《後撰和歌集》恋部・第 701 首。据说，作者有一位心仪女子，但因公职在身，无法经常见面。于是写下这首诗，借以表达心境。诗中运用了日语中有男女幽会之意的（逢）字，以及有共寝之意的（小夜藤）等词语的谐音及双关寓意，表达了对爱恋女子的思念与情往。

名词释义：

1. **宮道弥益**　人名，具体生卒年不詳。据推测，应是平安初期的中央豪族。女儿（一说妹妹）列子嫁于大臣藤原高藤，生女儿胤子；列子和胤子母女二人，都曾作过宇多天皇的“女御”（皇妃），结果胤子生“醍醐天皇”。本人属于外戚荣耀之列，受赐“朝臣”姓氏，曾作朝官“宮内大輔”（官位従四品）。有学者研究认为，宮道弥益应是现今日本天皇的直系祖先。

2. **小夜籐**　一种长茎常绿低矮的藤蔓植物，别名“美男葛”，有雌雄異株。夏季开黄白色花，籽熟后呈赤色，嫩茎中可提取粘液。据说，古代日本男子常用其提取液作整髪油料。

第 26 首原文：小倉山　峰のもみじ葉　心あらば
今ひとたびの　みゆき待たなむ
貞信公

日文平假名：をぐらやま　みねのもみぢば　こころあらば
いまひとたびの　みゆきまたなむ
ていしんこう

第 26 首中译文：（之一）**小仓山峰楓树红，圣驾巡幸临山中，**
惟愿红叶若有情，莫凋静待吾儿行。
安四洋原译

（之二）**小仓楓树红，圣驾临山中，**
红叶若有情，静待吾儿行。
安四洋原译

作者简介：

贞信公（880-949），本名藤原忠平。太政大臣藤原基経之子，母亲是“人康親王”之女。作者与两个兄长藤原时平和藤原仲平一起，并称为“三平”，同为日本史上的著名政治家。另有一胞妹温子，曾是宇多天皇的“女御”（后妃）。

作者16岁时，叙官阶正五品下，允许进宫昇殿。后在朝廷为官，一路仕途坦荡，顺风满帆。曾历任：侍従兼備後権守，参議，中納言，右大臣，左大臣兼摂政，摂政太政大臣（従一品），関白太政大臣兼任皇太子傅，权倾朝野，如日中天。但据说，又为人敦厚，勤勉奉公，简朴廉洁，在朝廷享有很高声望。

天暦3年（949）去世，年70歳。死后追贈正一品，封地“信濃国”（今長野県），謚号貞信公。因家居京都一条街，人称“小一条太政大臣”。作者被认为是日本藤原氏一族的中興之祖，受到後世子孫的尊崇与膜拜。

有研究认为，日本律令法典《延喜式》，就是在作者手中完成的；另据古代故事集《大鏡》记载，作者曾在皇宫紫宸殿上驱过鬼，胆识过人。生前除公务外，喜好诗文，诗作入选“勅撰和歌集”的有13首。此外，还著有日記《貞信公記》一册，流传于世。据说，生前还与著名女诗人伊勢有过一段恋情关系。

本诗简说：

本诗选自《拾遺和歌集》雑集・第1128首。据说，公元709年的一个秋日，作者伴驾宇多上皇，去京都小仓山游玩，看到眼前楓树叶红，景色如画的美景，上皇突然说道“如此美景，很想让吾儿醍醐前来一看”。作者听到后，随即写下这首即兴诗，记录下此事。

名词释义：

1.**《延喜式》** 平安时代（794-1192）中期的国家法典，是《養老律令》的实施细则，律令政治的基本法。《延喜式》是第60代醍醐天皇

（在位：897-930）下圣旨，由作者与藤原时平等人共同编纂，延长 5 年（927）完成，康保 4 年（967）付诸实施的。全书共 50 卷，约有 3300 条文。据说，文中对古代日本官制，礼仪等也有详尽的规定和记载，是研究日本问题的重要文献之一。

2.《拾遺和歌集》 日本的第 3 部“勅撰和歌集”，共 20 卷，撰者不詳。一般认为是“花山院”（太上皇）主持编修的。诗集中共收录诗歌 1351 首，内容由春，夏，秋，冬，賀，別，物名，雑上・下，神楽歌，恋 1-5，雑春，雑秋，雑賀，雑恋和哀傷等各部类构成。

3. 小倉山 又称“雄蔵山”，“小椋山”或“隠椋山”等。位于京都市桂川北岸，与南岸嵐山相对，標高 296 米。此地自古以来，为欣赏楓树红叶之名所，也是古代文人骚客吟诗作画之地。

4. 人康亲王（831-872） 平安时代前期的亲王。父为仁明天皇，母为“赠正一品太政大臣”藤原総継之女“赠皇太后”藤原泽子；同母兄有光孝天皇。

第 27 首原文：みかの原　わきて流るる　泉川
いつ見きとてか　恋しかるらむ
中納言兼輔

日文平假名：みかのはら　わきてながるる　いづみがは
いつみきとてか　こひしかるらむ
ちゅうなごんかねすけ

第 27 首中译文：（之一）瓶原木津水淙淙，泉川阵阵涌清流，
守姬倩影何时见，无端痴恋自烦忧。
杜红雁原译（之二）

（之二）瓶原水淙淙，泉川涌清流，

守姬何时见，无端自烦忧。

安四洋改译

作者简介：

中纳言兼辅（877-933），本名藤原兼辅。“右中将”藤原利基之子；表兄中有：“三条右大臣”藤原定方；生子有：藤原雅正，藤原清正（同为“勅撰和歌集”入集诗人）；作者也是著名古典小说《源氏物语》作者紫式部（女）之曾祖父。

醍醐天皇寬平 9 年（897），作者被允许入宫昇殿；后历任朝官：讃岐権掾，衛門少尉，内蔵助，右兵衛佐，左兵衛佐，左近少将，近江介，内蔵頭，蔵人頭和参議等职。直至延長 5 年（927），晋升为権中納言（従三品），中納言兼右衛門督。因官居“中纳言”，且宅邸位于京城鸭川堤坝之上，故人称“堤坝中纳言”。（译者笑）

作者擅作和歌，被认为是醍醐天皇一朝“和歌盛世期”的重要诗人；生前与纪贯之等著名诗人文化人有亲密交往。后共有 58 首诗作分别收录在《古今和歌集》和《後撰和歌集》等诗歌集中。此外，还著有家集《兼輔集》一部。本人后入选日本“三十六歌仙”之一。

本诗简说：

选自《新古今和歌集》恋部·第 996 首。据说，当时都城流传着“若狭守”之女如何美丽端庄的说法。作者闻言后，便产生一睹芳容的冲动，欲赋诗存念，于是就有了这首诗。诗中借用日语中“泉”和“何曾见”两词的谐音寓意，表达了对尚未谋面女子的强烈恋慕之情。

名词释义：

1. 若狭守姬　“若狭”指古代日本“若狭国”（今福井県西南部），为当时的地方行政区划，属北陸道七国之一。“若狭守”是该地方的最高长官；姬指未婚女子，也有官宦家小姐之意。这里的“守姬”，意即：“若狭守”家的小姐。

2. 瓶原木津 指京都北部木津川流经的北岸原野（即“瓶原平原”）。圣武天皇（在位：724-749）时期，曾将京城“恭仁京”遷于此地。

第 28 首原文：山里は　冬ぞきびしさ　まさりける
人目も草も　枯れぬと思へば
源宗于朝臣

日文平假名：やまざとは　ふゆぞさびしさ　まさりける
ひとめもくさも　かれぬとおもへば
みなもとのむねゆきあそん

第 28 首中译文：（之一）远遁尘世入深山，寂寞难耐忍无边，
最恐冬日肃杀苦，人迹断绝草木枯。
安四洋原译

（之二）遁世入深山，寂寞忍无边，
最恐冬日苦，人绝草木枯。
安四洋原译

作者简介：

源宗于朝臣，出生年不详，卒于公元 939 年。日本第 58 代光孝天皇（在位：884-887）之孙，忠親王之子（一说：“式部卿”本康親王之长子，仁明天皇之孫）。寛平 6 年（894）脱离皇室，下阶臣籍，受賜源姓。后在朝为官，曾历任：丹波，摂津，三河，信濃和伊勢等地方国的“権守”一职等，直至朝廷“右京大夫”（正四品下）。

据记载，作者生前曾参加过“寛平御時后宮歌合“和“是貞親王家歌合”等著名赛诗会，吟咏自创诗作。还曾向女诗人伊勢写过情诗。与纪貫之亦有深厚友情，互有诗歌贈答。入选各部“勅撰和歌集”的诗作有 16 首。另著有家集《躬恒集》一部。后世故事集《大和物語》中，描写作者任职“右京大夫”时的一些事迹，说他常叹生不逢时，怀才不遇，整日郁郁寡欢。本人入选日本“三十六歌仙”之一。

本诗简说：

本诗选自《古今和歌集》冬部・第 315 首。据说，这是作者根据自己的想象，以身居深山想念都城朋友的立意，凭空创作的一首诗。但也有研究者认为，此诗确是作者实际进山生活后，根据自身感受创作而成的。这首诗的“本歌”（即原型诗），是诗人藤原興風在“是貞親王”举办的歌会上吟咏的。原诗为：“秋くれば　虫とともにぞ　なかれぬる　人も草葉もかれぬと思へば”。（安四洋原译：“秋来冷风渡，百虫寒噤声，人迹踪不见，草木一荣枯”。）

名词释义：

1. **右京大夫**　古代日本掌管京城司法，行政和警察等官署的长官。

2. **式部卿**　古代日本朝廷“式部省”的最高長官。式部省是日本律令制中央行政机构“八省”之一，主管内外文官的名帳，考核，選叙，礼儀，版位和品级等事务。八省分别是：1. 中務省，2. 式部省，3. 治部省，4. 民部省，5. 兵部省，6. 刑部省，7. 大蔵省，8. 宮内省。

3. **是貞親王**　第 58 代光孝天皇（在位：884-887）之子，宇多天皇之兄长。貞観 12 年脱离皇室，受赐“源朝臣”姓氏。寛平 3 年（891）成为親王。后在朝为官，曾历任：左近衛中将，大宰帥等职，最终官阶三品。

4. **丹波国**，相当于今京都府中部和兵庫県東部；**摂津国**，相当于今大阪府北中部大半和兵庫県南東部；**三河国**，相当于今愛知県東半部；**信濃国**，相当于今長野県；**伊勢国**，相当于今三重県東部。

5. **権守**　古代日本地方国行政长官之一，职权仅次于“守”。

第 29 首原文：心あてに　折らばや折らむ　初霜の
置きまどはせる　白菊の花
凡河内躬恒

日文平假名：こころあてに　をらばやをらむ　はつしもの
おきまどはせる　しらぎくのはな
おおしこうちのみつ

第 29 首中译文：（之一）晚秋朔风肌骨寒，初霜如约清晨现，
欲折园中白菊赏，亦花亦霜辨识难。
安四洋原译
（之二）晚秋朔风寒，初霜清晨现，
欲折白菊赏，不辩霜花难。
安四洋原译

作者简介：

凡河内躬恒，生前情况资料不多，身世不甚明了。从姓氏“凡河内”上看，属于古代豪族“大河内”一族。先祖是日本律令制下“河内国”（今大阪一带）的“国造”（地方长官），家世渊源久长；本人生前也作过小官吏，如：甲斐少目，御厨子所供职，丹波権大目，泉権掾，以及淡路权掾等职。延長 3 年（925）从任地“和泉国”（今大阪府大和川以南一带）返回京城。

作者官运不济，但诗名极高，才华横溢，时人皆知，甚至被视为可与紀貫之比肩的“时代歌人”。生前经常被邀请参加各种诗会，宮廷宴会和权贵家宴。如：昌泰元年（898）秋季的“亭子院女郎花合”，宇多法皇亲自主持的“歌合”，著名的宇多法皇“大井川行幸”巡幸咏诗，“亭子院歌合”等诗会，吟诗作赋，增添雅兴，作座上宾：作者极善作屏风诗，经常受邀创作题写“屏風歌”（诗）（在立式大型屏风上题写诗文）。时人评价其诗风是：耽美，洒脱，亲和，前无古人，尤以抒情诗见长。

作者诗作颇丰，入选《古今诗歌集》中的就有60首之多，仅次于紀貫之的99首。入选各代“勅撰和歌集”的作品，总计多达214首。也是《古今和歌集》的撰者之一。此外，还著有自家诗歌集《躬恒集》一部存世。本人入选“三十六歌仙”之一。

本诗简说：

本诗选自《古今和歌集》秋部下・第277首。相传，一次作者在教授众弟子如何写诗，设题目“庭院，白菊，霜降”。就在弟子们冥思苦想之时，作者先有了这首诗。此诗构思巧妙，后一经传出，好评如潮，一时间文人雅士争相传咏。但后世明治時代（1868-1912）的大诗人正岡子規，在评论本诗时说“过于穿凿，没有人会分不清白霜和白菊”。（译者大笑）

名词释义：

1. 淡路権掾　“淡路”是日本古地名，指今兵库县淡路市一带。“権掾”是日本律令制下地方3等官之称谓。官职排序是：1. 守，2. 介，3. 掾，4. 目。

2. 凡河内氏　又称“凡河内忌寸”或“大河内氏”，是日本古代一大豪族，主要势力范围在“畿内”（京城附近）一带。据说，其祖先可追溯到3个系统：一是“天津彦根命”神（日本诸神之一）；二是“天穂日命”神的後裔；三是“海外渡来系”之白龍王。支配领域为古代日本的“凡河内国”，相当于包括后来的“河内国”（今大阪东部），“和泉国”（今大阪西南部），“摂津国”（今大阪中部和兵庫県南東部）等在内的广大区域。

3. 国造　古坟时代（250-592）至飞鸟时代（593-710）设置的地方官职，由中央大和国朝廷任命。“国造”掌握所辖地域的军事权和裁判权，是当地的实际支配者（类似于中国的诸侯），拥有很大权力。

4. 河内国　古代日本令制国（地方区划）之一。据说最早属于古代豪族“物部氏”的势力范围，为“畿内五畿”之一。地域相当于今大阪府东部一带，农业和商业较发达，也是畿内“武家栋梁河内源氏”（“清和源氏”

的一支）的本据地。“河内源氏的”家族墓现仍存于佛家“通法寺”附近(今大阪府羽曳野市)。

5. 大井川巡幸　指延喜 7 年（908）9 月 10 日宇多法皇巡幸“洛西大井川”一事。伴驾随行的有诗人紀貫之，凡河内躬恒等 6 人，沿途共创作诗歌 63 首，随作随呈献于天皇御览。后，紀貫之据此编著《大井川行幸和歌集》一部，使此次“洛西大井川巡幸”，成为日本文学诗歌史上的一件盛世和固有名词。可惜诗集只留下序言部分，其余散失。据说多是一些歌功颂德，賛美天皇治世伟业的美文诗篇，使用讲求技巧的中国式駢体诗風格写就。

6. 亭子院歌合　指延喜 13 年（913）3 月 13 日，宇多法皇在已故皇妃“七条皇后温子”邸宅（即上皇御所）亭子院，举办的一场赛诗会。诗会设题目为：二月（初春），三月（季春），四月（夏），恋等四题。原定每题各进行 10 番（轮或回合）比赛，东西两阵诗人共作 20 首诗歌（合计 40 番 80 首）。但因時間关系，夏，恋两题数量减半，最终只进行了 30 番，作诗 60 首。“判者”（评审）由宇多法皇亲自担任，并亲笔书写“御判詞”，記録在案；此次诗会盛况空前，气氛热烈，诙谐愉快，令人难忘。参加者除法皇本人外，还有：凡河内躬恒，藤原興風，紀貫之，坂上是則，伊勢（女），大中臣頼基等当时鼎鼎大名之文人诗客。

第 30 首原文：有明の　つれなく見えし　別れより
あかつきばかり　憂きものはなし
壬生忠見

日文平假名：ありあけの　つれなくみえし　わかれより
あかつきばかり　うきものはなし
みぶのただみ

第 30 首中译文：（之一）每逢破晓月下弦，不禁悲伤泪潸然，

当初与卿恨别日，寒月下对冷漠颜。

安四洋原译

（之二）每逢月下弦，不禁泪潸然，

与卿恨别日，痛对冷漠颜。

安四洋原译

作者简介：

壬生忠岑（又写作“壬生忠峯”或“壬生忠峰”），生卒年不详。其父“散位安綱”是身分较低的武官；本人有子壬生忠见，也擅长诗文，是“三十六歌仙”之一；作者年轻时，曾在朝廷“六衛府”作下官。后任：左兵衛番長，右衛門府生，御厨子所預，直至：摂津権大目（官阶六品）。据日本古代故事集《大和物語》第 125 段记载，作者还曾担任过“大納言，右大将”藤原定国（醍醐天皇之舅父）的“随身”（贴身卫士）。

作者是著名诗人，活跃于寛平年間（889-898），所作诗篇颇多，脍炙人口。生前亦参加过各种诗歌会，如“是貞親王家歌合”，“寛平御時后宮歌合”，宇多法皇“大井川行幸”献诗等。生前诗作，后被收录在各部“勅撰和歌集”中的有 84 首。此外，还写有诗歌論著《和歌体十種》一书的序言，著家集《忠岑集》一部传世。本人入选日本“三十六歌仙”之一。

本诗简说：

选自《古今和歌集》恋部・第 625 首。据说，作者曾强烈爱慕着一位女子，但后来得知该女子跟他人结婚了。于是情难自抑，痛不欲生，写下了这首诗，痛诉衷肠。诗评大家“藤原定家”曾高度评价这首诗。

名词释义：

1. **是貞親王家歌合**　指寛平 5 年（893）秋季来临之前，由宇多天皇在其母“皇太夫人班子女王”宫中举办的赛诗会。诗会设诗题为：春，夏，秋，冬，恋等 5 题，各进行 20 番比赛，吟咏诗作 200 首；名人备至，规模宏大，盛况空前。出詠诗人有：紀友則，藤原興風，紀貫之等著名歌人。此次诗会，是宇多天皇为筹划编撰，一部新的“勅撰和歌集”《新撰万葉集》，而征集诗歌作品举办的。其中，紀友則和藤原興風所作的 13 首，紀貫之创作的 7 首作品，评价甚高，尤其引人注目。

2. 寛平御時后宮歌合　又称“皇太夫人班子女王歌合”，是寛平 5 年（893）9 月前，由宇多天皇作後援，“光孝天皇皇后班子女王”举办的大型赛诗会。诗歌设题：春，夏，秋，冬，恋等 5 題，每题进行 20 番（轮或回合）比赛。合计 100 番，作诗 200 首。诗会群贤毕至，阵容豪华。参加者有：藤原興風，紀友則，紀貫之，在原棟梁，源宗于，藤原敏行，壬生忠岑，素性，大江千里，凡河内躬恒，在原元方，伊勢（女性），坂上是則和文屋朝康等诗人，多是当时日本诗坛的重镇。

第 31 首原文：朝ぼらけ　有明の月と　見るまでに
吉野の里に　降れる白雪
坂上是則

日文平假名：あさぼらけ　ありあけのつきと　みるまでに
よしののさとに　ふれるしらゆき
さかのうえのこれのり

第 31 首中译文：（之一）朝雾散去天破晓，忽觉窗外月光照，
推开望去寒意抢，吉野山雪白茫茫。
安四洋原译

（之二）雾散天破晓，忽觉月光照，
推窗望开去，吉野雪茫茫。
安四洋原译

作者简介：

坂上是则，具体生卒年不详。据家谱《坂上系図》记载，应是征夷大将軍“坂上田村麻呂”之后世子孫；“右馬頭”坂上好蔭（従四品上）之子；有子坂上望城（《後撰诗歌集》撰者之一）；本人曾在朝为官，历任：大和權少掾，大和権掾，少監物中監物，少内記，大内記等职。直至延長2年（924）正月，被任命为“加賀介”（今石川県南部地方官，官阶従五品下）。据此推算，作者应属于日本第60代醍醐天皇（在位：897-930）和第61代朱雀天皇（在位：930-946）时期的人士。

作者诗才超群，作品丰富，诗风清新素雅，古有定评。在入选日本“三十六歌仙”时，与小野小町（女），在原業平，紀貫之等诗作大家连名一处，可见实力不凡。生前曾参加过寛平5年（893）的“后宮歌合”，延喜7年（907）伴驾天皇“大井川行幸”巡幸献诗，以及著名的“亭子院歌合”等诗会活动。后有43首诗作人选各部“勅撰和歌集”。

此外，有记载说：作者还是一位蹴鞠名手。曾于905年在宫中仁寿殿醍醐天皇御前，表演蹴鞠，一次竟连续蹴206脚，鞠球不落地。天皇观之甚喜，当场赐絹若干，以作褒奖。

本诗简说：

本诗选自《古今和歌集》冬部·第332首。据说，作者在某一冬季，前往“大和权少掾”任地的途中，夜宿吉野山下的旅舍。次日清晨醒来时，感觉窗外明亮，十分诧异，以为是月光。于是推窗看去，竟是满目雪景，于是就有了这首诗。有学者认为，本诗有模仿唐人李白名作《静夜思》中诗句之嫌疑，即“床前明月光，疑是地上霜”一句。

名词释义：

1.《後撰和歌集》 日本第2部“勅撰和歌集”。由村上天皇（在位：946-967）下旨編纂。体裁仿照《古今和歌集》，内容分春（上中下），夏，秋（上中下），冬，恋（六卷），雑（四卷），離別（附羇旅），賀歌（附哀傷）等部类，共 20 卷，收录诗作 1425 首。一般认为，将離别歌，羇旅歌，賀歌和哀傷歌併収于一集之内，是本诗集的一大特点。

2. 吉野 指奈良吉野山一带，古代建有皇朝離宮，是夏季避暑胜地。

3. 征夷大将軍 最初指由古代日本朝廷委派，以征讨东北部“虾夷人”为目的的，专属军队统领之称号。到镰仓时代（1185-1333）以后，该称号失去原有意义，成为武士政权最高权力者的称谓，但名义上仍由朝廷任命。

4. 大和权少掾 古代日本“大和国”（今奈良県）地方官之一，官阶正六品上。当时地方国官职共分 4 等，依次是：1. 守，2. 介，3. 掾，4. 目。“权少掾”是第 3 等官“掾”的非常设副手。

第 32 首原文：山川に　風のかけたる　しがらみは
流れもあへぬ　紅葉なりけり
春道列樹

日文平假名：やまがはに　かぜのかけたる　しがらみは
ながれもあへぬ　もみぢなりけり
はるみちのつらき

第 32 首中译文：（之一）山间溪流水潺潺，忽到弯处遇阻栏，
不是栅门鱼儿挡，风卷红叶叠瘰瘰。
安四洋原译

（之二）山涧水潺潺，弯处遇阻栏，
不是鱼栅挡，风堆红叶瘰。
安四洋原译

作者简介：

春道列树，生卒年不详。日本第 60 代醍醐天皇（在位：897-930）

时期的诗人。父“新名宿禰”，曾任宫廷“雅乐头”（一说“主税头”），官阶从五品下。据日本《三代実録》记载，“春道氏”属于古代豪族“物部氏”之末流。

作者早年，少年才俊，博学多闻，尤喜诗文。延喜 10 年（910）作“文章生”，在宫中“大学寮”（宫廷学校），学习文学和歷史（主要是中国史）。后在朝廷任职，先任大宰大典。继之，在延喜 20 年（920）被任命为“壱岐守”（今長崎県地方官），但赴任前不幸去世。作者所作诗歌，有 3 首入选日本《古今和歌集》，另有 2 首入选《后撰和歌集》。

本诗简说：

本诗选自《古今和歌集》秋部下 . 第 303 首。据说，作者当年从都城出发，行进到“近江国”（今滋贺县）时，见自然美景，赏心悦目，感叹欣赏之余，创作了本诗。

名词释义：

1. 壱岐守　古代日本“壱岐国”（今長崎県壱岐市）的地方长官。

2. 文章生　指古代日本在宫廷“大学寮”（学校）専攻历史和文章等学问的学生。大学寮始設于天平 2 年（730），在此学习，是日后步入仕途的重要路径之一。

3. 大宰大典　古代日本“大宰府”(朝廷外派机构) 官职之一。大宰府官职排序为：1. 主神，2. 帥，3. 大弐，4. 大監，5. 大典 (从六品上)，6. 史生。大宰府是中央朝廷设在“筑前国”(今福岡県北部) 的唯一驻外机构，主要负责当时的日本外交事务和当地行政管理等职责。

第 33 首原文：ひさかたの　光のどけき　春の日に
静心なく　花の散るらむ
紀友則

日文平假名：ひさかたの　ひかりのどけき　はるのひに
しづこころなく　はなのちるらむ
きのとものり

第 33 首中译文：（之一）春光和煦溢满园，千花万树竞相开，
不知漫山红樱艳，匆匆散去为哪般。
安四洋原译
（之二）春光溢满园，万花竞相开，
不知红樱艳，散去为哪般。
安四洋原译

作者简介：

纪友则，具体生卒年不明。“宮内少輔”紀有朋之子，纪貫之的従兄（一说是侄子）；有子：纪清正（后任“淡路守”），纪房則等 2 人。一般认为，作者是平安时代（794-1192）中期第 59 代宇多天皇（在位：887-897）和第 60 代醍醐天皇（在位：897-930）时期之人。年过 4 旬后，始入朝作官，曾先后担任：土佐掾，少内記，大内记等职。

根据《亭子院御集》记载，作者在元慶 8 年（884）前后，即第 59 代宇多天皇作親王时，曾作近侍诗人，说明其诗才已被高度认可。生前参加的各种诗会有：寛平 3 年（891）入秋前的“内裏菊合”，“是貞親王家歌合”和“寛平御時后宮歌合”等，均有诗作参赛。延喜 5 年（905）2 月 21 日还曾为藤原定国 40 生日賀岁，作“屏風歌”（诗）。这也是作者生前有明确记载的最后一次诗作活动。

作者被认为是，与壬生忠岑并称的，寛平年间的代表性诗人。曾被钦命为《古今和歌集》撰者之一。遗憾的是不久病世，年仅 50 余歳。逝世后，紀貫之，壬生忠岑等著名诗歌人为其吊唁缅怀，作“哀傷歌”（悼念缅怀诗）(见《古今和歌集》记载)。

作者创作的诗歌作品，后收录在《古今和歌集》的有 47 首，入选《后撰和歌集》和《拾遺和歌集》的共有 70 首，诗作总数排在纪貫之，凡河内躬恒之后，居第 3 位。此外，还著有家集《友則集》一部传世。本人入选日本“三十六歌仙”之一。

本诗简说：

选自《古今和歌集》春部下・第 84 首。这首诗吟咏了自然之美，利用春天阳光和煦与樱花散落的对映，表露心境，唤起共鸣。

名词释义：

1. 少内记，大内记 “内记”是古代日本朝廷的官职之一，分：1. 大内記（六品上），2. 中内記（正七品上），3. 少内記（正八品上）三等，是中務省所属官员。“内记”主要负责朝廷的詔勅起草，御所記録等事务。

2.《亭子院御集》 “亭子院”是宇多天皇讓位後的居所“上皇御所”（今京都市不動堂町近辺）后花院的名称。宇多上皇曾在此举办盛大赛诗会，并亲任“判者”（评审），史称“亭子院歌合”。诗会邀请诗人名流参加，大摆筵宴，吟诗作歌，为当时一大盛事。此次诗会，除上皇外，参加者还有：凡河内躬恒，藤原興風，紀貫之，坂上是則，伊勢（女），大中臣頼基等，都是当時的顶级诗歌人，共创作吟咏诗作 60 首，后编撰成册，冠名《亭子院御集》。

3. 藤原定国 平安時代前期的公卿。父为朝廷“内大臣”藤原高藤，家族属于“藤原北家”良門一支。本人是醍醐天皇之舅父，曾官至“大納言”（官位従三品），显赫一时。

第 34 首原文：誰をかも　知る人にせむ　高砂の
松も昔の　友ならなくに
藤原興風

日文平假名：たれをかも　しるひとにせむ　たかさごの
まつもむかしの　ともならなくに
ふじわらのおきかぜ

第 34 首中译文：（之一）昔日旧友相继去，今日新朋谁人来，
不见高砂古松柏，至今依旧陌路哀。
安四洋原译

（之二）旧友相继去，新朋谁人来，
高砂古松柏，依旧陌路哀。
安四洋原译

作者简介：

藤原兴风，生卒年不明。“京家藤原浜成”之曾孫；正六品上“相模掾”（今神奈川县地方官）道成之子。本人曾作朝官：昌泰 3 年（900）任相模掾，延喜 4 年（904）任上野権大掾，延喜 14 年（914）任下总権大丞。最終官阶为正六品上（见《尊卑分脈》）。

作者多才多艺，不但长于和歌创作，还精通古代管弦乐器，作过古琴教师。寛平 3 年（891）在“貞保親王后宮”藤原高子 50 岁贺生时，曾进献“屏風歌”（诗）一首。生前参加过多场赛诗会，著名的有：“寛平御時后宮歌合”，“亭子院女郎花合”，“亭子院歌合”和“内裏菊合”等，均有诗作发表。后人选各部“勅撰和歌集”的诗作有 42 首。此外，还著有自家诗集《興風集》一部。本人入选日本“三十六歌仙”之一。

本诗简说：

本诗选自《古今和歌集》雑部上・第 909 首。据说，这首诗是作者因失去朋友，心情悲伤，追悼缅怀而作。

名词释义：

1. **京家藤原浜成**　人名，生于神亀元年（724），是“藤原京家”之祖藤原麻呂（曾任参议）之嫡子，后成为京家的核心人物。天平勝宝3年（751）叙爵従五品下。曾在孝謙，淳仁两朝天皇时期为官，历任：大蔵少輔，大判事，節部大輔等职。

2. **高砂松**　指兵庫県高砂市南部一带生长的古松柏。古代被看作是长寿的象征，为时人尊崇。

3. **相模掾，下总掾**　分别是古代日本“相模国”（今神奈川县）和“下总国”（包括今千叶县，茨城县，埼玉县和东京都之一部）的地方官官称。官职排序是：1. 守，2. 介，3. 掾，4. 目。“掾”为第3等官。

第35首原文：人はいさ　心も知らず　ふるさとは
花ぞ昔の　香ににほひける
紀貫之

日文平假名：ひとはいさ　こころもしらず　ふるさとは
はなぞむかしの　かににほひける
きのつらゆき

第35首中译文：（之一）闻言人心多善变，吾辈愚钝不知详，
但见院中古梅树，花开枝头依旧香。
安四洋原译

（之二）人心闻善变，吾辈不知详，
但见古梅树，花开依旧香。
安四洋原译

作者简介：

纪贯之（868-946），幼名阿古久曽。生于京都一没落贵族家庭。因朝廷权争，家道中落。父纪望行，母为“内教坊伎女”；有子：纪時文（《後撰和歌集》撰者之一）。表兄纪友則是《古今和歌集》的編撰者；曾在朝为官，历任：御書所預，越前権少掾，内膳典膳，少内記，大内記，加賀介，美濃介，大監物，右京亮等职。延長 8 年（930）又任“土佐守”（今高知県地方长官）。同年，奉醍醐天皇勅命编撰《新撰和歌集》。醍醐天皇崩御后，于承平 5 年（935）从任地土佐归京。最后仅官至“木工権頭”（従五品上）。一生仕途多舛，官运不佳，

作者幼年丧父，敏而好学，少有诗才。青少年时，便开始在和歌创作上崭露头角。成人后，参加过“寛平后宮歌合”和“是貞親王家歌合”等著名的大型赛诗会，均有佳作发表。还参加过昌泰元年（898）的“亭子院女郎花合”，延喜 5 年的“宇多院歌合”，延喜 13 年（913）宇多法皇亲办的“亭子院歌合”，醍醐天皇御办的“内裏菊合”等赛诗会，活躍在宫廷诗壇上。是当时各类高规格诗会的必邀之人。

作者最大贡献是，延喜 5 年（905）奉醍醐天皇诏命，作为主要编撰人，与凡河内恒，壬生忠岑，纪友则等人一起，编纂了日本第一部勅撰和歌集《古今和歌集》。全集共 20 卷，收录诗作約 1100 首，于延喜 13 年（913）最终完成。其中，作者在诗集《假名序》中谈及的“诗歌论”，被认为是关于日本和歌创作的理论性论述，对后世影响很大。作者也因此赢得了和歌评论家兼文学理论家的崇高声望。

此外，作者还遵照醍醐天皇圣意，自编《新撰和歌集》一部，共 4 卷，收录诗作 360 首。作者一生诗作甚多，收录在各部“勅撰和歌集”中的作品多达 475 首，数量仅次于第一位的藤原定家（《小仓百人一首》诗集编撰者），成为一代诗作大家，影响至今。

更值得一提的是，作者于延长 8 年（930），在结束“土佐守”（今高知県地方官）任职，离任返京的 55 天归途中，将沿途见闻与感怀写就一部《土佐日记》，成为日本最早使用“仮名文字”书写的文学作品，被认

为是日本日记文学的开先河之作，对本国文学创新与发展，贡献巨大。此外，作者还著有自撰家集《貫之集》一部。本人入选日本“三十六歌仙”之一。

本诗简说：

本诗选自《古今和歌集》春部·第 42 首。据说，某年春天，作者外游期间，曾住进一家久违的旅馆老店，店主一见面便问候道“您好久没来了啊？”。于是作为回应，作者创作了这首诗，借以表示轸念往事的心境。

名词释义：

1. 内教坊伎女　“内教坊”是奈良時代（710-794）後期，朝廷开设的，教習女子学习“女楽”，“踏歌”（后宫“雅楽寮”教習科目）等艺能的教学场所。所学艺能一般可用于“節会”（节日庆典），皇宫内宴等诸多服务需要。学习者皆称“伎女”或“舞姬”；教习者（即老师）则分别称：1. 别，2. 預，3. 师；其中的“師”，一般从优秀的“舞姬”中选任。

2.《古今和歌集》　日本第一部“勅撰和歌集”（简称《古今集》），成书于平安時代初期延喜 13 年（913），由紀貫之，紀友則，凡河内躬恒和壬生忠岑等人，奉醍醐天皇勅命编撰而成。全集共 20 巻，选入诗歌作品 1100 首。内容分为：春上下（2 巻），夏，秋上下（2 巻），冬，賀（祝老诗），離別（送官人赴任诗），羈旅（官人旅途赋诗），物名，恋 1-5（5 巻），哀傷（悲死歌），雑上下，雑躰（含長歌，旋頭歌，誹諧歌〈滑稽諧謔歌等），大歌所御歌，以及儀式歌等各部类。该歌集的编撰構成法，成为後世日本诗歌集编撰的範本。

3.《古今集假名序》　由紀貫之使用“仮名散文”字体書写的“仮名序”言，另付紀淑望用漢字書写的“真名序”言。一般认为，“仮名序”书写在先，“真名序”是对“仮名序”漢文的编译。据学者研究，从両序言的内容上看，除去叙述順序和細部的差异外，其它基本一致。序言论述了日本和歌的本質，起源，六義（詠法分類），六歌仙評，撰集経緯等。

作为日本诗歌論对後世影响巨大。

4. 紀淑望　平安時代前中期的著名漢学家，诗歌人。《古今和歌集》"真名序"的作者。紀長谷雄之長子（一说紀貫之的養子）。寛平 8 年（896）作"文章生"，后担任过"大学頭"，"東宮学士"，直至"信濃權介"等官职。有 3 首诗歌入选《古今和歌集》等诗集中。生前所作漢詩，有一首被引用在《和漢朗詠集》卷首之处，脍炙人口，知名度高。全诗如下：诗题《内宴進花賦》，诗文为："逐吹潛開，不待芳菲之候，迎春乍变，将希雨露之恩。"

第 36 首原文：夏の夜は　まだ宵ながら　明けぬるを
雲のいづこに 月宿るらむ
清原深養父

日文平假名：なつのよは　まだよひながら　あけぬるを
くものいづこに　つきやどるらむ
きよはらのふかやぶ

第 36 首中译文：（之一）夏晚看月神情爽，只觉片刻竟天亮，
明月不知何处去，莫非云后有栈房？
安四洋原译

（之二）看月神情爽，片刻竟天亮，
明月之何处，云后人栈房？
安四洋原译

作者简介：

关于作者的身世，历来有各种说法。比较确定的是"舍人親王"之后裔说。作者也是《枕草子》作者清少納言（女性）之曽祖父，《後撰和歌集》撰者清原元輔之祖父。早年入宫作过"内匠允"（工匠之意）。延長元年（923）任职"内蔵大允"（従五品下），属于低阶官吏。晚年在洛北岩倉（今京都大原）之地，修建“補陀落寺”（佛寺）居住。

生前参加过著名的“寛平御時中宮歌合”，“宇多院歌合”等赛诗会。与紀貫之，中納言兼輔等诗人多有交往。所作诗作，收录在《古今和歌集》中的有 17 首，入选各部“勅撰和歌集”的有 42 首。此外，还著有家集《深養父集》一部。后人选日本“中古三十六歌仙”之一；作者除长于诗歌创作外，还精于古琴弹奏，才艺双全。

本诗简说：

本诗选自《古今和歌集》夏部・第 166 首。这首诗是作者在某一夏夜，纳凉赏月时吟诵的。诗中把月亮作拟人化描述，颇具新意。

名词释义：

1. 舍人親王　日本第 40 代天武天皇（在位：676-735）之子；母亲是第 38 代天智天皇（在位：661-672）之女“親田部”；本人是第 47 代淳仁天皇（在位：758-764）之父。生前曾主持编写古史籍《日本书纪》30 卷，养老 4 年（720）完成。同年任“知太政官事”，参与国政。第 47 代淳仁天皇（在位：758-764）即位后，被封为“崇道尽敬皇帝”，死后追赐“太政大臣”。

2. 内匠允　日本古代宫廷“内匠寮”工匠的称谓。内匠寮是神亀 5 年（728）由朝廷设置的编外机构，归中務省代管。设置官职为：1. 頭，2. 助，3. 大允，少允，4. 大属，少属等 4 级，下辖：史生，使部，匠手等能工巧匠，主要负责宫中器物的管理，殿舍装飾等事务。“内匠允”是内匠大允，少允级官职之统称。

3. 中古三十六歌仙　平安時代末期，诗歌作品入选藤原範兼（1107-1165）所著《後六々撰》诗集中的 36 位诗人之総称。36 人分别是：1. 和泉式部（女），2. 相模（女），3. 恵慶法師，4. 赤染衛門（女），5. 能因法師，6. 伊勢大輔（女），7. 曽禰好忠，8. 道命阿闍梨，9. 藤原実方，10. 藤原道信，11. 平貞文，12. 清原深養父，13. 大江嘉言，14. 源道済，15. 藤原道雅，16. 増基法師，17. 在原元方，18. 大江千里，19. 藤原公任，20. 大中臣輔親，21. 藤原高遠，22. 馬内侍（女），23. 藤原義孝，23. 紫式部（女），25. 綱卿母（女），25. 藤原長能，27. 藤原定頼，28. 上東門院中将，29. 兼覧王，30. 在原棟梁，31. 文屋康秀，32. 藤原忠房，33. 菅原輔昭，34. 大江匡衡，35. 安法法師，36. 清少納言（女）。

4. 藤原範兼（1107-1165） 平安时代後期的公卿，歌人。其父为“式部少輔”藤原能兼，母为“兵部少輔”高階為賢之女。本人曾作鳥羽上皇和崇徳天皇的“蔵人”（皇库管理人）；还担任过：左衛門尉，検非違使等职。天承元年（1131）叙爵従五品位下。后又历任：式部少輔，東宮学士，大学頭等文系官職。保元 4（1159）担任検非違使，佐渡守。永万元年（1165）2 月出家。生前与源頼政，俊恵交厚，是当时的代表歌人之一。诗作多收录在《千載和歌集》和《新古今和歌集》中。著有《後六々撰》诗選集一部，尤为知名。

第 37 首原文：白露に　風の吹きしく　秋の野は
つらぬきとめぬ　玉ぞ散りける
文屋朝康

日文平假名：しらつゆに　かぜのふきしく　あきののは
つらぬきとめぬ　たまぞちりける
ふんやのあさやす

第 37 首中译文：（之一）雨滴叶面凝玉露，恰似串珠翠盘落，
野上秋风吹骤起，水晶莹莹舞漫步。
安四洋原译

（之二）雨滴凝叶露，如珠翠盘落，
野上秋风起，水晶舞漫步。
安四洋原译

作者简介：

文屋朝康，日本“六歌仙”之一文屋康秀之子。据《古今和歌集目録》记载，作者曾于寛平 4 年（892）担任过“駿河掾”（今静冈县地方官）；延喜 2 年（902）2 月官任“大舍人大允”等职，均为低阶官吏。

作者诗作不多，但颇受好评。据说，曾作过宇多天皇（在位：887-897）和醍醐天皇（在位：897-930）两朝的“専属歌人”。生前亦参加过各种诗会，曾在著名的“是貞親王家歌合”赛诗会上吟咏佳作，一举成名。后人选诗作有：《古今集和歌》中 1 首和《後撰和歌集》中 2 首。

本诗简说：

本诗选自《後撰和歌集》秋部・第 308 首。这是作者初学作诗时的一篇习作。诗文细腻地表现了自然风景。用“水晶露”强调纯净，又通过“风吹，飞散”等词，描绘出露珠飞舞的景象，给人以跃动感。

名词释义：

1. **大舍人大允**　日本律令制下管理宫中“大舍人”的官员。大舍人主要负责宫中值班，访客住宿安排，天皇出巡时的物资准备，以及其它雑务等，归中務省管辖。大舍人分 4 个等级，依次是：1. 頭，2. 助，3. 大允，4. 少允。下辖无官职大舍人约 800 名。

2. **是貞親王家歌合**　“是貞親王”是第 58 代光孝天皇（在位：884-887）之子，宇多天皇之兄长，后赐“源朝臣”姓氏，寛平 3 年（891）成为親王。寛平 5 年（893）秋季来临前，宇多天皇在母亲“皇太夫人班子女王”的宫内殿堂举办“歌合”（赛诗会），事前设题目：春，夏，秋，冬，恋等 5 题，各进行 20 番（轮或回合之意），作诗 200 首。诗会规模盛大，佳作频出，后世称“是貞親王家歌合”。据说，此次诗会，实际是宇多天皇为筹划编撰《新撰万葉集》遴选诗歌作品，所使用的手段。出詠诗人有：紀友則，藤原興風等著名诗人。

第 38 首原文：忘らるる　身をば思はず　誓ひてし
人の命の　惜くもあるかな
右近（女）

日文平假名：わすらるる　みをばおもはず　ちかひてし
ひとのいのちの　をしくもあるかな
うこん

第 38 首中译文：（之一）妾身遭弃不惜留，敢问君心欲何求，
曾誓神明永相爱，只恐天罚降下来。
安四洋原译

（之二）妾身不惜留，敢问君何求，
曾誓神明爱，天罚恐降来。
安四洋原译

作者简介：

右近（794-1192），女性，平安时代（794-1192）中期的知名女诗人；“右近少将”季縄（又称季綱）之女。据考证，当属“藤原南家”支系之后人（见《大和物語》）。因其父曾官任“右近少将”，故人称作者为“右近”，以示尊敬。早年曾人宫侍奉第 60 代醍醐天皇（在位：897-930）的皇后穏子。

作者是朱雀天皇（在位：930-946）和村上天皇（在位：946-967）两朝时期的重要诗人。文才出众，作品深受好评。生前参加的诗会有：天德 4 年（960）的“天德内裏歌合”，并担任“方人”；応和 2 年（962）的“内裏歌合”，康保 3 年（966）的“内裏前栽合”等。承平 3 年（933）曾为康子内親王献诗“裳着屏風歌”一首，颇为有名。后诗作人选《后撰和歌集》，《拾遗和歌集》和《新勅撰和歌集》等各部诗集中，共有 10 首。

据说，作者是一位美丽多情女子。日本古代故事集《大和物语》中，描写有作者与藤原敦忠，藤原师辅，藤原朝忠，源顺等文人雅士的爱情故事，颇受读者喜闻乐见。

本诗简说：

本诗选自《拾遺和歌集》恋部四・第870首。据说，作者当时正与藤原敦忠相恋。后来，听说对方另有心仪女子，于是就写了这首诗，表达内心大不悦的情绪和复杂的心理活动。

名词释义：

1.**《大和物语》** 古代日本故事集，约成书于平安时代（794-1192）前期，作者不详。据研究，本书在创作上，深受《伊势物语》的启发和影响。全书共有173段，多为市井传说和各种野史趣闻。书中还收录有300首和歌作品，内容涉及和歌的由来，传说，掌故，以及天皇，贵族和僧侣等的诗歌创作故事。

2.**裳着** 平安时代至鎌倉時代，公家（贵族）女子成人时，作为象征，要举行初次着“裳”（一种穿在腰部以下的服装，又称“裙”）儀式。当时的女子，一般年龄在12-16歳左右时，特别是已订婚的婚前少女，必须举行“裳着”仪式。作法是，由一位貴人或一族之長者，选择良辰吉日，为少女在腰部結“裳紐”，同时改饰少女的垂髪为結髪，以示长大成人。

3.**天德内裏歌合** 指天德4年（960）3月30日，村上天皇在内宫清凉殿举办的赛诗会。诗会设题目：霞，鶯，柳，桜，山吹，藤，暮春，初夏，郭公，卯花，夏草，恋等12题，分左右两阵（组）参加比赛，共进行20番（回合或轮之意）。参加者多为後宫“女房”（宫女），邀请著名诗人作诗吟咏，并担任“判者”（评审）。

4.**方人** 在古代日本的“歌合”（赛诗会）上，阐述参赛左右两阵（队或组）诗歌作品優劣理由之人。由参赛双方各出一人担任，有“一方之人”之意，故称“方人”。

第 39 首原文：浅茅生の　小野の篠原　しのぶれど
あまりてなどか　人の恋しき
参議等

日文平假名：あさぢふの　をののしのはら　しのぶれど
あまりてなどか　ひとのこひしき
さんぎひとし

第 39 首中译文：（之一）白茅忍居筱下生，何似对卿抑深情，
思念不忍狂放日，快马驰书欲速行。
安四洋原译
（之二）白茅筱下生，似对伊人情，
思念狂放日，快马欲速行。
安四洋原译

作者简介：

参议等（880-951），本名源等。“中纳言”源希之次子，第 52 代嵯峨天皇（在位：809-823）之曾孙，属于嵯峨源氏一族之后裔。长期担任官职，曾历任：近江権少掾，主殿助，大蔵少輔，三河守，丹波守，内匠頭，左中弁，主殿頭等。后又任：大宰大弐，山城守，勘解由長官，右大弁等职。直至天历 4 年（951）任朝廷参议（正四品下）要职，人称“参议等”。

作者生前的诗作活动，少见于书籍记载，能确定的入选“勅撰和歌集”的诗歌作品，仅有《后撰和歌集》中的 4 首。

本诗简说：

本诗选自《後撰和歌集》部恋・第 578 首。有研究者认为，这首诗是模仿《古今和歌集》中的无名氏作品而作。原诗为：“浅茅生の　小野の篠原　しのぶとも　人知るらめや　いふ人なしに”。（安四洋原译：“白茅遍原野，筱竹居下生，深情思卿意，忍藏内心中。”）。一般认为，作者

古诗新作，表达了对心仪女子难以抑制的恋慕之情，一气呵成，起伏跌宕，不失为好诗一首。

名词释义：

1. **嵯峨源氏**　属于第 52 代嵯峨天皇一系，后降为臣籍，賜源姓。嵯峨源氏后人的姓名，男子一般多用单字名，如：信，弘，融等。本诗作者“源等”就是姓源名等之意，名字也是一个单字。

2. **白茅**　日本本土野生草本植物，色白似茅草，散生且低矮。

3. **筱**　属于小箭竹的一种，茎細，低矮，丛生。

第 40 首原文：しのぶれど　色に出でにけり　わが恋は
物や思ふと　人の問ふまで

平兼盛

日文平假名：しのぶれど　いろにいでにけり　わがこひは
ものやおもふと　ひとのとふまで

たいらのかねもり

第 40 首中译文：（之一）忍将恋情心中藏，难掩春风满面芳，
人问可有倾心者，方知隐情已露相。

安四洋原译

（之二）恋情心中藏，难掩满面芳，
有人忽问起，方知已露相。

安四洋原译

作者简介：

平兼盛，生卒年不明。据说其先祖是第 58 代光孝天皇（在位：884-887）。其父“平篤行”曾作过“筑前守”（今福岡県西北部地方官）。据

《袋草紙》记载，著名诗人赤染衛門的生父始称“兼盛王”，后受賜“平”姓。据此，有研究者考证，认为作者可能是“赤染衛門”的生父；本人也曾作官，曾历任：越前権守，山城介，大監物等；最后任职“駿河守（今静冈县地方长官），官阶従五品上。

作者是知名诗人，尤其善作“屏风歌”（诗）；生前参加过著名的天徳4年（960）的“内裏歌合”，“円融院紫野御幸歌合”等赛诗会，一生留有大量诗歌作品。后人选各部“勅撰和歌集”的作品达90首之多。另著有家集《兼盛集》一部存世。生前趣事雑闻颇多，成为后世故事集《大和物語》中的重要出场人物。本人后入选日本“三十六歌仙”之一。

本诗趣闻：

本诗选自《拾遺和歌集》恋部一・第622首。据史料记载，天徳4年（960）村上天皇在宫内举办大型赛诗会（即“天暦御時歌合”）。会上，作者以本诗与另一位诗人壬生忠见的作品（见第41首），进行终盘争夺。由于两诗各有千秋，优劣难分。正当“判者”（评审）为难之时，忽听临场的村上天皇轻声吟唱起作者的诗作来，于是“判者”宣布，最终胜者归平兼盛所属。由此，这首诗一度广为传咏，作者亦随之名声鹊起，红极一时。此事使此次诗会，成为日本文学史和诗坛上的一件绝无仅有的趣事。

名词释义：

1.《大和物語》 平安时代（794-1192）前期的诗歌故事集，由“打聞風”（佛教故事）诗話173段组成。作者与成书年代不详。一般认为，当是宇多天皇时後宫人员，于公元10世紀中叶整理成书。前半部“恋愛譚”接续了《伊勢物語》的系譜；後半部基本是“生田川伝説”和“蘆刈説話”中的民间故事，具有亦诗亦文的特点。据说是当时诗人必読之書。

2.屏风歌 根据屏風上已有的絵画意境题写的“和歌”诗文。常见的有，以四季十二个月为题的“月次屏風歌”和以“名所歌枕”（诗歌创作之地）为主题的“名所屏風歌”等。此外，在古代日本，诸如举行祝寿，裳衣，入内和大嘗会等宫廷仪式时，都流行在进献的屏風上依画题诗，统称“屏风歌”（诗）。其中也有诗作在先，后依诗意作屏风画的情况。这种同時欣賞絵画与诗文的审美情趣，在公元 9 世紀後半到 10 世紀的日本，曾大为盛行。

3. 円融院紫野御幸歌合　（尚未查找到相关資料。欢迎读者提供。致谢。－译者）

第 41 首原文：恋すてふ　わが名はまだき　立ちにけり
人知れずこそ　思ひそめしか
壬生忠見

日文平假名：こひすてふ　わがなはまだき　たちにけり
ひとしれずこそ　おもひそめしか
みぶのただみ

第 41 首中译文：（之一）生来初恋坠情网，欲将隐秘心中藏，
不料风闻已传遍，有情总被无情伤。
安四洋原译
（之二）初恋坠情网，欲将心中藏，
不料风言转，方知已露相。
安四洋原译

作者简介：

壬生忠见，生卒年不明。著名歌人壬生忠岑之子，幼名“名多”，“三十六歌仙”之一。据说，早年曾長期蛰居于“摂津国”（今大阪府和兵庫県），鲜为世人所知。天暦初年（946），被第 62 代村上天皇（在位：946-967）传诏进宫，先在“御厨子所”得一官職，后作到“摂津大目”，并借入宫之机，开始进入当时的“和歌”界，在京城诗壇暂露头角。一生虽官阶不高，却成就了一位卓越的，历史留名的诗人。据说，作者幼小时，家境贫寒，但书香浓厚，饱受熏陶。加之聪明勤奋，幼而好学，远近闻名。幼少时即被经常传诏入宫，参加各种诗作活动。如：天暦 7 年（953 年）的“内裏菊合”，天暦 10 年的“麗景殿女御歌合”，以及著名的“天德内裏歌合”（960），都有诗作发表和吟咏。

据传，作者在“天德内裏歌合”赛诗会上，作品进入最终评选。但因在场天皇的个人偏好，功亏一篑，败给了另一位诗人平兼盛（见第 40 首简介）。后抑郁成疾，失魂落魄，罹患厌食症，最终苦闷病逝。但事实是，从后编的自家诗集《忠见集》中看，作者在那次诗会事件后，并没有萎靡不振，反而重振精神，诗兴不减，越发活跃在日本诗坛之上。

作者的生前诗作，收录在《古今和歌集》中的有 36 首。此外，还著有家集《忠見集》一部流传。

本诗简说：

本诗选自《拾遺和歌集》恋部一・第 621 首。据说，一次作者在“摄津国”（今大阪市）出公差时，收到参加诗会的邀请，由此思念起京城中爱恋着的女子，于是就创作了这首诗，并在诗会上发表。

名词释义：

1. 壬生忠岑　作者之父，生卒年不詳。日本《古今和歌集》撰者之一。生前官职不高，多次受邀参加诗会，如“貞親王家”诗会“和“寛平御時后宮”诗会等，创作了许多脍炙人口的诗歌作品。据诗评说，其诗作以清新，機智见长，是与紀友則齐名的实力派诗人。

2. 内裏菊合　“内裏”在日语中有皇居后宫或大内之意；“菊合”则特指：品菊赏花，兼评花卉优劣的趣味性活动。“内裏菊合”就是指日本宫廷举办的品菊兼作菊花诗，评其优劣的雅趣游戏。据载，具体作法有两种，一是：参加者分成左右两组，展示各自的参赛菊花并配以诗作，然后决出优劣；二是：纯粹的品菊活动。各组依次展示花卉，然后就花色，花瓣，花姿，以及栽种状态等进行品评，决出胜负。这里指的“菊合”似应是第一种形式。

3.**《袋草子》** 又称《袋草紙》，是平安时代（794-1192）後期成书的“歌学書”（诗歌论著）。著者藤原清輔。全书分上下两卷，上卷又称《歌合次第》，成书于保元2年（1157）；下卷又称《袋草紙遺編》，成书时间不详。上卷内容包括：歌会掌故及其細部作法，《万葉集》之后的歴代“勅撰和歌集”諸事情，以及問題点解析；还附有披露诗人逸話的《雑談》，记录神佛诗歌，誦文的《希代和歌》等。下卷内容有：論歌合進行及撰者，“判者”掌故，介绍关于“歌合”的评述，判例的《古今歌合難》，以及列挙参赛诗作实例的《故人和歌難》等。是研究和歌及其历史的珍贵史料。也是日本后世流行一时的“和歌説話集”编写的先駆之作，及有关和歌掌故的百科全書。

4.**摂津大目** 古代日本“摂津国”（今大阪府中部及兵庫県東南部一带）的地方官。地方国官职排序是：1.守，2.介，3.掾，4.目。“大目”为第4等。

作者趣闻：

据日本《袋草子》记载：作者幼小时，聪明伶俐，受家庭熏陶，喜好诗文，诗才远近皆知。有一次皇宫闻言，传诏作者入宫相见。但作者家境贫穷，没有车马，无法进宫。于是，幼小的作者就对传诏人说，能不能“乘竹马”（即踩高跷）进宫，并当场咏诗一首：“竹馬は　ふしかげにして　いと弱し　今夕陰に　乗りて参らむ”。（安四洋原译：竹马有时节，目下毛色昏，待到今夕夜，骑马入宫门。）这则趣闻及诗文流传甚广，以至于到江戸時代（1603-1869），一般张贴有作者画像之处，多有童子踩“竹馬”（即高跷）的内容描绘。

第 42 首原文：契りきな　かたみに袖を しぼりつつ
末の松山　波越さじとは
清原元輔

日文平假名：ちぎりきな　かたみにそでを　しぼりつつ
すゑのまつやま　なみこさじとは
きよはらのもとすけ

第 42 首中译文：（之一）难忘相对泪涟涟，衣袖漉漉拧未干，
约定海誓山盟契，浪打不过末松山。
安四洋原译

（之二）难忘泪涟涟，衣袖拧未干，
海誓山盟契，浪不过松山。
安四洋原译

作者简介：

清原元辅（908-990），"内蔵允"清原深養父（《小仓百人一首》第 36 首作者）之孫。其父为"下野守"清原顕忠（人称"下総守春光"）；母为"筑前守高向利生"之女；女儿是清少納言（著名女诗人）。作者曾在朝为官，历任：河内権少掾，少監物，中監物，大蔵少丞，民部少丞，以及大丞等职。安和 2 年（969）9 月叙従五品下；后又历任：河内権守，周防守，兼鋳銭長官，以及肥後守等职，最终官阶为従五品上。永祚 2 年（990）6 月逝于任地，终年 83 歳。

作者是平安时代（794-1192）中期的著名诗人。生前活跃于日本诗坛，与源順，中務，能宣，藤原実方等诗人亦有亲密交往。参加过村上天皇等几朝天皇主办的宫中赛诗会，创作了许多诗歌佳作；还曾应邀为"小野宮家"等権贵，创作题写"屏風歌"和"賀岁歌"一类诗歌。天暦 5 年（952）10 月被宣诏作"梨壺和歌所寄人"，与源順，大中臣能宣等人一起，为《万葉集》作"訓読"（翻写汉文为日文假名），并参与了《後撰和歌集》

的編集工作。

此外，作者还著有家集《元輔集》一部存世。入选各部“勅撰和歌集”的诗作多达 108 首。故事集《枕草子》中记录有作者生前的逸闻趣事。本人入选日本“三十六歌仙”之一。

本诗简说：

本诗选自《後拾遺和歌集》恋部 4・第 770 首。这首诗是作者在听说朋友的恋情传闻后，突发奇想，试以他的立场和心情写就而成的。诗文通过吟咏“海浪不过末松山，恋人不会心生变”的约定，表现出为恋情苦恼之人的复杂心境。

名词释义：

1. 内蔵允　“内蔵寮”官员之一。内蔵寮为中務省下属官司之一。主要職掌为：皇室财务，金銀器物管理，天皇及皇后祭祀用装束，“内侍所”供神物品及服饰安排等。官职为：1. 頭，2. 助，3. 大允，4. 少允，5. 大属，6. 少属。平安時代中期以后，“頭”一职由四品“殿上人”担任。

2. 清少纳言　女性，清姓，少纳言为官称。早年曾作过一条天皇皇后的女官；是著名的女作家，诗人，与和泉式部，紫式部并称为日本平安时期（794-1192）的“三大才媛”。后入选日本“三十六歌仙”之一。

3.《枕草子》　清少纳言所著随笔集，全书共有 305 段。内容分为：类聚，日记和随想三大类。写有四季的自然风物，平安时代的贵族风雅，以及个人日常生活的趣事，随感等。大约成书于公元 1001 年。是日本随笔文学的开先河之作，与《方丈记》和《徒然草》并称为“日本三大随笔”；又与宫廷小说《源氏物语》一同被誉为“平安文学双璧”。在日本文学史上占有重要地位。

4. 末松山　位于宮城県多賀市的独立小丘陵，风景名胜之地。平成 26 年（2014）10 月，被指定为日本国家级名勝之地。

5. 小野宮家　特指第 55 代文德天皇（在位：842-858）之子“惟喬

親王”的居所，位于都城“平安京”大炊御門南烏丸西（今京都市中京区），占地面积约 1 町（相当于 1 公顷），是典型的日本“寝殿造”式建筑。寝殿南侧有水池，東，西，北侧有“対屋”（厢房），水池東南侧设誦经堂等。

6. **梨壺和歌所寄人**　“梨壺和歌所”是天暦 5 年（951）奉第 62 代村上天皇之命，在皇宮“昭陽舎”（因种有梨树又称“梨壺”）设立的“和歌所”（办理与和歌相关事务的机构）。“寄人”（又称“召人”）是“和歌所”的专职官员，主管和歌作品的选定，推荐，整理，汇编等事务。

7. **下野守，下総守，筑前守**　分别为：古代日本“下野国”（今栃木県和群马县一部分），“下総国”（今千葉県北部和茨城県西南部），“筑前国”（今福岡県大部）的地方最高官员。

第 43 首原文：逢ひみての　のちの心に　くらぶれば
昔は物を　思はざりけり
権中納言敦忠

日文平假名：あひみての　のちのこころに　くらぶれば
むかしはものを　おもはざりけり
ごんちゅうなごんあつただ

第 43 首中译文：（之一）相拥玉体痴如醉，尔来惟盼常相会，
当比往时单思日，只觉挂齿不足谓。
安四洋原译

（之二）**相拥痴如醉，惟盼常相会，**
往时单思日，挂齿不足谓。
安四洋原译

作者简介：

权中纳言敦忠（906-943），本名藤原敦忠。其父藤原时平，曾在日本第60代醍醐天皇（在位：897-930）和第61代朱雀天皇（在位：930-946）两朝任左大臣；母亲是“在原棟梁”之女（一说：本康親王之女廉子）；兄长有：“右大臣”藤原顕忠，“大納言”藤原保忠。家世显赫。

作者年轻时，英俊潇洒，风流倜傥，多才多情。先后娶源等之女，藤原仲平之女明子，藤原玄上之女等为侧室（妾属）。还曾给“斎宮雅子内親王”和“越後蔵人”等“女房”（宫女）写过情诗。延喜21年（921）正月，被允许入宫奉职。历任：侍従，左兵衛佐，右衛門佐，左近権少将，伊予権守，蔵人頭，左近中将兼播磨守（従四品上）等大小官职，直至“参議権中納言”，参与朝廷议政，人称“权中纳言敦忠”（最终官阶从三品）。

作者多才多艺，擅长和歌创作，既能吟诗作文，又能弹拉说唱，尤善琵琶弹奏。据《拾遺和歌集》记载，作者在京都比叡山麓，建造一所极为考究的山间别墅，曾邀请伊勢，中務等诸多美女诗人，前来吟诗作乐；日本古代故事《大和物語》中，也记有许多作者生前的异闻趣事。不幸的是，仅38岁便早夭身亡。据说，生前曾与菅原道真（政治家，学者，大宰帅）有过节。因此，时人多认为，作者早亡是菅原道真的怨霊诅咒所致。（译者笑）作者生前诗作，入选各代“勅撰和歌集”中的诗作有30首。本人为日本“三十六歌仙”之一。

本诗简说：

本诗出自《拾遺和歌集》恋部二・第710首。据说，这首诗描写的是，作者对“右近”（女诗人）的强烈恋慕之情。右近当时住京都西四条，后担任“神宮斎宮”（特指伊势神宫神职人员），无法相见，于是写下了这首诗，并把它结系在神宫榊枝上，遥赠心仪已久的美丽女子。

名词释义：

1.《大和物語》 古代日本的“和歌物语”集（诗歌故事集）。约成书于平安时代（794-1192）前期，作者不详。据研究，《大和物語》在创作上深受《伊势物语》的影响。全书共有173段，内容多为世间传说和各种逸闻趣事等。还收录有300首和歌，以“亦诗亦文”和“原型再现”的形式，描写了关于和歌的传说，以及历史上天皇，贵族和僧侣等各色人等创作诗歌的掌故等内容。

2. 在原棟梁　平安时代（794-1192）前期的诗人；第51代平城天皇（在位：806-809）之后裔，“右中将”在原業平之子。曾任职“筑前守”（今九州北部的地方长官），官位从五品上。日本“中古三十六歌仙”之一。

第44首原文：逢ふことの　絶えてしなくは　なかなかに
人をも身をも 恨みざらまし
中納言朝忠

日文平假名：あふことの　たえてしなくば　なかなかに
ひとをもみをも　うらみざらまし
ちゅうなごんあさただ

第44首中译文：（之一）一见倾心思无限，再见却比登天难，
冷漠情愁不堪苦，恨不风来一吹散。
安四洋原译

（之二）一见思无限，再见登天难，
情愁不堪苦，恨不风吹散。
安四洋原译

作者简介：

中纳言朝忠（910-966），其父为“三条右大臣”藤原定方，母为“中納言”藤原山蔭之女；娶“出羽守忠舒”之女为首任妻子，生子理兼（正四品下“摂津守”）；又娶“鷹司殿”之女倫子为二任妻子，生女穆子

（左大臣源雅信之側室）。

作者一生为官，历任：宫中侍従，藏人，朱雀天皇近侍，右兵衛佐，左近権少将，内蔵頭，近江守，左中将等职。继而又任参議，参与朝政，官阶従三品。最后官至中納言。生前深受日本第60代醍醐天皇（在位：897-930），第61代朱雀天皇（在位：930-946）和第62代村上天皇（在位：946-967）等三朝天皇的极大信任。

作者为官之余，尤好诗文，文采有嘉。在当时的日本诗坛上，拥有崇高地位。曾在村上天皇即位大典的重要仪式“大嘗会之儀”上，吟詠“悠紀方之歌”，荣耀终生；还参加过著名的“天徳内裏歌合”赛诗会，会上吟咏开场诗“巻頭歌”；与少弐，大輔，右近，本院侍従（女歌人，家系不詳）等多名宫廷才女之间，互有情诗贈答。此外，据说本人即通晓汉文，又是笙管乐器名手，多才多艺，风流倜傥，曾博得众多女子的爱慕。

生前著有家集《朝忠集》一部，留存至今。入选各部“勅撰和歌集”的诗作有22首。本人入选日本“三十六歌仙”之一。

本诗简说：

选自《拾遺和歌集》恋部一・第678首。这首和歌是在天徳4年宫中赛诗会上吟诵的，没有特定的对象。据说，表达了作者曾经情场失意时的心情。原诗文中的日语“逢ふ”一词，有男女密约或交欢之意。

名词释义：

1. 三条右大臣藤原定方　平安時代（784-1185）前中期的貴族政治家，歌人。第60代醍醐天皇（在位：897-930）的舅父；官任右大臣，贈従一品。善作和歌，喜好音乐。因宅邸在京都三条街上，人称“三条右大臣”。

2. 大嘗会之儀　又称“大嘗祭”或“践祚大嘗祭”。是日本历代天皇即位时，举行的四大仪式之最（其它为“即位式”，“八十岛祭”和“大仁王会”）。“大嘗会之儀”，据说始于第40代天武天皇（在位：672-686），后时有中断。到第115代樱町天皇（在位：1735-1747）时，开始固定化，并一直延续至今。仪式在临时搭建的“大嘗宮“内进行。有研究认为，此项祭祀活动，跟远古以农耕稻作为主产的日本原始社会状态有关。仪式（祭祀活动）的一些细节作法，只有天皇本人知晓，素不为外人道。充满了天授神权的神秘性和宗教色彩。

3. 悠紀方之歌　指天皇即位大典时，在大嘗宮内的“悠紀殿”上，所吟咏的远古“悠紀国”（又称“悠紀方”）的神事诗歌，如“稲春歌“和“大歌”等。

第45首原文：あわれとも　いふべき人は　思ほえで
身のいたづらに なりむべきかな
謙徳公

日文平假名：あはれとも　いふべきひとは　おもほえで
みのいたづらに　なりぬべきかな
けんとくこう

第45首中译文：（之一）坊传风流皆浮名，实有辛酸苦恋情，
吾将一日终归去，无人怜悯孤寂行。
安四洋原译

（之二）风流皆浮名，实有苦恋情，
他日终归去，谁怜孤寂行。
安四洋原译

作者简介：

谦德公（924-972），本名藤原伊尹。其父为“右大臣”藤原師輔，母亲是藤原経邦之女盛子（倖禄贈正一品）。胞弟有：“关白”藤原兼家；女儿怀子是第63代冷泉天皇（在位：967-969）的“女御”（即皇妃）。

怀子所生之子，后即位第 65 代花山天皇（在位：984-986）。家世荣耀显赫。作者一生，仕途风顺，平步青云。历任：朝廷侍従，右兵衛佐，左近少将，補蔵人中将，蔵人頭，参議，中納言（従三品），直至権大納言，大納言。后因女儿作皇妃，父以女贵，在天禄元年（969）被封为右大臣；同年又任摄政太政大臣，官阶正一品。再后，封地“三河国”（今愛知県東部），并获贈一品官阶，賜号謙德公。

作者生前，热心于日本诗歌创作，特别是在收集，整理和编撰诗集方面，不遗余力。曾奉天皇之命主编《後撰和歌集》。历史上著名的“梨壺五人”，就是作者在宫中“撰和歌所”担任“别当”时亲自选定的。此外，还著有家集《一条摂政御集》一部存世。人选各部“勅撰和歌集”的诗作有 37 首。后世的《大鏡》一书，对作者的诗作给予了很高评价。

本诗简说：

选自《拾遺和歌集》恋五部・第 950 首。这是一首写给所恋女子的情诗。作者创作此诗时，还是才貌兼備的風流貴公子。诗文表现了作者为爱的苦心。也有人说，这是故作可怜的虚情假意之作。（译者笑）

名词释义：

1. 梨壺五人　特指天暦 5 年（951）奉村上天皇之命，在宫中“昭陽舎”（因种有梨树又称“梨壺”）设立专属“和歌所”，指定大中臣能宣，清原元輔，源順，紀時文，坂上望城等 5 人，在此注释《万葉集》和编撰《後撰和歌集》。而被指定的 5 个人俗称“梨壺五人”。

2.《大鏡》　平安时代（794-1185）後期的歴史故事集。取名《大镜》是寓意要像照镜子一样，忠实反映历史真实。书中记录了自“文德天皇”嘉祥 3 年（850）至“後一条天皇”万寿 2 年（1025），跨 14 代共 176 年間的日本史。作者为男性，似可确定。其它成书背景，諸説不一，至今已不甚明了。该书的编写方式极具特点：是由 30 几岁的“若侍”（年轻人），向 190 歳的老者“大宅世継”和 180 歳的“夏山繁樹”老人提问的形式，就歴史问题展开座談和答問。然后将记录进行整理，编辑，最后写成此书。内容構成为：序言，帝紀，摂関大臣列传，藤原氏系譜物語等。最後介绍“風流譚”，“神仙譚”等日本远古故事。据说，此书是模仿中国《史記》的纪传体形式编写的。

第 46 首原文：由良のとを　渡る舟人　かぢを絶え
ゆくへも知らぬ　恋の道かな
曾禰好忠

日文平假名：ゆらのとを　わたるふなびと　かぢをたえ
ゆくへもしらぬ　こひのみちかな
そねのよしただ

第 46 首中译文：（之一）由良河口荡舟公，湍流击桨落水中，
舟身漂泊何处去，似吾恋情无依从。
安四洋原译

（之二）由良荡舟公，棹桨落水中，
舟漂何处去，恋情无依从。
安四洋原译

作者简介：

曾祢好忠，生卒年不详，父母情况亦不明。据日本《新撰姓氏録》记载，“曾禰連”（“連”为御赐姓）与“石上氏”为同一祖先，均属古代豪族“物部氏”之后裔。有研究认为，作者应是第 65 代花山天皇（在位：984-986）時期人士。从第 64 代圓融天皇（在位：969-984）貞元 2 年（977）8 月“三条左大臣”藤原頼忠家举办“歌合”（赛诗会）的签到名册上，可以看到作者的签名，写的是“丹後掾”。据此推测，作者曾担任过“丹後掾”（今京都北部地方官），也是人称“曽丹”或“曽丹後”的由来。

作者诗才超凡，诗风奇拔，获评甚高。在诗歌创作方面，曾得到“小野宮家”（即藤原頼忠）的资助。生前参加过天元 4 年（981）的“斉敏君達謎合”和長保 5 年（1003）的“左大臣道家歌合”等赛诗会。据说，作者性格乖僻，举止怪异，常被社会所排斥。又据《大鏡》“裏書”（注释）和《今昔物語》记载，寛和元年（985）2 月 13 日，在“円融院”（太上皇）举办巡幸紫野中“子日行幸歌合”御遊诗会时，作者闻风而动，不请自到，被驱逐出场。（译者笑）

作者生前诗作多收录在《拾遺和歌集》中。其它入选各部“勅撰和歌集”的诗作共 92 首。此外，还著有自撰家集《好忠集》（通称《曾丹集》）一部，其中收入作者本人诗作 100 首，后世称《好忠百首》。据考証，这种“百首一集”的诗集编著形式，成为后世日本流行的“诗百首”诗集编撰的惯用手法。本人入选日本“中古三十六歌仙”之一。

本诗简说：

本诗选自《新古今和歌集》恋部・第 1071 首。这首诗是作者为思念京城的恋人而作。比兴巧妙，表现了互恋之人，时而犹豫不决的彷徨心态。

名词释义：

1. 由良河口　指由良川流经“丹後国”（今京都府宮津市）进入大海的河海交汇处，水流湍急。

2. 斉敏君達謎合　推测是一种集猜谜与赛诗为一体的娱乐活动。具体不详，待查。（欢迎读者提供相关信息－译者注）

第 47 首原文：八重むぐら しげれる宿の　さびしきに
人こそ見えぬ　秋は来にけり
恵慶法師

日文平假名：やへむぐら　しげれるやどの　さびしきに
ひとこそみえね　あきはきにけり
えぎょうほうし

第 47 首中译文：（之一）杂草丛生藤蔓乱，河源山庄尽残败，
寂寞庭院无人访，只有秋风如期来。
安四洋原译
（之二）**草枯藤蔓乱，山庄尽残败，**
荒寂无人访，只待秋风来。
安四洋原译

作者简介：

惠庆法师，生卒年与生平情况不详。据有限的史料推测，生前曾参加过：安法法師主持的“河原院歌合”，安和 2 年（969）源高明家的“西宮家歌合”等活动。寛和 2 年（986）出家人佛。曾伴驾“花山院”（花山太天皇）参拜熊野三山（即“熊野詣”）。还曾下“播磨国”（今兵库县）作講師，教授佛家经典（见《続詞花集》）。在第 65 代花山天皇（在位：984-986）时期，曾担任“播磨国”国分寺（国家佛寺）的住持。

作者生前，与能宣，元輔，重之，平兼盛等同時代诗人多有交往，也是一位优秀诗人。后人选《拾遺和歌集》中的诗歌有 18 首，入选历代“勅撰和歌集”的诗作有 55 首。此外，本人还著有自撰家集《恵慶法師集》一部存世；后人选“中古三十六歌仙”之一。

本诗简说：

本诗选自《拾遺和歌集》秋部・第 140 首。据说，某日作者访问“河原左大臣”源融的别墅（通称“河原院”），看到满目的凄凉景象，感伤之余，创作了这首和歌。据考证，这幢别墅在作者到来时，已有近百年历史。

名词释义：

1. **河原院**　位于京都鴨川河畔五条大橋附近，是公元 9 世紀的诗人源融建造的私邸。其中的大庭園尤为知名。惠庆法师来访时已破败不堪，只有源融的曾孫“安法法師”在此暂住，不时有一些诗人骚客不期而至。

2. **熊野詣**　特指参拜古代日本“紀伊国”（今和歌山県及三重県南部）的熊野三山（即本宮山，新宮山，那智山）之意。熊野山一带，是日本本州最南端的圣靈宝地。自古以来，就是日本山岳宗教的中心，以及山岳神崇拜者的向往之地。据说，最早是花山法皇（在位：984-986）途经此地时，进行过参拜活动。以后成为皇家频繁光顾，争相巡幸，参拜之所。据记载，历朝日本天皇来此参拜的次数分别是：白河上皇 10 次，鳥羽上皇 21 次，崇德天皇 1 次，後白河上皇 34 次，後鳥羽上皇 28 次，後嵯峨上皇 3，亀山上皇 1 次，総計百次之多。可见日本历代天皇的重视程度，以及此三山之神圣和不可替代的遵崇地位。

3. **国分寺**　指日本国家的佛教寺院。又分为：国分寺和国分尼寺。是天平 13 年（741）第 45 代圣武天皇为“镇護国家”，下令各地方国所建造的佛家寺院。国分寺的正式名称是“金光明四天王护国之寺”，国分尼寺是“法华灭罪之寺”或“法华門跡”。按照天皇敕令，每地方国须各建一座国分寺和一座国分尼寺。位于当时“大和国”（今奈良县）的东大寺和法华寺，则是总国分寺和总国分尼寺的“总本山”，统辖全日本的所有国家佛教寺院。

4. **中古三十六歌仙**　说法始见于藤原範兼（1107-1165）编撰的《後六々撰》诗歌集一书。入选诗人共有 36 位。分别是：1. 和泉式部（女），2. 相模（女），3. 惠慶法師，4. 赤染衛門（女），5. 能因法師，6. 伊勢大輔（女），7. 曽禰好忠，8. 道命阿闍梨，9. 藤原実方，10. 藤原道信，11. 平貞文，12. 清原深養父，13. 大江嘉言，14. 源道済，15. 藤原道雅，16. 増基法師，17. 在原元方，18. 大江千里，19. 藤原公任，20. 藤原高遠，21. 大中臣輔親，22. 馬内侍（女），23. 藤原義孝，24. 紫式部（女），25. 道綱卿母（女），26. 藤原長能，27. 藤原定頼，28. 東門院中将，29. 兼覧王，30. 在原棟梁，31. 文屋康秀，32. 藤原忠房，33. 菅原輔昭，34. 大江匡衡，35. 安法法師，36. 清少納言（女）。

第 48 首原文：風をいたみ　岩うつ波の　おのれのみ
くだけて物を　思ふころかな
源重之

日文平假名：かぜをいたみ　いはうつなみの　おのれのみ
くだけてものを　おもふころかな
みなもとのしげゆき

第 48 首中译文：（之一）风卷海浪击石岩，石頑不动浪花残，
吾心何尝莫如是，痛对冷恋欲断肠。
安四洋原译

（之二）海浪击石岩，石頑浪花残，
苦恋莫如是，情伤欲断肠。
安四洋原译

作者简介：

源重之，生卒年不明。第 56 代清和天皇（在位：858-876）之曾孙。其父源兼信，曾任“三河守”，后转任“陸奥国安達郡”（官阶从五品）。作者因其父公务在身，长期不回京城，曾认伯父“参議”源兼忠为養父。本人有子：源為清，源有数，源為業等人；另有一女，名字不详，因历史记录有《重之女》诗集问世一事，推知为无名氏“勅撰和歌集”入集诗人。

作者曾在朝为官，历任：右近将監，左近将監，皇太子憲平親王（即：

冷泉天皇）的东宫“帯刀先生”，相模権介，左馬助，相模権守，肥後筑前国司，大宰大弐等职。后随“陸奥守”藤原実方赴“陆奥国”任职，终老于任地。

作者文才出众，善作和歌；生前曾参加过貞元 2 年（977）秋季三条左大臣頼忠家的“前栽歌合”，寛和元年（985）“円融院”（太上皇）主持的“子日行幸歌合”诗会，均有作品参赛吟咏。据说，作者在担任“帯刀先生”期间，曾向冷泉皇太子献上“诗百首”诗集一册。该诗集被认为是後世盛行编撰“百首和歌”诗集之始祖。生前与平兼盛，源信明等著名歌人交谊甚厚。诗作入选各部“勅撰和歌集”的有 68 首。此外，还著有家集《重之子集》一部存世。本人后入选日本“三十六歌仙”之一。

本诗简说：

本诗出自《詞花和歌集》恋部上・第 211 首。在这首诗中，作者把恋情比作冲击岩石的海浪，极富动感和冲击力，情感热烈，使人读后难忘。

名词释义：

1. 帯刀先生　特指日本天皇太子的贴身护卫。人员一般从“春宫坊舎人監”供职的“東宮舎人”（皇太子帮办）中选任，供职时可在宫中身带武器，担当守護任務，故称“帯刀先生”。

2. 東宮　位于日本皇宫東側的宮殿。按照五行学説，東方属春宮，为《易经》上的震卦，益于作長子或皇太子的居所。

3. 前栽歌合　“前栽”指在日本古代住房的“前庭”（正殿前院）栽种花草树木等植物之意。日本的“寝殿造”式住房，正殿称前庭，面积较大，庭旁侧台上可放坐垫，供人盘坐休息。前庭内栽种各种花草树木，可一直延伸到前台近边，俗称“前栽”。古代日本人把“前栽”的植物培养好，当作是皇家贵族的一种时尚和雅趣，也纳入评比优劣的竞赛范围，兼作诗吟诵，悠闲风雅，曾盛行一时。“三条左大臣”藤原頼忠宅邸举办的“前栽歌合”，据说参加者众多，佳作频出，闻名一时。

第49首原文：みかきもり　衛士のたく火の　夜は燃え
昼は消えつつ　物をこそ思へ
大中臣能宣

日文平假名：みかきもり　ゑじのたくひの　よるはもえて
ひるはきえつつ　ものをこそおもへ
おおなかとみのよしのぶ

第49首中译文：（之一）皇宫卫士篝火烧，夜燃昼息无终了，
何似苦恋不堪受，日思幽焰欲魂销。
安四洋原译

（之二）卫士篝火烧，夜燃昼息了，
何似恋情苦，夜来欲魂销。
安四洋原译

作者简介：

大中臣能宣（921-991），伊勢神宮"神祇大副"頼基之子，生母情況不詳。后代子孫有：伊勢輔親，伊勢大輔（均为著名诗人）。本人生前曾在朝廷作小官吏。在宫中"蔵人所"奉职后，于天暦5年（951）任"讃岐権掾"（今香川県地方官）。后辞官継承家业，奉職于伊勢神宮，先后担任神职：神祇小祐，大祐，小副，大副等。天延元年（973）荣任"伊勢神宮祭主"（官阶正四品下），在职长达19年之久。

作者曾于天暦5年（951），与源順，清原，元輔等人一起，以"梨壺五人"之一的身份，成为"和歌所寄人"，共同参与古诗集《万葉集》訓点及《後撰和歌集》的编撰。作者除对《万叶集》有深入研究，造诣颇深外，还善作"屏风歌"（诗），有许多佳作流传于世。值得一提的是，作者曾在第63代冷泉天皇（在位：967-969）和第64代圆融天皇（在位：969-984）即位大典上，担任"大嘗会悠紀方歌人"，享有殊荣。

作者生前，参加过天徳4年（960）的"内裏歌合"赛诗会，有诗作发表。还与平兼盛，源重之，恵慶等一流诗人有親密交往。生前所作诗歌除《拾遗和歌集》收录 59 首外，在其它“勅撰和歌集”中也有 120 余首入选，是一位高产诗人。此外，还著自家诗集《能宣集》一部，有抄本 3 套。其中 1 套“西本願寺本”为“自撰进献本”，是专门为献给第 65 代花山天皇（在位：984-986）的手抄本，十分珍贵。本人后入选日本“三十六歌仙”之一。

本诗简说：

本诗选自《詞花和歌集》恋部上・第 225 首。作者从篝火联想到恋情，诗文随手拈来，构思新奇，不失为佳作一首。

名词释义：

1. 神祇大副　日本特有的“神祇官”职之一。神祇是“天神地祇”之总称。在日本，掌管神祇事务的官员称“神祇官”，由朝廷任命。所管事务有：神祇儀式，祭典，大嘗，鎮魂，卜兆等，并统管全国各官办神社与“祝部”。“神祇官”排序为：1. 伯（官阶従四品下），2. 大副（官阶従五品下），3. 権大副，4. 少副，5. 権少副。

2. 梨壶五人　指天暦 5 年（951）奉第 62 代村上天皇之命，在宫中“昭陽舎”（因种有梨木又称“梨壺”）设立专属“和歌所”，并指定：大中臣能宣，清原元輔，源順，紀時文，坂上望城等 5 人（俗称“梨壺五人”），编撰第 2 部“勅撰和歌集”，即《後撰和歌集》。同时担当对《万葉集》进行注释和转译。

3. 大嘗会悠紀方歌人　“大嘗会”是日本天皇即位大典中最重要的仪式。在临时搭建的“大嘗宫”东侧设“悠紀殿”，西侧设“主基殿”，摆上供品“神饌”，象征：品尝来自龟甲卜定的“悠紀国”（又称“悠紀方”或“主基国”）斎田的新稻米。仪式进行中，吟唱相关的古老诗歌，吟唱者称“悠紀方歌人”，享有很高的荣誉。

4. 西本願寺　日本佛教“浄土真宗本願寺派”的本山寺院，山号龍谷山；现在的正式名称是“龍谷山本願寺宗教法人”，位于京都市下京区。据说，称“西本願寺”是为了区别“净土真宗大谷派”的“東本願寺”。

第50首原文：君がため　惜しからざりし　命さへ
長くもがなと　思ひけるかな
藤原義孝

日文平假名：きみがため　をしからざりし　いのちさへ
ながくもがなと　おもひけるかな
ふじわらのよしたか

第50首中译文：（之一）昔日思卿宁舍身，云情雨过盼永存，
此情绵绵期无尽，唯愿共度久长春。
安四洋原译

（之二）昔日宁舍身，今逢盼永存，
此情期无尽，愿度久长春。
安四洋原译

作者简介：

藤原义孝（954-974），父为“一条摄政”藤原伊尹（即谦德公），母亲是恵子女王；同母姐懐子是冷泉天皇的“女御”（即皇妃）；娶源保光之女为妻，生子藤原行成（书法名家）；本人18歳时即在朝廷做事，曾任：侍従，左兵衛佐，右少将（正五品下）等职。不幸21岁时感染天花，过早离世。

作者年轻时，即显露出极高的文学天赋，被誉为“和歌天才”。生前与清原元輔，源順，源延光等知名诗人亦有交往。在日本古代故事集《大鏡》，《栄花物語》和《今昔物語》中，分别记有作者生前的奇闻异事。如说，作者死後，许多亲朋好友不时出现在其灵体夢中，为他作诗吟咏。还说，作者是旷世美少年，其美貌俊秀“无出其右者”；又为人谦和，品行端正，笃信佛教，佛心虔诚等。

作者人生虽短，却笔耕不辍，勤于著书作诗。生前著有家集《義孝集》一部和日記一册（后遗失）。共有 24 首诗作入选各部“勅撰和歌集”。本人入选日本“中古三十六歌仙”之一。

本诗简说：

本诗选自《後拾遺和歌集》恋部二・第 669 首。这首诗歌表现了作者对心仪女子的强烈恋慕之情。诗文以不加修饰的描写，直抒胸襟，坦诚真切，极富冲击力。

名词释义：

1. **右少将**　古代日本朝廷“右近衛府”（机构）的 3 等官。右近衛府是朝廷常备军之一，主要负责皇宫禁中的警卫，天皇出巡时的安全保障等职责，大同 2 年（807）由原“中衛府”改制而成。平安时代中期以后，右近衛府则主要承担儀仗兵队的任务。官职设置为：1. 大将，2. 中将，3. 少将，4. 将監，5. 将曹，6. 医師，7. 番長，8. 府生；下属近衛士 400 余人。

2. **《栄花物語》**　平安时代（794-1192）後期的歴史故事书。该书以編年体形式，叙述从宇多天皇至堀河天皇（跨度 15 代，共 200 余年）时期的，日本宫廷貴族生活，及其歴史掌故等。内容根据主题和文体等不同，初编时有 30 卷（称正編），后增写 10 卷（称续編）。主要描写：藤原道長经过激烈的朝廷争斗，独占権勢鳌头，尽享栄華富贵，及其晚年面临官场失意，子女厌世出家等各种变故，最终死于糖尿病（据推测）的悲哀人生史。

3. **《今昔物語》**　平安时代（794-1192）末期的“説話集”（类似中国评书），共 31 卷。作者与成书时间，至今尚无定论。内容分三大部分，即：天竺（印度），震旦（中国）和本朝（日本）各部，收录故事千余篇。

内容涉及广泛，出场人物众多。人物包括：貴族，僧侶，武士，農民，医師，遊女，盗賊，乞丐，化人鳥獣和妖魔鬼怪等。其中，取材自佛教史，霊験譚，因果応報譚等内容居多。此外，还包括世俗世界的传说故事若干篇。

第 51 首原文：かくとだに　えやは伊吹の　さしも草
さしも知らじな　燃ゆる思ひを
藤原実方朝臣

日文平假名：かくとだに　えやはいぶきの　さしもぐさ
さしもしらじな　もゆるおもひを
ふじわらのさねかたあそん

第 51 首中译文：（之一）无限眷恋心中藏，只因碍面口难张，
不见伊吹山艾草，化作灸火灼燃烧。
安四洋原译

（之二）眷恋心中藏，碍面口难张，
伊吹山艾草，灸火灼燃烧。
安四洋原译

作者简介：

藤原实方朝臣，生卒年不详。祖父是“小一条左大臣”藤原師尹；父藤原定時，曾作过天皇侍从。母为“左大臣”源雅信之女。作者年幼丧父，过继给叔父作養子。成年后，入朝为官，历任：左近将監，侍従，右兵衛佐，左近少将，右馬頭，右近中，左近中将等职。長徳元年（995）被贬官为“陸奥守”（今包括福岛县，宫城县，岩手县在内的地方长官）。

据《古事談》和《十訓抄》等古书描述，作者在第 66 代一条天皇（在位：986-1011）时期，曾在宫中清涼殿，与藤原行成发生激烈争执，一时情绪失控，怒摔官帽，触怒了一条天皇，被问以“狼藉罪”，贬官为

“陆奥守”。后因骑马，不慎摔身，不治而亡，时年仅 40 岁许（据推测）。

作者少有诗才，又风流倜傥，有風流才子之誉。喜女色，情愛遍歷广泛。曾与清少納言，小大君等美女诗人交往亲密，互有情诗贈答。与藤原公任，重之，道信等著名诗人关系亦十分亲近。寬和 2 年（986）首次参加“内裏歌合”（内宫赛诗会），即显出不凡才气。后深受第 64 代圆融天皇（在位：969-984）和第 65 代花山天皇（在位：984-986）両皇厚爱，诗声斐然，名噪一时。

作者一生短暂，但诗作颇多，入选各部“勅撰和歌集”的作品多达 67 首。此外，本人还著有家集《実方朝臣集》一部。后人选日本“中古三十六歌仙”之一。

本诗简说：

本诗选自《後拾遺集》恋部二・第 669 首。据说，作者曾爱恋美女诗人“清少纳言”，为展示其才华，创作出更胜一筹的诗作，经冥思苦想，终于有了这首诗。诗中巧用日语中“思念”和“灼燃”两词的谐音和双关寓意，由衷表达了对“清少纳言”的强烈爱慕之情。

作者趣闻：

作者曾与藤原行成（著名廷臣，歌人，书法家）发生激烈争执。原因是，一首自为得意的诗作，被藤原行成所不屑。于是力辩无果，情绪激动，怒摔官帽。其诗文是：“桜がり　雨は降り来ぬ　同じくば　濡るとも花の　かげに宿らむ”。（安四洋原译：“赏樱正兴时，不料雨骤集，众人皆避之，吾独花下踞。”）

名词释义：

1. 藤原行成　平安時代（794-1192）中期的公卿，曾官至“權大納言”（正二品）。是日本史上的著名政治家，“寬弘四納言”之一。此人尤擅书法，经常临摹晋人王羲之的作品，也是日本书法之集大成者。书法代表作有《白乐天诗卷》和《消息》等，被后世尊为日本書道“世尊寺流派”的祖师爷。

2. 寛弘四納言　指第66代一条天皇（在位：986-1011）寛弘年间，活躍在政坛上的4位政治家。即源俊賢，藤原公任，藤原斉信，藤原行成等人。这一时期也是日本宫廷文学的鼎盛期，一条天皇又有“好文贤皇”之美称，相继出现了文学天才：紫式部，和泉式部，赤染卫门等女性名流。

3. 伊吹艾草　“伊吹”特指“伊吹山”。山体位于岐阜県和滋賀県分界处，標高1377米，是高山植物的宝庫，已发现有約1200種各类花草品种；且山姿雄浑，从琵琶湖畔可眺望一览。艾蒿草是伊吹山的特产，自古用于制艾疗疾，在日本十分有名。

4.《古事談》　鎌倉时代初期（1185-1333）的“説話集”（类似中国评书），由“刑部卿”源顕兼編写。约成书于建暦2年（1212年）至建保3年（1215）之間。书中收录有自奈良時代（710-794）到平安时代（794-1192）中期的，约462个“説話”故事，共有6卷。内容包括：王道后宮，臣節，僧行，勇士，神社仏寺，亭宅諸道等类别。以奇闻异事为主，如：称德女帝之淫事，花山帝出家真相等。

5.《十訓抄》　鎌倉时代（1185-1333）中期的“教訓説話集”（劝导式故事）。编者是“六波羅二臈左衛門”入道湯浅宗業（一说是：菅原為長）。所谓十训，是指10条道德守则：即“可定操心事”，“可離憍慢事”，“不可侮人倫事”，“可誡人上多言”，“可撰朋友事”，“可存忠信廉直事”，“可専思慮事”，“可堪忍諸事事”，“可停怨愤事”，“可庶才能芸業事”等十条。并依照各条目训导，收集了540个相关故事。旨在劝导人们，特别是孩童，要汲取古训，培养高尚的道德修养。据说，其中许多故事源于中国典籍。

第 52 首原文：明けぬれば　暮るるものとは　知りながら
なほうらめしき　朝ぼらけかな
藤原道信朝臣

日文平假名：あけぬれば　くるるものとは　しりながら
なほうらめしき　あさぼらけかな
ふじわらのみちのぶあそん

第 52 首中译文：（之一）日暮人夜复见卿，却恐夜短似云行，
知卿心许情蔓蔓，依偎缠绵恨天明。
杜红雁原译（之三）
（之二）**日暮复见卿，却恐夜短行，**
知卿身心许，缠绵恨天明。
安四洋改译

作者简介：

藤原道信朝臣（972-994），其父为“太政大臣”藤原为光，母为“一条摄政”伊尹（即谦德公）之女；兄长有：参議藤原誠信，権大納言藤原斎信。胞弟有：権中納言藤原公信等人。家世显赫。作者于寛和 2 年（986），作为“摂政兼家”的養子，在宫中受“元服之礼”。后在朝为官，历任：右兵衛佐，左近少将，左近中将，美濃権守等职。正暦 5 年（995）其父去世时，曾作多首“哀傷歌”（悼诗）哀悼。后叙官位従四品下。

作者生前与藤原公任，藤原实方等诗人十分亲近，频繁有诗作往来。曾被日本古诗集《大镜》称为“异常之和歌高手”，评价甚高，寄予厚望。不幸的是，年仅 23 歳便离世而去。

作者在父亲去世时，曾写一首哀挽诗，情真意切，动人心弦，深受好评，成为日本和歌史上的名篇之作。诗云：“限りあれば　今日ぬぎすてつ　藤衣　はてなきものは　涙なりけり”。（安四洋原译：“身着藤衣悼先父，期限褪下置衣橱，唯有涟涟伤心泪，任情滚滚无尽终。”）。后世的日本故

事书《今昔物語》卷 24 中记有："藤原道信朝臣送父読和歌語第三十八"等语，证明似确有此事。其它各种"説話集"（评书集）也多记录有这则故事。

此外，作者还著家集《道信朝臣集》一部存世。诗作入选各部"勅撰和歌集"的共有 48 首。本人后入选日本"中古三十六歌仙"之一，及《時代不同歌合》中所列歌仙之一。

本诗简说：

本诗选自《後拾遺和歌集》恋部二・第 672 首。这首情诗，传达出作者对待恋情的坦率和痴情的心理状态。

名词释义：

太政大臣藤原為光（942-992） 平安時代（794-1192）中期的公卿；父藤原師輔，母为"雅子内親王"（醍醐天皇之女）。天禄元年（970）担任参議，后任右大臣，太政大臣（官阶従一品）。晚年为追悼缅怀女儿忯子之死，建法住寺（佛寺）居住。51 歳离世，諡号恒德公。著有私家日記《法住寺相国記》一部存世。

第 53 首原文：嘆きつつ　ひとり寝る夜の　明くる間は
いかに久しき ものとかは知る
右大将道綱母（女）

日文平假名：なげきつつ　ひとりぬるよの　あくるまは
いかにひさしき　ものとかはしる
うだいしょうみちつなのはは

第 53 首中译文：（之一）入夜盼君来更早，却是扣门声不到，

孤眠更觉夜漫漫，此情夫君可知晓。

安四洋原译

（之二）入夜盼君早，扣门声不到，

孤眠夜难寐，夫君可知晓。

安四洋原译

作者简介：

右大将道纲母（937-995），女性。其父藤原伦宁，曾作正四品下“伊势守”（今三重县中部地区地方官），母为藤原春道之女（一说：源認之女），家族属于“藤原北家”長良一支系。天曆 8 年（954）嫁于“右大臣”藤原師輔之子藤原兼家。翌年生子藤原道綱，人称“道纲母”。

作者天生丽质，被誉为“本朝第一美人三人内也”。即与“衣通郎姫”，“小野小町”二人，并称为日本“三大美女”（见《尊卑分脈》）。且不仅容貌端丽，还善诗文，有才女之誉。主要诗作经历有：安和 2 年（969）为藤原師尹五十賀寿作“屏風歌”（诗）；正曆 4 年（993）参加“東宮居貞親王帯刀陣歌合”赛诗会；为其子藤原道綱代笔的作诗；参加寛和 2 年（986）的“内裏歌合”（后宫赛诗会）等。

此外，还著有自家集《傅大納言殿母上集》和《道綱母集》等两部著作。诗作人选各部“勅撰和歌集”的有 37 首。另著有自叙传《蜻蜓日记》一书，记录，描写了本人的半生经历，是日本文学史上的重要作品之一。作者也是“中古三十六歌仙”之一。

本诗简说：

本诗出自《拾遺和歌集》恋部四・第 912 首。诗文表达了作者，因丈夫生性轻浮，时常寻花问柳，拥有许多情人，而自己却只能苦候丈夫一人回家，长夜独守的无奈和孤寂苦闷的心情。

名词释义：

1. **藤原兼家**　平安時代（794-1192）中期的公卿。曾担任摂政，関白，太政大臣（官阶従一品）等朝廷要职。期间，成功逼迫花山天皇（第65代天皇，在位：984-986）退位，让自己的外孙即位“一条天皇”（第65代天皇，在位：984-986），自己则担任摂政，实行外戚干政，独掌朝权，权倾朝野，居万人之上。此后一段时期内，朝廷的摂政，関白等要职，一直由藤原家子孫独占。

2. **《蜻蛉日记》**　道綱母所作，全书共3卷。《蜻蛉日记》记载和描写了作者与丈夫20年间的婚姻生活，以及半世的悔恨与痛苦体验。反映了当时日本贵族的生活和贵族妇女对自身地位的反省。描写细腻，真挚感人。

3. **《尊卑分脈》**《新編纂図本朝尊卑分脈系譜雑類要集》一书之简称，作者：洞院公定。書名中的“尊”指天皇家，“卑”指一般貴族，“分脈”有家谱家系之意。该书编撰于南北朝時代（1336-1392），是日本皇室贵族諸家谱系的集大成之作。江戸時代后，经重新整理校对，又以《諸家大系図》之名再版问世，是了解和研究日本古代史的珍贵文献。

第54首原文：忘れじの　行く末までは　かたければ
今日を限りの　命ともがな
儀同三司母（女）

日文平假名：わすれじの　ゆくすゑまでは　かたければ
けふをかぎりの　いのちともがな
ぎどうさんしのはは

第54首中译文：（之一）君言永世无相忘，但恐恩爱不久长，
索性缱绻当下日，正是妾身绝命时。
安四洋原译

（之二）君言无相忘，惟恐不久长，

索性言下日，是妾绝命时。

安四洋原译。

作者简介：

仪同三司母，女性，具生卒年不详，本名贵子，“从三品式部卿”高阶成忠之女，属于古代皇族“長屋王”之末裔。有兄弟：“左中弁”明顺，“弹正少弼”積善（漢詩人暨《本朝麗藻》作者）；作者早年曾作第 64 代圆融天皇（在位：969-984）的内侍，人称“高内侍”。後嫁给“中関白”藤原道隆为妻，生子女有：伊周，隆家，定子。因儿子伊周号“仪同三司”，人称“仪同三司母”。正暦 3 年（990）受俸正三品。晚年因丈夫早逝，家道衰落，两个儿子又获罪惨遭流放等，不祥之事接踵而至，终日郁郁寡欢，甚至以泪洗面，最后在悲痛绝望中死去。

作者擅作诗歌，尤以漢詩见长。生前诗作入集各部“勅撰和歌集”的有 5 首。本人后入选日本“女房三十六歌仙”之一。

本诗简说：

本诗选自《新古今和歌集》恋部・第 1149 首。这首诗表露出，作者对未来人生的极大不安。诗词直诉心声，毫无造作之感，在女子诗作中似绝无仅有。日本诗歌界历来对本诗评价很高。

背景说明：

平安時代（794-1192）的貴族生活是一夫多妻制。結婚之初，男子住到女方家，类似走婚。新婚燕尔之时，女子每日等待丈夫归来是最幸福之事，同时又是一種残酷。一旦丈夫失去对妻子的关爱，不再上门，就等于事实上的离婚。女方家也因此，断绝了来自男方的馈赠品和生活费用等。所以才有诗中所说的，不如趁着恩爱之时，索性现在就幸福死去的心情。

名词释义：

1. **式部卿**　日本古代律令制下的朝廷“八省”（机构）之一的“式部省”長官。主要职责是，负责朝廷内外文官的名帳，考課，選叙，礼儀，版位和品記等事宜。式部卿一般由親王或官阶四品以上者担任。平安時代以后，改为只由親王担任。

2. **長屋王**　具体生卒年不详。奈良時代的王族官人。第 40 代天武天皇（在位：672-686）之孫，高市皇子之子。母亲是天智天皇之女“御名部皇女”；娶妻有：吉備内親王，石川夫人，安倍大刀自等多人。据说，本人好文藝，擅詩詞，對陰陽五行等諸學也有涉獵。慶雲元年（704）晋升正四品官。后又历任：宮内卿，式部卿，大納言等要职。神亀元年（724）2 月聖武天皇即位后，担任左大臣（正二品），主導朝政运作，是日本史上著名的王族政治家之一。

第 55 首原文：滝の音は　絶えて久しく　なりぬれど
名こそ流れて　なほ聞こえけれ
大納言公任

日文平假名：たきのおとは　たえてひさしく　なりぬれど
なこそながれて　なほきこえけれ
だいなごんきんとう

第 55 首中译文：（之一）大觉寺中古瀑布，涛声不闻已许久，
而今仍有盛名在，更是无声胜有声。
安四洋原译

（之二）寺中古瀑布，涛声不闻久，
盛名今尚在，无声胜有声。
安四洋原译

作者简介：

大纳言公任（996-1041），本名藤原公任。其父为“三条太政大臣”藤原赖忠。母亲“厳子女王”是第60代醍醐天皇（在位：897-930）的外孙女。同母姉妹有：第64代圆融天皇（在位：969-984）皇后遵子和第65代花山天皇（在位：984-986）的“女御”（皇妃）一人。属皇亲国戚，家世显赫。

日本天元3年（980），作者在皇宫清涼殿“元服”（成人式），并受円融天皇加冠（成人饰帽），叙官阶正五品下。后在朝为官，历任：侍従，左近衛権中将，尾張権守兼伊予権守（叙正四品下）。后又任：蔵人頭，備前守等官职。正暦3年（992）27歳时任参議，开始参与国政；继而又任：左兵衛督，皇后宮大夫，右衛門督，検非違使別当，勘解由長官，皇太后宮大夫和按察使等职；寛弘6年（1009）任権大納言，大纳言（官阶正二品），人称“大纳言公任”。后于万寿元年（1024）上表辞官，万寿3年出家，隐居于“山城国”（今京都府南部）的長谷解脱寺（佛寺）。

作者学问，艺术精湛，被誉为集和歌，汉诗与管弦楽技艺于一身的“三船之才”。天元5年首次参加“東宮御所时歌合”。后多次参与各种“内裏歌合”（后宫赛诗会）等文学活动。善作“屏風歌”（诗）。诗作人选各部“勅撰和歌集”的有近百首之多。本人为日本“中古三十六歌仙”之一。

作者著作甚丰，有家集《公任集（四条大納言集）》，诗歌学著作《新撰髄脳》和《和歌九品》等著作；还著有《古今和歌集注》，《四条大納言歌枕》和《歌論議》等书籍，但均散失；参与编撰的诗歌集有：《拾遺抄》，《金玉集》，《深窓秘抄》，《前十五番歌合》，《三十六人撰》和《和漢朗詠集》等。著名的《三十六人撰》诗歌集，即为作者所著。书中精选当时最具代表性的36位诗人及其代表作，俗称《三十六歌仙集》，影响深远，蜚声古今。

此外，还著有“有職故実”《北山抄》一书，全面搜集整理和论述了日本自古以来，有关朝廷，公家，武家，行事，法令，制度，風俗，習慣，官職，儀式和装束等内容，掌故，是一部百科全书式的著作，也是了解和研究日本历史不可或缺的极其珍贵史料。该书的编撰成书，使作者成为了名副其实的学问大家。

本诗简说：

本诗选自《千載和歌集》雑部上・第1035首。这首诗是在嵯峨天皇离宫“嵯峨大觉寺瀑布殿”上吟诵的。从中能感受到昔日离宫之美景。诗中使用了“滝”与“流”，“音”与“听”等词语，表达巧妙，使人如声在耳，极富临场之感。

作者趣闻：

据说，作者是一位全能之才，自信家和感情強烈之人。曾因酷评诗人藤原長能的诗作，导致诗人罹患心痛病，不治身亡。但也有说，藤原長能在离世前，一直把作者的诗评放在锦囊中，作为传家宝加以珍藏。又有说，著名女诗人清少納言，紫式部等人，在作者身前，“皆畏作者之才，每见则惶恐不已”。(译者笑)

名词释义：

1.《和漢朗詠集》 别名《倭漢抄》或《四条大納言朗詠集》，是平安時代（794-1192）中期的“歌謡”集，内容分上下2卷，由藤原公任编撰而成。上卷为四季歳時；下卷为天象，動植及人事等雑題类。総計114項目，颇具百科全書风格。书中选人适合吟咏的漢詩秀句588首，和歌216首，共计804首。

2. 大觉寺 位于京都府京都市右京区，是日本佛教“真言密宗”大觉寺派的“大本山”寺院，山号嵯峨山。寺中供奉本尊不动明王，及其它五大明王。大觉寺的开基（创立）者为嵯峨天皇，由天皇离宫改建而成，历代住持曾一直由皇族亲王担任，与日本皇室渊源深厚。

第 56 首原文：あらざらむ　この世のほかの　思ひ出に
今ひとたびの　逢ふこともがな
和泉式部（女）

日文平假名：あらざらむ　このよのほかの　おもひでに
いまひとたびの　あふこともがな
いずみのしきぶ

第 56 首中译文：（之一）妾恐性命不久长，黄泉路上几彷徨，
唯盼与君临终会，留在他界梦中乡。
安四洋原译
（之二）妾恐命不长，黄泉路彷徨，
盼君临终会，梦留在他乡。
安四洋原译

作者简介：

和泉式部，女性，具体生卒年不明。其父为“越前守”大江雅致，母为“越中守”平保衡之女（昌子内亲王之乳母）。因其父官名中有“式部”字样，且首任丈夫曾担任“和泉守”，故人尊称其为“和泉式部”；生一女：小式部内侍（《小仓百人一首》第 60 首作者）；

作者是一位极多情女子。最初曾嫁于“弾正宮為尊親王”（冷泉天皇之 3 子）为妻，但親王 26 歳时不幸夭折。翌年又与“敦道親王”相恋，坠入情网，结合后生子“永覚法師”。本人所著《和泉式部日记》一书，就描写了作者与“敦道亲王”的爱情故事。遗憾的是，“敦道親王”亦 27 岁时早逝。于是，作者遂回宫侍奉一条天皇的“中宮皇后”藤原彰子。后又改嫁于“丹後守”（今京都府京丹后市地方长官）藤原保昌为妻，并随丈夫一同赴任地生活。

作者与紫式部，赤染卫门，伊势大辅，马内侍等女诗人，并称“女流五歌仙”。其诗作入选各代“勅撰和歌集”中的多达 245 首，是名副其实的日本王朝時代第一女诗人。本人入选日本“中古三十六歌仙”之一。

此外，作者还著家集数部：《和泉式部集》（正集），《和泉式部続集》，《宸翰本》和《松井本》略本秀歌集等。特别是《和泉式部日記》一书，成为日本文学史上的名著之一。

本诗简说：

本诗选自《後拾遺和歌集》恋部・第763首。这是作者在病床上吟诵的一首诗歌。使人在紧张不安之余，似能感觉到平缓与凄婉的韵味。

名词释义：

1.**越前守，越中守，和泉守**　分别是：古代日本“越前国”（今福井県及岐阜県一带），“越中国”（今富山県一带）以及“和泉国”（今大阪西南一带）的地方长官。

2.**《和泉式部日记》**　和泉式部（女）自书日记。文中记录了作者与敦道亲王之间10个月的暂短爱情经历。据说，作者最初曾试图以第三人称，写成一部小说或故事形式的作品，但在写作过程中，因无法保持冷静，且又多以第一人称出现，所以日本文学史将其归类为日记体裁的作品。

第57首原文：めぐりあひて　見しやそれとも　わかぬ間に
雲がくれにし　夜半の月かな
紫式部（女）

日文平假名：めぐりあひて　みしやそれとも　わかぬまに
くもがくれにし　よはのつきかな
むらさきしきぶ

第 57 首中译文：（之一）少小离别偶相逢，蓦然行来去匆匆，

仿佛夜半云中月，瞬间忽现又遁形。

安四洋原译

（之二）离别重相逢，来去却匆匆，

仿佛云中月，忽现又遁形。

安四洋原译

作者简介：

紫式部，女性，著名古小说《源氏物语》作者。生于天禄元年（970）（一说：天延元年（973））；其父藤原为时，曾作过“式部丞”和“越後守”等官职，母为“摂津守藤原為信”之女；作者本名为“藤式部”。“藤”取自父姓中的“藤”字，“式部”来自父官名“式部丞”。又因所著《源氏物语》中的女主人公取名“紫上”，故人称“紫式部”，后逐渐成为通称。作者本家是充满书香之气的中等贵族家庭，从小饱受传统文化熏陶。家族中诗人，学者辈出：曾祖藤原兼輔，祖父雅正，伯父為頼，弟清正，従兄定方都是知名诗人。作者之父更是当时的一流文化人，长于汉诗，和歌创作，据说对中国古典文学造诣尤其深厚。

作者天生聪颖，好学强记，尤喜诗文。据说家中藏书，无论内容如何，皆读之如饥渴。以至于其父时有慨叹：为啥不是男孩；（译者笑）作者母亲早逝，一直依靠父亲照顾。長徳 2 年（996）随新任“越前守”的父亲去任地生活，但因无法忍受当地雪国的寒冷，以及地方生活之艰辛，不久便独自一人返回京城。長徳 4 年（998）与父亲的好友兼同事“山城守”（今京都府南部的地方长官）藤原宣孝结为夫妻，生女賢子（即女诗人“大弐三位”）；2 年後丈夫不幸去世。

丈夫离世后，作者于寛弘 2 年（1006）前后，入宫奉职，侍奉一条天皇皇后彰子。据说，初时多有不适，曾陷入苦闷，叹人生之不遇。后逐渐得到皇后的喜爱与信任，使得自身才学得以施展，开始在宫中讲授中国的汉《楽府》诗等。同时，着手构思创作长篇小说《源氏物语》，并于寛弘 7 年（1014）夏季最终完成。为世人留下了一部千古名著和一份珍贵的文化遗产。

作者生前，还创作有大量的诗歌作品，入选各部“勅撰和歌集”中的就有 62 首。此外，还著有自撰《紫式部日记》一书。本人后入选“中古三十六歌仙”之一和“女房三十六歌仙”之一。据说，作者还善弹古箏，技法十分了得。

本诗简说：

本诗选自《新古今和歌集》雑部上第・1499 首。本诗是作者写给一位朋友的。一次两人久违重逢，但还没有交谈几句，就因故不得已匆匆离别。诗中借用夜半的月亮，比喻重逢时短，离别时长，感叹遗憾与惆怅的心境。

名词释义：

《源氏物語》 平安時代中期（公元 11 世紀初），由女作家紫式部創作的長編小说，原日文写作“源氏の物語”；又称《光源氏物語》，《紫物語》和《紫缘由》等。小说详尽，優艶，细致地描写了主人公“光源氏”，及其族人等 70 余年的人生经历。特别着笔于日本王朝文化，最盛期的宫廷貴族生活，内容丰富，表现细腻，用字优雅，文采飞扬。据说其写作手法，完全不同于以往常用的“物语”形式，是前无古人的全新风格。甚至有人评价说，《源氏物語》的问世是日本文学史上的一大奇跡。

現存的《源氏物語》一书由 54 卷（章）构成，近百万字。各章分别是：1. 桐壺，2. 帚木，3. 空蝉，4. 夕顔，5. 若紫，6. 末摘花，7. 紅葉賀，8. 花宴，9. 葵，10. 賢木，11. 花散里，12. 須磨，13. 明石，14. 澪標，15. 蓬生，16. 関屋，17. 絵合，18. 松風，19. 薄雲，20. 朝顔，21. 少女，22. 玉鬘，23. 初音，24. 胡蝶，25. 蛍 26. 常夏，27. 篝火，28. 野分，29. 行幸，30. 藤袴，31. 真木柱，32. 梅枝，33. 藤裏葉，34. 若菜上，35. 若菜下，36. 柏木，37. 横笛，38. 鈴虫，39. 夕霧，40. 御法，41. 幻，

42. 匂宮，43. 紅梅，44. 竹河，45. 橋姫，46. 椎本，47. 総角，48. 早蕨，49. 宿木，50. 東屋，51. 浮舟，52. 蜻蛉，53. 手習，54. 夢浮橋。

第 58 首原文：有馬山　猪名の笹原　風吹けば
いでそよ人を 忘れやはする
大弐三位（女）

日文平假名：ありまやま　ゐなのささはら　かぜふけば
いでそよひとを　わすれやはする
だいにのさんみ

第 58 首中译文：（之一）猪名原林有马高，风吹笹丛声萧萧，
莫疑妾心情意变，枝叶任摆心不摇。
安四洋原译

（之二）猪名原笹丛，风吹声萧萧，
莫疑妾意变，叶摆心不摇。
安四洋原译

作者简介：

大贰三位，女性，具体生卒年不明。据推测，当生于長保元年（999）。本名藤原贤子，是紫式部与藤原宣孝之女；年轻时即入宫作侍女，服侍“上東門院”彰子。期间，曾受到藤原頼宗，定頼等“摂関家”貴公子们的爱慕和追逐。后嫁给藤原兼隆为妻，同时作“親仁親王”（即冷泉天皇）的乳母。但婚后生活仅持续了 3 年，夫妻便分道扬镳。后改嫁给高阶成章为妻，生子藤原为家。因二任丈夫曾任职“正三品大宰大贰”，故人称之为“大贰三位”。寛德 2 年（1045）後冷泉天皇即位后，赐任内宫“典侍”（従四品）一职。

据记载，作者生前诗作活动频繁，曾参加过長元 5 年（1032）的“上東門院菊合”，永承 4 年（1049）的“内裏歌合”和“祐子内親王家歌合”等诗歌会。还在“内裏後番歌合”赛诗会上，为其子藤原為家，代作咏诗歌，作品颇受好评。此外，还著有自家诗歌集《大弐三位集》一部。本人诗作入选各部“勅撰和歌集”的作品共有 37 首。

本诗简说：

本诗选自《後拾遺和歌集》恋部二・第 709 首。据说，这是作者为某一所爱慕的贵公子所作的情诗。

名词释义：

1. 有馬山　位于兵庫県，山麓多温泉，是著名的疗养胜地。

2. 猪名原　指有馬山东南（今兵庫県尼崎市）沿“猪名川”延展的平原地带，昔日多生笹竹。

3. 典侍　古代日本律令制下的宫廷女官之一，为朝廷“内侍司”次官（官阶従四品），职位仅次于“尚侍”。内侍司是古代日本皇居“後宮十二司”之一，负责天皇近侍，奏請，宣传，礼式等宫内事务。供职人員均为女性，职级排序为：1. 尚侍，2. 典侍，3. 掌侍，4. 女孀。后因“尚侍”成为嫔妃称号，“典侍”地位随之上升为首位，全面负责内侍司事务。

4. 後宮十二司　古代日本律令制下，负责管理皇居後宮事務的 12 个“役所”（机构）。分别是：1. 内侍司，2. 蔵司，3. 書司，4. 兵司，5. 闈司，6. 薬司，7. 殿司，8. 掃司，9. 膳司，10. 水司，11. 酒司，12. 縫司。

第59首原文：やすらはで　寝なましものを　さ夜更けて
かたぶくまでの　月を見しかな
赤染衛門（女）

日文平假名：やすらはで　ねなましものを　さよふけて
かたぶくまでの　つきをみしかな
あかぞめえもん

第59首中译文：（之一）早知君心无意来，何必痴情对愁眠，
长夜漫漫几时去，难挨月缺向西转。
安四洋原译

（之二）知君无意来，多情对愁眠，
长夜去漫漫，难挨月西转。
安四洋原译

作者简介：

赤染卫门，女性，生卒年不明。“右卫门尉”赤染时用之女，人称“赤染卫门”。也有说，其母嫁给右卫门尉时，已怀有前夫平兼盛（貴族诗人）之子。因此，作者实际上是平兼盛之女。作者于貞元元年（976），嫁给当时驰名朝野的著名学者，文人大江匡衡为妻，成为令人羡慕的鸳鸯夫妻。后生子有：挙周，江侍従2人；早年曾侍奉过藤原道長的侧室“源倫子”（“上東門院彰子”之母），为人谦和，口碑甚好。長保3年（1001），寛弘6年（1009）曾两次随官任“尾張守”（今爱知县西北部地方官）的丈夫去任地生活。后丈夫早亡，作者写多首哀傷诗，悼念亡夫，感情真挚，催人泪下。後削发为尼，终了一生，寿高85歳。

作者是才女型诗人。生前与紫式部，和泉式部，清少纳言等女诗人都很亲近。尤其与和泉式部（一说侄女）交往密切，多有诗歌贈答。

另据近来学者研究，描写藤原道長一族繁荣盛世的故事书《栄花物語》的正篇，应该是作者亲笔所书。長久2年（1041）作者参加“弘徽殿女御生子歌合”赛诗会，发表吟咏诗作，这是是有关她生平的最后文献记载。此外，作者还著有家集《赤染衛門集》一部。作者生前有大量诗作问世，后收录在各部“勅撰和歌集”的作品多达 97 首，是继和泉式部，相模两位诗人之后，入选作品最多的女诗人。本人分别入选日本“中古三十六歌仙”和“女房三十六歌仙”之一。

本诗简说：

本诗选自《後拾遺和歌集》恋部・第 680 首。据说“中関白”藤原道隆还是“少将”（低阶官吏）时，一日曾对作者胞妹说“今晚过去”，但当夜却无故爽约。翌日早晨，作者得知后，随即以其妹口吻创作了这首诗，表达对失信情人的嗔怪和思念之情，女性味道十足。

名词释义：

1. **平兼盛**　平安時代（1185-1192）中期貴族，歌人。曾任“駿河守”（今静岡縣地方长官），官位従五品上；后人选“三十六歌仙”之一。

2. **上東門院彰子**　本名藤原彰子，藤原道長之長女。承保元年（1074）10 月成为第 66 代一条天皇的“中宮”（皇后），生子：一条天皇，後朱雀天皇。因“院”（居所）号为“上東門院”，故人称“上東門院彰子”。

3. **《栄花物語》**　平安時代（1185-1192）後期的历史故事集，共 40 卷（异本 30 卷）。分前 30 卷正編和後 10 卷续編等二部分。据学者研究，正编的实际撰写者，应是赤染卫门本人。

第 60 首原文：大江山　いく野の道の　遠ければ
まだふみもみず　天の橋立
小式部内侍（女）
日文平假名：おほえやま　いくののみちの　とほければ
まだふみもみず　あまのはしだて
こしきぶのないし

第 60 首中译文：（之一）大江山高生野远，天桥立景梦中见，
尚未踏出足一步，何来锦书怀中掩。
安四洋原译
（之二）山高路途远，天桥梦中见，
未踏足一步，何来锦书掩。
安四洋原译

作者简介：

小式部内侍，具体生卒年不详，是“和泉式部”（女诗人）与橘道贞所生之女；寛弘 6 年（1009）曾随母入宫作“内侍”，侍奉“上東門院”彰子；作过“堀河右大臣”藤原頼宗（“摄政大臣”藤原道长之次子，从一品右大臣）的情妇；后又成为“二条関白”藤原教通的妾室，并生有一子；出家入佛后，取法号“静円”（天台宗僧正）；还与另一贵族男子藤原範永生有一女，人称“範永女”，后成为“堀河右大臣”的“女房”，也是《後拾遺和歌集》入集诗人。万寿 2 年（1025）11 月，作者不幸离世，年仅 28 歳左右。

据说，作者貌若天仙，温柔多情，颇受男士青睐。可惜红颜薄命，花年早逝，令人惋惜。母亲和泉式部曾为其作“哀伤歌”一首：“とどめおきて　誰をあはれと　思ふらむ　子はまさるらむ　子はまさりけり”。（安四洋原译：“我女小式部，已赴黄泉路，撇下母与子，难舍谁人顾？母女心相连，必定是幼子，我亦有慈母，更觉女儿睦。）”据说，这是和泉式部

看到女儿小式部留下的幼子，孤独可怜，不禁悲从中来，含泪吟咏的一首诗。情真意切，感人至深，催人泪下。（译者哽咽）

作者生前诗作，入选各部“勅撰和歌集”的作品有 8 首，本人后入选日本“女房三十六歌仙”之一。

本诗简说：

本诗选自《金葉和歌集》雜部上·第 550 首。写作背景是：当时作者母女两地分离，母亲“和泉式部”随丈夫住“丹后国”（今京都府北部），作者独居京城。两地相隔“大江山”和“生野古道”，路途遥远，相见不易。作者当时已是颇有名气的新锐女诗人。一次受邀参加一重要赛诗会，“权中纳言”藤原定赖也到场。两人一见面，藤原定赖便向作者打趣说，“没有派人送信，请母亲代作一首诗吗？”作者闻言，大不悦，遂作此诗，以作回应。据说。此诗一出，四座皆惊，藤原定頼更是无言以对，悻悻而去。由此可见，作者才思之敏捷，诗文之高妙。诗中巧用日语中“踏出”和“书信”的谐音寓意，双关巧妙，自然顺畅，恰到好处，毫无生硬之感。顿时好评如潮。这段故事，至今仍是日本诗坛久传不衰的一段佳话。

名词释义：

1. 大江山　位于京都府丹後半島，横跨与謝野町福知山市和宮津市两市区域，山脉相连，绵延起伏，蔚为壮观。顶峰標高 832 米。

2. 丹后，生野　“丹后”为古代日本律令制下的地方国之一，属山阴道，又称“丹州”或“北丹”，相当于今京都府北部一带区域。境内有“天桥立”松尾寺和大江山等奇异景观；从“丹后国”到京城需翻越大江山，走一条“生野”古道，路途遥远。

3. 天桥立　日本三景之一的著名景观（其它两处为：松岛，宫岛）。位于今京都府北部。在全长约 3.6 公里的沙洲上，种有 8000 余棵松树，郁郁葱葱，连绵不绝，拥道两旁，蔚为壮观。据说，因形状看似天上舞动的白色架桥，故取名“天桥立”。

4. **关白**　原本有“陈述，禀告”之意。出自《汉书・霍光金日磾传》中“诸事皆先关白光，然后奏天子”一句。在古代日本朝廷，天皇年幼时，由太政大臣主持国事，称“摄政”；天皇成年亲政后“摄政”改称“関白”，降为辅政。

第61首原文：いにしへの　奈良の都の　八重桜
けふ九重に　にほひぬるかな
伊勢大輔（女）

日文平假名：いにしへの　ならのみやこの　やへざくら
けふここのへに　にほひぬるかな
いせのたいふ

第61首中译文：（之一）昔日国都居奈良，今日乔迁落京城，
更喜随来八重樱，花开香飘越九重。
安四洋原译
（之二）昔日都奈良，今日迁京城，
随来八重樱，香飘越九重。
安四洋原译

作者简介：

伊势大辅，女性，具体生卒年不明。日本伊势神宫的“神祇伯”大中臣辅亲（祭主神官）之女；祖父能宣，曾祖父頼基。家族世世代代作伊势神宫的神官。寛弘4年（1007），作者曾进宫，侍奉一条天皇皇后“東門院彰子”。据说在初次觐见时，就献上这首诗歌，受到皇后称赞。后与“筑前守”高阶成顺结婚。

作者生前，频繁参加各种赛诗会，如：長元5年（1032）10月的“上東門院彰子菊合”，長久2年（1041）2月的“弘徽殿女御生子歌合”，永承 4 年（1049）11 月的“内裏歌合”，同 5 年（1050）6 月的“祐子内親王家歌合”，天喜 4 年（1056）的“皇后宮春秋歌合”等，是当时诗坛上相当活跃的人物，受到特别关注和喜爱。

据《袋草紙》记载，作者曾在康保 3 年（1060）“志賀僧正明尊”（高僧）90 大寿的賀辰聚会上吟诗。此次活动成为作者生前事迹的最后文字记录。作者与紫式部，和泉式部，马内侍，赤染卫门等五位女诗人一起，并称为“女性梨壺五歌仙”。本人入选各部“勅撰和歌集”的诗作有 51 首。另著有家集《伊勢大輔集》一部。本人是日本“中古三十六歌仙”和“女房三十六歌仙”之一。

本诗简说：

本诗出自《詞花和歌集》春部・第 29 首。据说，这首诗是在奈良的八重樱，被搬运到京都皇宫中，准备移栽时吟诵的。奈良八重樱，久负盛名，盛开时节，花团锦簇，鲜艳多姿，观之赏心悦目，而京都少见，尤显珍贵。本诗用“昔日”与“如今”对比，“八重”与“九重（宫廷）”呼应，对仗平稳，情景吻合，诗句绝妙，颇受好评。

名词释义：

1. 伊势神宫　位于三重县伊势市，是天皇家专属神社。由内宫（皇大神宫）和外宫（丰受大神宫）两部分组成，供奉“天照御大神”。一般认为，神宫始建于第 40 代天武天皇（在位：672-686）时期。但近年来，也有研究说，神宫创建时间，似晚于持统天皇即位后的公元 690 年。

2. 梨壶五歌仙　原指日本天暦 5 年（951），奉第 62 代村上天皇之命，在宫中“昭陽舎”设立“梨壺和歌所”编撰《後撰和歌集》，并为《万葉集》标注訓读标点的 5 个人。即：大中臣能宣，清原元輔，源順，紀時文，坂上望城等人，俗称“梨壺五人”或“梨壺五歌仙”。后借用此称谓，加以扩展，又将伊势大辅，紫式部，和泉式部，马内侍，赤染卫门等 5 位知名女诗人，称为“女流梨壺五歌仙”。

3.《袋草紙》　藤原清輔撰写的“歌論書”（诗论著作），由 4 卷及遺編 1 卷构成。约成书于平安時代（794-1185）後期的保元年間（1156-1159）。

第 62 首原文：夜をこめて　鳥のそらねは　はるかとも
よに逢坂の　関はゆるさじ
清少納言（女）

日文平假名：よをこめて　とりのそらねは　はかるとも
よにあふさかの　せきはゆるさじ
せいしょうなごん

第 62 首中译文：（之一）是夜沉沉天未明，却说司晨雄鸡鸣，
此处岂是函谷关，休想巧言过逢坂。
安四洋原译

（之二）夜深天未明，却说晨鸡鸣，
此处非函谷，休想巧言蒙。
安四洋原译

作者简介：

清少纳言，女性，具体生卒年不详。一般认为，当生于日本康保元年到 3 年（964-966）之间；祖父“清原深養父”是著名诗人；父亲“清原元辅”是知名学者；清少纳言的“清”取自祖姓“清原”中一字，“少纳言”是作者当宫女时的称谓。天元 5 年（982）与橘則光结为夫妇，生子橘則長。正暦初年（990-993）20 岁左右时，入宫侍奉一条天皇中宮（皇后）定子（藤原道隆之女）。据说，作者性情温顺，处事機敏，富有教養，口碑甚佳，深蒙中宫恩寵。后因宫中权争，定子地位被藤原道長之女彰子取代，加之定子生女儿时，不幸染病身亡，作者因之出宫回家。以後事迹，史书上鲜有记载。据说，后又与藤原棟世結婚，生子藤原重通；生女“小馬命婦”(《後拾遺和歌集》入选诗人)。又据《赤染衛門集》记载，作者晚年回到父亲的旧居生活。

作者生于书香门第，父为知名学者(《小仓百人一首》第42首作者)。从小耳濡目染，研习和歌汉诗，才情并茂，又极负天赋，很快成为远近闻名的一代名媛。入宫后不久，便开始执笔创作《枕草子》一书。据说，书写到中途，就已经在宫中争相传阅，轰动一时。期间，又与藤原実方，行成，公任等著名文化人有亲近交往。此外，著有家集《清少納言集》一部。入集各代“勅撰和歌集”诗作有14首。本人后入选日本“中古三十六歌仙”之一。

本诗简说：

本诗选自《後拾遺和歌集》雑部·第940首。据说，这首诗是作者与恋人藤原行成之间的唱和诗。诗中引用了中国典故“孟尝君过函谷关”的故事，并巧用日语中“逢坂”与“幽会”词语的谐音与双关寓意，委婉表达了作者的不悦情绪，却令人忍俊不止。

本诗趣闻：

据传说，某夜“大納言”藤原行成来到作者居所，两人交谈片刻，藤原行成便起身说“宫中有斋戒活动，不便久留”，于是匆匆离去。翌日清晨，藤原行成又差人送信说：昨晚急于离开，是因为听到“鶏鳴司晨”，要上早朝了。作者看完书信后，脱口而出说，“谎话。是函谷関的鸡鸣吧。”于是就有了这首诗作。从诗文中，可窥见作者的深厚汉学功底，聪明机敏的头脑，以及幽默诙谐的天性。

名词释义：

1.《枕草子》 清少納言所著散文集，完成于11世纪初。书中记录了作者的宫中生活，以及日常的观察和随想。据后世评价：作品文字清新明快，形式变化多样，生活场景温馨，幽默诙谐，情趣盎然。《枕草子》的写作风格，对日本散文文学的发展产生了巨大影响，被认为是与鸭长明的《方丈记》，吉田兼好的《徒然草》等两篇名著，併列的日本文学“三大随笔”之一。

2. 逢坂关　位于滋賀県大津市逢坂山山麓处，是古代京城畿内通往東北方面的関所和重要门户。大化 2 年（646）設置，是古代“三大关”之一；“逢坂山”横跨“近江国”（今滋賀県）与“山城国”（今京都南部），標高 325 米，山名自古多见于日本詩歌与紀行文学作品中，知名度很高。

第 63 首原文：今はただ　思ひ絶えなむ　とばかりを
人づてならで　言ふよしもがな
左京大夫道雅

日文平假名：いまはただ　おもひたえなむ　とばかりを
ひとづてならで　いふよしもがな
さきょうのだいぶみちまさ

第 63 首中译文：（之一）有情却难一相见，无奈恋情当断念，
此意不劳传言人，寻机面告遂心愿。
安四洋原译

（之二）有情难相见，无奈当断念，
此意不劳人，面告遂心愿。
安四洋原译

作者简介：

左京大夫道雅（992-1054），幼名松君，“中関白”道隆之孫，据说从小深受祖父溺爱。其父为“儀同三司”藤原伊周（一条皇后之兄长）。母亲是“大納言”源重光之女；本人娶“山城守”（今京都市右京区一带地方长官）藤原宣孝之女为正妻；生子：上東門院中将（见《中古歌仙伝》)。另有侧室一人（平惟仲之女）。

作者早年即在朝为官，曾历任：侍従，右兵衛佐，左近少将；寛弘 6 年（1009）後一条天皇时期的左権中将，蔵人頭（叙従三品）。但在 25 歳时，因与本诗暗指的恋人“当子内親王”私通，激怒了第 71 代后三条天皇（在位：1068-1072），受到严厉“勅勘”（天皇斥责），被免去“左権中将”职务，贬为“右京権大夫”，故人称“左京大夫道雅”。此后命运多舛，导致性情乖张，一蹶不振。据《小右記》记载，作者曾指使“法師隆範”刺杀了“花山院女王”（昭登亲王与清仁亲王之胞妹）；凌辱敦明親王的“雑色長”（管家）；又大闹赌场，乱行不绝于耳。世人皆厌之，称其为“悪人三品”。

作者晚年，在京城西八条私邸閑居，办诗歌会，结交藤原範永，同経衡，藤原家経，同兼房等诗人雅士。后出家遁世隐居。生前诗作入选各代“勅撰和歌集”的有 6 首。本人入选日本“中古三十六歌仙”之一。

本诗简说：

本诗选自《後拾遺和歌集》恋部・第 750 首。作者因无法割舍对“当子内亲王”的私情，写下了这首诗，以表露心境。古代故事集《荣华物语》等书中也记载有此事。

名词释义：

1. 中関白家 以平安時代（1185-1192）中期“関白”藤原道隆为先祖的，藤原家之称呼。族人属于“藤原北家”支流一系，传承有序。

2.《小右記》 平安时代（1185-1192）中期的“公卿”藤原実資撰写的日記，共 61 卷，全部用漢文书写。因作者又称“小野宮右大臣”，故有此名。日记内容中关于藤原道長的記事较多，是了解平安时代中期日本贵族生活的第一手珍贵资料。

3. 花山院女王事件 “花山院女王”又写作“华山院女王”或“华山法帝女王”，是昭登親王，清仁亲王之胞妹，曾侍奉过太皇太后藤原彰子。

万寿元年（1024）12 月 6 日夜，在路途中惨遭杀害，遗骸被野狗殘食。古文献记载："《小右记》萬寿元年十二月八日壬戌一昨，華山院女王，爲盗人被殺害，路頭死。夜中，爲犬被食。奇恠也。此女王，被候太皇太后宮藤原彰子。或云。非盗人所爲。將出女王於路頭殺云々。"是日本史上的著名迷案之一。

4.**《荣华物语》** 平安時代（1185-1192）後期的歷史故事集，共 40 卷（异本 30 卷）。分为前 30 卷正編与後 10 卷续編两部分。据学者研究认为，正编部分的实际作者应是女诗人赤染卫门。

5.**公卿** 古代日本朝廷中的一种地位与荣誉称号。根据日本律令規定，下列人员可称公卿，即：1. 太政大臣，2. 左大臣，3. 右大臣，4. 大納言，5. 中納言，6. 参議。此外，还包括従三品以上的非参議官员。其中，"公"指大臣，"卿"指参議或三品以上廷臣。

第 64 首原文：朝ぼらけ　宇治の川霧　たえだえに
あらはれわたる　瀬ぜの網代木
權中納言定頼

日文平假名：あさぼらけ　うぢのかはぎり　たえだえに
あらはれわたる　せぜのあじろぎ
ごんちゅうなごんさだより

第 64 首中译文：（之一）夜尽天明初破晓，宇治川上云雾寥，
眼前浅滩清可见，渔家网柱知多少。
安四洋原译

（之二）天明初破晓，宇治云雾寥，
浅滩清可见，渔柱知多少。
安四洋原译

作者简介：

权中纳言定赖（995-1045），其父为“四条大纳言”藤原公任，母为“昭平親王”之女（诗名：定頼母）；娶源済政之女为妻，有子藤原経家（后任“権中納言”）；有女一人，后为“勅撰和歌集”入集诗人。本人早年即在朝为官，曾历任：蔵人頭，参議兼右大弁等职，最终官至“権中納言”（官阶正二品），因家居京城四条街，故人称“四条权中纳言”。寛德元年（1044）因病退职，出家入佛。

作者多才多艺，不仅长于诗文，，还喜管弦乐器演奏，尤善书法。作为诗人，生前参加的诗会有：長元五年（1032）的“上東門院彰子菊合”，同 8 年的“関白左大臣頼通歌合”等。据《小右記》等书说，作者“长于书法诵经，性情风流，容姿端麗，犹善交际”，与大和宣旨，相模，公円法師母（“小式部内侍”之女）等美女诗人，均有情人关系。特别是，作者与小式部内侍关于诗作的打趣对话，更为后人津津乐道（详见第 60 首简说）；但也有说，作者是“懈怠之人”和“無頼汉”，曾因一次軽率言行，被“後一条天皇”所痛斥，是典型的纨绔子弟。（译者笑）

本人著有家集《定頼集》（又称《四条中納言集》）一部存世。入选各部“勅撰和歌集”的诗作有 45 首。后世故事集《袋草紙》，《古事談》和《十訓抄》等书中，均记有关于作者的许多逸話趣闻，成为市井间久谈不厌的话题。本人入选日本“中古三十六歌仙”之一。

本诗简说：

本诗选自《千載和歌集》冬部・第 419 首。作者在这里，吟诵着自然风情，读之徒生闲情逸致，神清气爽，心情舒畅。

名词释义：

1. 宇治川　流经京都宇治一带的河流。因两岸盛产名茶“宇治茶”而闻名。日本平安時代，这一区域曾建有达官显貴的别墅荘邸，是休闲度假胜地。

2. **藤原公任**（966-1041） 平安时代（794-1192）中期的著名学者，公卿，人称“四条大納言”。其父是“関白”頼忠长子，母亲厳子是醍醐天皇之外孙女。本人 27 歳时，即任官职“参議”，参与朝廷议政；44 歳时任“權大納言”。晚年在“洛北長谷解脱寺”（佛寺）出家，过隐居生活。本人不仅擅长和歌，且精通漢詩，是当时代表性的文化人。生前著作颇丰，有：私選集《拾遺和歌抄》，歌学書《新撰髄脳》，《和歌九品》，秀歌選《三十六人撰》等。

第 65 首原文：恨みわび　ほさぬ袖だに　あるものを
恋に朽ちなむ　名こそ惜しけれ

相模（女）

日文平假名：うらみわび　ほさぬそでだに　あるものを
こひにくちなむ　なこそをしけれ

さがみ

第 65 首中译文：（之一）怨恨情仇身心碎，涕泪俱下裳袖秽，
浸痕未干惜衣朽，更恼清白名声坠。

安四洋原译

（之二）情恨身心碎，涕下裳袖秽，
浸痕惜衣朽，更恼名声坠。

安四洋原译

作者简介：

相模，女性，确切生卒年不详。其父情况亦不詳。有说，父名源頼光（见《勅撰作者部類》）；母亲是“能登守”慶滋保章之女（见《中古三十六歌仙伝》）。关于作者生平经历，也是众说纷纭，至今尚无统一说法。能确定的是，在第 70 代后冷泉天皇（在位：1045-1068）时期，曾嫁给

“相模守”大江公资为妻，是人称“相模”的由来。后因婚后生活不如意，回京後跟丈夫关系破裂，分道扬镳。离婚后，曾受到藤原定頼等人的多次求爱，但最终姻缘未果。据说在此期间，前夫再赴新任地担任“遠江守”（今静冈县西部）时，身边随行女子，已经是别人了。（译者笑）

作者离婚后，曾短暂入宫，侍奉第 66 代一条天皇（在位：986-1011）之女“脩子内親王”。永承 4 年（1049）“脩子内親王”薨後，一度出家，剃度为尼。后又回宫，作了第 69 代后朱雀天皇（在位：1036-1045）之女“祐子内親王”（俸禄一品）的“女房”（宫女）。

作者诗名甚高，远近闻名。据说，早在治安 3 年（1023）就曾向“箱根権現”奉献自作诗歌 100 首。内容多以訴说憂悶心绪为主，也有祈求生子的祝愿诗歌。生前亦频繁参加各类诗歌会，如：長元 8 年（1035）的“関白左大臣頼通家歌合”，長久 2 年（1041）的“弘徽殿女御生子歌合”，永承 6 年（1051）的“内裏歌合”，永承 5 年（1050）“前麗景殿女御延子歌合”，“祐子内親王歌合”，以及天喜 4 年（1056）的“皇后宮寛子春秋歌合”等，甚为活跃，诗名享誉诗坛。生前还与能因法師，和泉式部，源経信等著名诗人多有交往；还是藤原範永等“和歌六人党”的指導者。日本歌論集《八雲御抄》给予作者很高评价，认为是与赤染卫门，紫式部等肩的一流女诗人。

生前诗作颇丰，入选《后拾遗和歌集》等各部“勅撰和歌集”的作品多达 108 首。此外，还著有自撰家集《物思女集》一部存世。本人是“中古三十六歌仙”之一。

本诗简说：

本诗出自《後拾遺和歌集》恋部・第 815 首。这首和歌是在一次宫中赛诗会上发表吟咏的，受到好评。

名词释义：

1. 相模守　古代日本“相模国”的地方长官。其管辖区域，相当于今神奈川县大部（东北部份除外）。

2. 箱根權現　是箱根山“山岳信仰”与“修験神道”尊崇的“神佛習合神”的俗称，是日本特有的一种“合体神”或“一体多神”。即是神道之神，又是佛教诸神（如文殊菩薩，弥勒菩薩，観世音菩薩等)。“箱根權現”神在日本神佛分離，廃佛毁釈以前，曾供奉在“箱根權現社”（神道神社）和“箱根山金剛王院東福寺”（佛教寺院）内，称“箱根大權現”或“箱根三所權現”。

3. 和歌六人党　指“後朱雀天皇”長久年間（1040-1043）到“後冷泉天皇”永承年間（1046-1052）前後，活躍在日本诗坛的“歌人集团”。最初由藤原範永，平棟仲，藤原経衡，源頼実，源頼家，源兼長等 6 人组成，人称“和歌六人党”。后又有橘義清，橘為仲等人加人，实际成为 8 人，但称谓始终未变。

4.《八雲御抄》　鎌倉时代（1185-1333）初期的诗学著作。据说由顺德天皇（在位：1210-1221）亲自撰写，完成于 1221 年。全书共 6 卷，由卷 1 正義部（包括：六義，歌体，歌病解説等)，卷 2 作法部（包括：歌赛，歌会，撰集知識，記録集等)，卷 3 枝葉部（天象，地儀)，卷 4 言語部（包括：世俗言，由緒言，料簡言等)，卷 5 名所部（名場所）和卷 6 用意部（著者歌論）构成全书。《八雲御抄》被认为是日本古代诗歌学的集大成之作，极具史料価値。书名源于序文中的“夫和歌者起自八雲出雲之古風”一句。

第 66 首原文：もろともに　あはれと思へ　山桜
花よりほかに　知る人もなし
前大僧正行尊

日文平假名：もろともに　あはれとおもへ　やまざくら
はなよりほかに　しるひともなし
さきのだいそうじょうぎょうそん

第 66 首中译文：（之一）孤身修行入深山，偶遇山樱娇艳开，

我恋樱来樱慕我，幸得此处无人烟。

安四洋原译

（之二）孤行入深山，偶遇艳樱开，

人花俩相恋，幸得无人见。

安四洋原译

作者简介：

前大僧正行尊（1055-1135），敦明親王之孫；其父源基平（参議従二品侍从）。母为“権中納言”良頼之女。康平 7 年（1064）10 歳时父丧，12 歳时出家，入三井寺（又称園城寺），师从“頼豪阿闍梨”研习佛教密教；后在“大峰葛城”和“熊野”等霊場之地进行严苛修行。承暦 3 年（1079）受三部大法灌頂。公元 1107 年鳥羽天皇 5 岁即位时，被选为“護持僧”，奉诏入宮，为年幼的天皇及白河院（太上皇），待賢門院等皇室成员祈祷健康，降妖伏魔，作法医病。据说其“験力無双”，十分灵验。天永 2 年（1111）8 月 57 歳时获赠“護持賞”，晋升“権大僧都”，后担任“円城寺大僧正”一职。寿高 81 岁。

作者又是当时有名望的诗人，生前参加过多场诗会，均有诗作参赛吟咏。如：“太皇太后宮寛子扇歌合”，“右近衛中将宗通朝臣歌合”“広田社西宮歌合”，“南宮歌合”和“住吉社歌合”；还担任过赛诗会“判者”（评审），活跃在诗坛上。与藤原仲実，加賀左衛門等歌人亦有交往。有研究说，其诗风独具特色，曾极大影响了西行法师（著名诗僧）等人。此外，还著有家集《行尊大僧正集》一部，流传至今。有 49 首诗作分别入选各部“勅撰和歌集”。

本诗简说：

本诗选自《金葉和歌集》雑部・第 556 首。据说，某年初春，作者在大峰山（位于奈良县吉野郡）修行时，忽见山上桜花绽放，娇艳夺目，如霞若云，甚是可爱。于是内心躁动，有感而发，创作了这首即兴诗。

名词释义：

1. 参议源基平　本名源基平。平安时代（794-1185）中期的公卿。曾官任“正三品参议任赞岐权守”（参议兼今香川县地方长官），人称“参议源基平”。

2. 護持僧　指在日本皇宫清凉殿二間房（天皇東寝房）侍奉天皇，祈祷玉体安康的“加持祈禱僧”，又称“御持僧”。“御持僧”主要从東寺，延暦寺和園城寺等著名寺院的僧侣中選任，始于第 50 代桓武天皇（在位：781-806）时期。

3. 大峰山　山体位于紀伊半島中央，南北长約 50 公里。最高峰称“山上岳”，高 1915 米。古来为重要的佛家修行場所，禁止女人进入。

4. 修験道行者　别称“山伏”，特指“修験道”（日本佛教派别之一）的信仰者和修行者。修験道始祖名“役小角”，主张信徒在山中进行严酷修行，以获得靈力，驱鬼治病等。为此，修行者甚至不休不眠，不吃不喝，每天在山上奔跑，以达到修行目的。

5. 役小角　是飛鳥時代（592-710）的呪術者，本姓君。“役小角”在日本的“山岳信仰”中，加进“大乘佛教”教义，开创了日本独有的“道佛合一”的本土宗教“修験道”。据说，本人能通灵界，任意驱使鬼神，为其所用。

第 67 首原文：春の夜の　夢ばかりなる　手枕に
かひなく立たむ　名こそ惜しけり
周防内侍（女）

日文平假名：はるのよの　ゆめばかりなる　たまくらに
かひなくたたむ　なこそをしけれ
すおうのないし

第 67 首中译文：（之一）春宵苦短梦初醒，帘后软榻醉卧庭，

手枕轻触情已乱，又恐身外世俗名。

杜红雁原译（之四）

（之二）春宵醉卧庭，帘后梦初醒，

手触情已乱，又恐世俗名。

安四洋改译

作者简介：

周防内侍，女性，生卒年不详，本名仲子。其父为“周防守”平棟仲（“和歌六人党”之一）。母为“加賀守”源正職之女（即“後冷泉院上皇”的“内侍女房”，人称“小馬内侍”）；兄长是“比叡山僧”忠快（《金葉和歌集》入集诗人）。

作者本人，在治历元年（1065），也曾作过“后冷泉院”（太上皇）的“内侍女房”（即宫女），又因其父作过“周防守”，人尊称其为“周防内侍”。后冷泉院崩御后，曾一度辞官出宫。到第 71 代后三条天皇（在位：1068-1072）即位后，再次进宫俸职。後一直留在宫中，侍奉白河天皇和堀河天皇，任职“掌侍”（正五品下）。天仁 2 年（1109）因病离宫，出家为尼，不久去世，寿 70 余岁。

作者虽为女流，但才学出众，尤善和歌创作，是当时的代表性诗人之一。生前曾多次应邀，参加各种赛诗会，如：寛治 7 年（1093）的“郁芳門院”歌合”，嘉保元年（1094）的“前関白師実家歌合”，康和 2 年（1100）的“備中守”仲実女子歌合”，同 4 年的“堀河院艶書合”等，发表吟咏自作诗歌。此外，还著有本人诗集《周防内侍和歌集》一部存世。生前所作诗歌，后人选各部“勅撰和歌集”的有 36 首。本人入选“女房三十六歌仙”之一。

本诗简说：

本诗选自《千載和歌集》雑部・第 961 首。创作背景：据说某年的陰暦2月，月明之夜，众人在“二条院”（皇女章子）宅邸彻夜欢谈。期间作者饮酒稍过，睡眼惺忪，在半睡半醒中，喃喃道“谁递给我一个枕头啊”。于是，時任“大納言”的藤原忠家，就把胳膊从御簾下伸过去说“就枕这个枕头吧”，暧昧调戏之意不言自明。作者酒醒，听说此事后，就写了这首诗作为回应。

名词释义：

1. 二条院　第68代后一条天皇（在位：1016-1036）与威子（藤原道長之女）所生之女，本名章子。2岁时成为内親王，5岁时赐准三宫（俸禄一品）。長暦元年（1037）成为東宮親仁親王（即後冷泉天皇）的“中宫”（皇后）。治暦4年（1068）成为皇太后，翌年，成为太皇太后。

2. 周防守　古代日本“周防国”（今山口县东南部）的地方长官。

3. 加賀守　古代日本“加贺国”（今石川県南部）的地方长官。

第68首原文：心にも　あらでうき世に　ながらへば
恋しかるべき　夜半の月かな

三条院

日文平假名：こころにも　あらでうきよに　ながらへば
こひしかるべき　よはのつきかな

さんじょういん

第68首中译文：（之一）浮世偷生非本愿，聊赖且过又何奈，
唯有夜半月儿圆，相伴余生难忘怀。

安四洋原译

（之二）浮世非本愿，聊赖又何奈，

唯有月儿圆，相伴难忘怀。

安四洋原译

作者简介：

三条院（976-1017），第 63 代冷泉天皇（在位：967-969）之次子，御名居贞。母亲超子是藤原兼家之女，曾受赠"皇后宫"荣誉；本人有一子敦明親王（即"小一条院"）；有一女禎子（即"後三条天皇"的皇后"陽明門院"）；寛和 2 年（986）第 66 代一条天皇（在位：986-1011）即位后，作者被立为皇太子；36 岁时受父皇禅让，即位第 67 代三条天皇（在位：1011-1016）。后因眼疾和神経系统疾患（见《大镜》），在权臣藤原道长的威逼下，于長和 5 年（1016）在位仅 6 年即退位。离开皇宫后，住进京都左京三条街"御所"，人称"三条院"。

作者生前好诗文，有多首诗作流传于世。后人选各部"勅撰和歌集"的作品有 8 首。本人入选后世《新時代不同歌合》评出的"歌仙"之一。

本诗简说：

本诗选自《後拾遺和歌集》雑部 1・第 860 首。据说，这首诗是作者决意退位时吟诵的。作者在皇位仅 6 年，期间，又患眼疾和神经系统疾病，加之宫中两次失火，人生艰难，坎坷。因此写出这样的作品。

名词释义：

藤原道长　平安时代（794-1192）的公卿，权臣，官至左大臣，是藤原氏家族的核心人物；曾先后将藤原家的 3 个女子，即彰子，妍子，威子扶为皇后。外戚干政，权倾朝野，成为古代日本第一大豪族。据说，作者生前曾写下一首著名诗篇，讴歌本家的权势与荣耀，踌躇满志，目空一切，溢于言表。诗云："この世をば　我が世ぞ思う　望月の　欠けたることも　なしと思えば"（安四洋原译："今世即吾世，恰似满月圆，岂不知

望月，何时有缺焉？”）自此，藤原家送女子与皇室联姻，成为以后几朝的惯例。

第 69 首原文：嵐吹く　三室の山の　もみぢ葉は
龍田の川の　錦なりけり
能因法師

日文平假名：あらしふく　みむろのやまの　もみぢばは
たつたのかはの　にしきなりけり
のういんほうし

第 69 首中译文：（之一）狂风掠过三室山，枫叶飘飘落龍田，
水面尽染万片色，疑似天锦彩人间。
安四洋原译
（之二）风扫三室山，枫叶落龍田，
水染万片色，天锦彩人间。
安四洋原译

作者简介：

能因法师（988-1051），俗名橘永愷。初取法名“融因”，后改称“能因”；其父橘元愷，曾官任“肥後守”（今熊本県地方长官）；作者年轻时，曾就学于“大学”，作“文章生”。長和 2 年（1013）30 岁时出家，住“摂津国”（今大阪市鶴见区一带）古曽部（地名），人称“古曽部入道”。

作者曾师从藤原长能学习“和歌”，与良暹法師属同时代人。生前好远游，遍历日本“諸国”（各地方），在奥州，伊予，美作等多地留下足跡和大量诗作。其中一首，创作于“陸奥国”（今福岛以北地区）游历之时的诗歌作品，尤其知名。原诗如下：“都をば　霞とともに　たちしかど　秋風ぞ　白河の関”。（安四洋原译：夕辞京都时，春霞映满天，终到白河关，秋风已拂面）。

作者作为诗人，参加过许多赛诗会，如：長元 8 年（1035）的“関白左大臣頼通歌合”，永承 4 年（1049）的“内裏歌合”等；本人也是“和歌六人党”的核心人物。生前与源道済，藤原公任，大江嘉言，相模（女）等名家诗人多有交流。著有自撰家集《能因集》一部。此外，还著有私撰诗歌集《玄々集》，诗学著作《能因歌枕》等。入选各部“勅撰和歌集”的诗作共 66 首。本人是日本“中古三十六歌仙”之一。

本诗简说：

本诗选自《後拾遺和歌集》秋部・第 366 首。这是作者在“後冷泉天皇”（第 70 代天皇，在位：1045-1068）主持的某次“内裏歌合”上，吟咏并胜出的一首作品，充分表现了秋日的风情。

本诗趣闻：

据说，《夕辞京都时》这首诗是作者回到京城，蛰居许久后创作而成的。但为了增加临场感和可信性，作者曾在阳光下多次暴晒，直到皮肤变黑，风尘尽显之时，才将诗文公之于众。并附说明“吾去東北陸奥，远道一路修行，途中偶詠之歌”。（译者大笑）

名词释义：

1. **良暹法師**　平安時代（794-1192）中期的著名僧侣诗人（详见第 70 首简介）。

2. **内裏歌合**　由天皇主持的后宫赛诗会。参加者多为貴族。一般方法是：分東西两阵（组），按照事先的设题，一对一地吟咏事前创作的诗歌，然后由“判者”决定优劣胜负。据说，胜负与否，不仅仅取决于诗作本身，还要看参赛者的着装服饰，以及现场焚香等综合因素。参加者也可以发表请人代写的诗歌。

3. **三室山**　位于大阪府柏原市与奈良三郷境内。具体指“生駒山脈”

最南端的龙田山（又称立田山）之一部，统称“三室山”。春季樱花盛开，漫山绚烂，层林尽染，自古以来被认为是神圣之地和赏樱名所，曾受到广泛尊崇和顶礼膜拜。

4. 白河関　日本古代奥州（今福岛县）的三関之一（其它为：鼠之関，勿来関）。此关隘，设在京都通往“陸奥国”（今福岛县以北地区）的要衝之处，是历史上著名关口之一，现被指定为日本国家史跡之一。

5. 和歌六人党　指“後朱雀天皇”長久年間（1040-1043）到“後冷泉天皇”永承年間（1046-1052）前後，活躍于日本诗坛的“歌人集团”。最初由藤原範永，平棟仲，藤原経衡，源頼実，源頼家，源兼長等6人组成，人称“和歌六人党”。后又有橘義清，橘為仲等2人加人，成为8人。但称谓始终未变。

第70首原文：さびしさに　宿をたち出でて ながむれば
いづくも同じ　秋の夕暮れ
良暹法師

日文平假名：さびしさに　やどをたちいでて　ながむれば
いづこもおなじ　あきのゆふぐれ
りょうぜんほうし

第70首中译文：（之一）寂寞难耐出僧房，环顾四周黯神伤，
满目苍凉皆一色，秋暮沉沉雾茫茫。
安四洋原译
（之二）寂寞出僧房，四顾黯神伤，
满目皆一色，深秋暮苍芒。
安四洋原译

作者简介：

良暹法師，生卒年不明。据《後拾遺集勘物》记载，其母曾是藤原実方家的“童女白菊”，其父情况不明。早年常各处游历，居无定所，吟诗作赋，悠闲自得。后出家入京都比睿山，作了天台宗和尚；还曾在“京都祇園”担任过“別当”。晚年隐居于云林院（京都北部佛寺），终了一生。

作者与“能因法师”属于同时代的著名“歌僧”（诗人僧侣）。年轻时作过“文章生”（类似国立大学研究生），主攻漢文学和歴史学等学問，擅长作和歌。据史料记载，作者生前参加的赛诗会有：長暦 2 年（1038）9 月的“源大納言師房家歌合”，長久 2 年（1041）的“弘徽殿女御生子歌合”等。后世的《十訓抄》和《古今著聞集》等书籍中，记载有作者生前的许多故事。入选各部“勅撰和歌集”的诗作有 32 首。

本诗简说：

本诗选自《後拾遺和歌集》秋部・第 333 首。这是作者从比叡山“延暦寺”（佛寺）迁至“云林院”（佛寺）时，创作吟诵的一首诗作。表现了诗人秋天黄昏时分的孤寂心境。

名词释义：

1. 別当　古代日本各大佛教寺院中統轄寺務的僧官，由朝廷任命。

2.《古今著聞集》　鎌倉時代的“説話集”（评书故事集），共 20 卷，30 集，橘成季編撰。成书于建長 6 年（1254）。书中收集約 700 篇短故事，内容包括：神祇，釈教，政道忠臣，公事，文学，和歌，管絃歌舞，能書，術道，孝行恩愛，好色，武勇，弓箭，馬芸，相撲強力，画図，蹴鞠，博奕，偸盗，祝言，哀傷，遊覧，宿執，闘諍，興言利口，恠異，变化，飲食，草木和魚虫禽獣等。五花八门，无所不包，色彩纷呈。

第 71 首原文：夕されば　門田の稲葉　おとづれて
芦のまろやに　秋風ぞ吹く
大納言経信
日文平假名：ゆふされば　かどたのいなば　おとづれて
あしのまろやに　あきかぜぞふく
だいなごんつねのぶ

第 71 首中译文：（之一）日影夕斜坐黄昏，山庄芦蓬季风吹，
门田稻叶声簌簌，残暑秋爽沁心扉。
安四洋原译
（之二）黄昏夕阳斜，芦蓬季风吹，
门田稻谷摇，秋爽沁心扉。
安四洋原译

作者简介：

大纳言经信（1016-1097），本名源经信，属于古老氏族“宇多源氏”后裔；其父为“民部卿”源道方，母为“播磨守”源国盛之女（诗人，著有家集《経信卿母集》）。作者曾在朝为官：治暦 3 年（1067）任参議兼民部卿，皇后宮大夫。寛治 5 年（1091）任大納言，官阶正二品。同 8 年兼任“大宰権帥”。因曾在“桂”地经营别業，人称“桂大納言”。

作者是著名诗人，生前参加过永承 4 年（1049）的“内裏歌合”，有诗作参赛。曾在“後冷泉（天皇）朝”歌壇，居指导者地位。但到“白河（天皇）朝”时遭到冷遇，被排除在《後拾遺和歌集》编者之外。晚年恢复元气，老当益壮，在堀河天皇一朝，成为诗壇重鎮，并在嘉保元年（1094）的“関白師実歌合”（赛诗会）上，担任“判者”。据说，作者年轻时曾是女诗人“出羽弁”的男友；还与伊勢大輔，相模等女诗人之间，互有诗歌应酬。

作者博学多才，善作汉诗，且对古代管弦乐器，特别是古琵琶演奏，颇有心得。此外，本人尤其对日本宫廷礼法，及各种古老仪式，知识丰富，造诣深厚。著有歌論書《難後拾遺》一书和家集《経信集》一部。所作漢詩收录在《本朝無題詩》和《本朝文集》等诗集中。此外，还写有日記《帥記》一本传世。生前的和歌作品，共有 86 首收录在各部“勅撰和歌集”中。

本诗简说：

本诗选自《金葉和歌集》秋部・183 首。行文流畅，临场感强，听觉上似能感受到季风拂面，秋意浓烈。是不多见的吟诵大自然之佳作。

名词释义：

宇多源氏　以第 59 代宇多天皇（在位：887-897）之子斉世，敦慶，敦固，敦実等 4 位親王为始祖的氏族。属于臣籍，賜姓源，通称“宇多源氏”。其中，敦実親王之子源雅信，源重信一支最为昌盛。源雅信曾任左大臣，女儿倫子嫁给藤原道長作侧室（妾属）。家族传承有序，渊源久长，名人辈出，奠定了后世子孫繁栄之基礎。

第 72 首原文：音に聞く　高師の浜の　あだ波は
かけじや袖の　ぬれもこそすれ
祐子内親王家紀伊（女）

日文平假名：おとにきく　たかしのはまの　あだなみは
かけじやそでの　ぬれもこそすれ
ゆうしないしんのうけのきい

第 72 中译文首：（之一）高师海滩天下传，逐波戏水情怡然，
妾身不作趋之鹜，唯恐衣袖湿漉沾。
安四洋原译

（之二）高师天下传，戏水情怡然，

不作趋之骛，唯恐衣袖沾。

安四洋原译

作者简介：

佑子内亲王家纪伊，别名“一宫纪伊”，女性，具体生卒年不详。父亲是“散位”平経重（一说是：“従五品上民部大輔”平経方）。母亲是著名女诗人“小弁”。作者早年曾入宫作女房，侍奉第69代“后朱雀天皇”（在位1036-1045）之女“佑子内亲王”，又因丈夫曾官任“纪伊守”（今三重县南部及和歌山县的地方官），故人尊称其为“佑子内亲王家纪伊”。

作者生前参加过各种诗会，如：長久2年（1041）的“祐子内親王家歌合”，康平4年（1061）的“祐子内親王家名所合”，承曆2年（1078）的“内裏後番歌合”，嘉保元年（1094）的“藤原師実家歌合”，康和4年（1102）的“堀河院艶書合”，以及永久元年（1113）的“少納言定通歌合”等，发表诗作，吟咏参赛作品，活跃非常，诗才尽显，广受好评。

此外，作者还著有诗集《堀河院百首》和家集《一宫紀伊集》一部。入集历代“勅撰和歌集”的诗作有31首。本人入选日本“女房三十六歌仙”之一。

本诗简说：

本诗选自《金葉和歌集》恋部下第·469首。本诗是康和4年（1102）闰5月，在堀河天皇举办的清凉殿“艳书合”（情诗专场诗会）上发表的。是作者回复男方阵营代表藤原俊忠的一首“返歌”（应答诗）。

名词释义：

1. 艳书合　以爱情为专题的赛诗会。据说，具体规则是：第一轮，到场的贵族男子（左阵）向宫廷女官（右阵）吟送情诗。对此，女官依据对方诗意，回复一首，称“返歌”；然后，第二轮，女官向男方吟送“憎恨歌”；随后，男方再回复一首“返歌”；如此不断往复，直至墨尽词穷，无言以对，决出胜负为止。（编译者笑）

2.《金葉和歌集》 日本第 5 部“勅撰和歌集”。由“白河院”（太上皇）降旨，源俊頼主编。天治元年（1124）完成初稿，上奏御覧，但因缺乏新意，被退回。次年 4 月经修改后再次呈上，又被回绝，理由是偏重当代诗人作品。直到 2 年后的大治元年（1126）第三稿上奏，才被嘉納。三种版本分别称“初度本”，“第二度本”和“三奏本”，现均存世。

本诗趣闻：

本诗是时年 29 歳的青年才俊藤原俊忠，在某次赛诗会上，写给 70 歳老“女房”紀伊的一首情诗，明显含有打趣之意。没想到的是，老“女房”才思敏捷，沉思片刻，便一挥而就，似信手拈来，即刻写下这首“返歌”作答，令在场人唏嘘不已。

藤原俊忠的原诗是：“人知れぬ　思ひあり　その浦風に　波のよるこそ　いはまほしけれ（安四洋原译：“只有天知人不知，吾心久巳思慕卿，愿踏有磯海浪涌，夜到伊旁述衷情。”）

名词释义：

1.《勅撰作者部類》 南北朝時代（1336-1392）的“歌書”（诗集），共 16 卷，增補 2 卷。著者元盛，增补者光之。建武 4 年（1237）成书，康安 2 年（1362）增補。《勅撰作者部類》的编写方式是：按照每位诗人的世系，官位，没年，以及作品人选数量等情况，对《古今和歌集》到《新千載集》的人选作品，进行分类列出。

2. 高师海滩　位于今大阪府西南部，毗邻高石市大阪湾一带的海滨区。这里曾是北跨浜寺，南到堺市西区的“白砂青松景勝地”，成为古代诗人骚客赏景吟诗的好去处；也是《万葉集》中多次出现的“歌枕”（作诗之地）之一。

第 73 首原文：高砂の　尾上の桜　咲きにけり

外山の霞　立たずもあらなむ

權中納言匡房

日文平假名：たかさごの　をのへのさくら　さきにけり

とやまのかすみ　たたずもあらなむ

ごんちゅうなごんまさふさ

第 73 首中译文：（之一）远看山峰群樱开，满目绚烂醉陶然，

唯愿近前夕霞隐，莫使乱云遮眼帘。

安四洋原译

（之二）远看山樱开，绚烂醉陶然，

唯愿夕霞隐，切莫遮眼帘。

安四洋原译

作者简介：

前中纳言匡房（1041-1111），本名大江匡房；大江匡衡（儒者，诗人）之曾孫，従四品上“大学頭”大江成衡之子。母为“宮内大輔”橘孝親之女。作者 8 岁时，即学习中国汉诗和日本诗歌，熟读司马迁的《史记》和《汉书》等古籍。16 歳时補“文章得業生”，享有神童美誉。治暦 3 年（1067）担任“東宮学士”（相当于太傅），教授尊仁親王（即後三条天皇），貞仁親王（即白河天皇），善仁親王（即堀河天皇）等三代亲王学问，主要讲授中国儒家经典；历任官职有：左大弁，式部大輔，従二品権中納言，兼任正二品大宰權帥等朝廷要职。直至天永 2 年（1111）官至大藏卿。

作者是平安時代（794-1192）首屈一指的碩学之士，博学多识。其才学，常被人与大学者“菅原道真”相比較。生前著作甚丰，流传至今的有：《江家次第》，《狐媚記》，《遊女記》，《傀儡子記》，《洛陽田楽記》，《本朝神仙伝》和《続本朝往生伝》等一系列奇书。还著有談話録《江談抄》一部。本人擅长漢詩创作，作品大多收录在日本汉诗专辑《本朝無題詩》

一书中。此外，对古诗集《万葉集》的訓点研究也有很大贡献。

作者生前参加过的诗会有：承暦 2 年（1078）的“内裏歌合”，嘉保元年（1094）的“高陽院殿七番歌合”等；晚年还不时呼朋唤友，在自家举办诗会，自娱自乐。后人选各部“勅撰和歌集”的诗作，多达 120 余首，为后人留下一笔丰富的文学遗产。此外，还著有家集《江帥集》一部传世。

作者还曾作过“武家栋梁”源义家（即“八幡太郎”）的军师，熟知兵法。相传其兵法要诀有“野有伏兵，飞雁乱阵”一语，甚为有名。

本诗简说：

本诗选自《後拾遺和歌集》春部・第 120 首。据《後拾遺和歌集》的“詞書”（诗文简说）介绍，这首诗歌是在“内大臣”藤原师通宅邸举行的赏樱宴上，按照事前设题“遙望山樱”而创作的。诗中没有直写对樱花的喜爱，而是通过向云霞的呼吁，表达情感。

名词释义：

1. 大学頭　日本律令制时代的“大学寮”（教育机构）長官，官阶従五品上，掌管学生考试，祭孔仪式等相关事宜。

2. 大学寮　日本令制下的机构之一，归“式部省”管辖，是古代朝廷培养官吏的教育机构。开设于天智天皇时期，成型于《大宝律令》制定之后。大学寮内设 4 级管理官员，即：1. 頭，2. 助，3. 允，4. 属。教官有本科博士（称“明経道”）和助博士各 1 人，書道和算道博士各 2 人。共招收学生 400 人，書生若干名，算生 30 人。接受教育的学生，必须是官阶 5 品以上官员子弟，年龄限定在 13-16 歳之间。大学寮的学制为 9 年，卒業后参加朝廷考试。合格者可直接步入仕途，入朝为官。且根据考试科目和成绩之优劣，还授予相应的官阶待遇。

3. 武家栋梁　棟梁原本指建筑物顶部的主梁。后借指国家或特定組織中的核心人物。古史《日本書紀》景行天皇条目中，就已有“武内宿禰棟梁之臣”的词语。后通称古代日本武門头领为“栋梁”。

4. 武内宿禰　古史书《古事記》和《日本書紀》中记载的，日本大和政権的肱骨大臣。据说此人寿长 300 余岁，但真实性令人置疑。

第 74 首原文：憂かりける　人を初瀬の　山おろしよ
はげしかれとは　祈らぬものを
源俊頼朝臣

日文平假名：うかりける　ひとをはつせの　やまおろしよ
はげしかれとは　いのらぬものを
みなもとのとしよりあそん

第 74 首中译文：（之一）爱恋之人冷相对，祈愿观音盼心回，
不料拜过初瀬寺，山风无情猛烈吹。
安四洋原译

（之二）恋人冷相对，祈愿盼心回，
拜过初瀬寺，却遭山风吹。
安四洋原译（笑）

作者简介：

源俊赖朝臣（1055-1129），其父为“正二品大納言”源経信；母为“土佐守”源貞亮之女。家族属于宇多源氏的一支，受赐“朝臣”姓；有子：源俊重（《千載和歌集》入集诗人），源俊恵，源祐盛等人。本人曾在朝为官，先后任职：右近衛少将，左京権大夫，木工頭（従四品上）等；天永 2 年（1111）後作“散位官”（有职无权）；所任官职，与其父“大納言”的职位极不匹配，一生仕途不顺，晚年出家入佛。

作者因善吹“篳篥”（竹制古笛），早年曾入宫，作“堀河天皇”的御用楽人。后逐渐显露诗作才华，以诗人面目崭露头角，成为活跃于“堀河院歌壇”的中心诗人。生前参加过康和 2 年（1100）的“源国信家歌合”，長治元年（1104）的“藤原俊忠家歌合”等赛诗会。也曾多次担任诗会“判者”（评审）。特别值得一提的是，在元永元年（1118）的“内大臣忠通家歌合”赛诗会上，作者与另一位重要诗人兼“判者”（评审）藤原基俊，对一首诗作的见解发生歧义，两人固持己见，争论不休，互不相让。最后不得已，只好采用每人的部分意见，合写成最终“判词”（评审意见）。此事成为日本“歌合”史上绝无仅有的一件奇闻，史称“歌合二人判”（或“合判”），为后人津津乐道。

元治元年（1124），作者奉“白河院”（太上皇）之命编撰《金叶和歌集》。大治 3 年（1128）自撰家集《散木奇歌集》10 卷。此外，还曾受“関白忠実”委托，为其女“高陽院泰子”编写和歌创作指南，即著名的诗歌論著《俊頼髓脳》一书。此书对后世影响深远。

作者的一系列诗作，曾受到《小倉百人一首》编者藤原定家的盛赞。其讲求技巧和表现情感的诗风，极大影响了后代的“和歌”爱好者。作者也是《金葉和歌集》和《千載和歌集》中人选诗作最多的诗人。入选各部“勅撰和歌集”的诗作，总计有 207 首之多。

本诗简说：

本诗选自《千載和歌集》恋部・第 707 首。这首和歌是在“权中纳言”藤原俊忠宅邸举办的诗会上发表的。是一首有情有景的优美诗作。作者对着狂风，诉说着相思之辛酸，极富冲击力，使人似乎能感受到诗人内心的痛苦。

名词释义：

1. 宇多源氏　以宇多天皇之孙源雅信和源重信为始祖的一族。这支源氏后裔，一直到最后仍保持贵族地位，是日本仅有的拥有五支“堂上家”家格的源氏一族。这五支分别是：庭田家，绫小路家，五辻家，大原家和慈光寺家；在武家方面，则出了“佐佐木氏”一族，之后又派生出“京极氏”等名门望族。

2. 朝臣　第40代天武天皇13年（684）制定的“八色姓”氏制中，排序第2位的姓氏。第1是“真人”姓，主要赐予皇族。“朝臣”姓（又写作“阿曽美”或“旦臣”）排第2位，是皇族以外的最高姓氏。其它依次为：3. 宿祢，4. 忌寸，5. 道师，6. 臣，7. 连，8. 稲置。

3. 木工头　古代日本朝廷“木工寮”（机构）中的最高官员。掌管宫中的建筑营造，建材準備，以及工匠调配等事务，官阶従五品上。

4. 初瀬寺　佛教寺院，又名長谷寺，在今奈良県境内。据古书《住吉物语》记载：寺内供奉观世音菩萨，参拜者来此，祈求姻缘美满，婚姻幸福，无不有求必应，十分灵验。访者络绎不绝。

5. 观音菩萨崇拜　平安時代（794-1192）人们广泛信仰観世音菩萨。认为，菩萨能在危機时刻施以援手，驱邪避灾，化险为夷，且有求必应。以至于日本武士在出征打仗前，都要口念“南無観世音菩薩”，以求保佑平安，每战必胜。

第75首原文：契りおきし　させもが露を　命にて
あはれ今年の　秋もいぬめり
藤原基俊

日文平假名：ちぎりおきし　させもがつゆを　いのちにて
あはれことしの　あきもいぬめり
ふじわらのもととし

第75中译文：（之一）言之凿凿作承诺，犹如露珠蓬叶落，
如此一心重相托，又是无奈秋风过。
安四洋原译

（之二）凿凿作承诺，露珠蓬叶落，

如此重相托，又是秋风过。

安四洋原译

作者简介：

藤原基俊（1060-1142），其父为“右大臣”藤原俊家，母为高階順業之女；兄长有“権大納言”宗俊，胞弟是“参議師兼権大納言”宗通。作者虽出身名門，但为人清高，恃才傲物，以至仕途不畅，官职只到“従五上左衛門佐”。永保 2 年（1082）索性辞职，闲居“散官”（有职无权），悠哉游哉。

本人极富才学，通晓和歌与漢詩，是和歌集《堀河百首》的撰者之一。还曾在永久 4 年（1116）举办的“雲居寺結縁経後宴歌合”赛诗会上，担任过“判者”（评审）。生前与藤原忠通关系密切，经常出席其举办的诗会，发表吟诵诗作，有时亦担任“判者”（评审）。后出家归隐，法名覚俊。

作者天赋极高，学识广博，尤其精通漢詩，有“异色诗人”之称，被认为是日本院政期诗壇的重鎮之一；著有以汉诗为主的《新撰朗詠集》一部，家集《基俊集》一部。本人所作汉诗，大都收录在日本汉诗专辑《本朝無題詩》中；所作和歌作品入选各部“勅撰和歌集”的多达 105 首。一般认为，作者的诗作，多注重传统，诗风古朴，个性鲜明，特点独具。此外，作者还是对汉字古诗集《万葉集》作“训读”（转译成日文假名）的重要学者之一。

本诗简说：

本诗选自《千載和歌集》雜部・第 1023 首。创作背景：作者之子是奈良興福寺和尚，法号光覚。该寺院每年秋季 10 月 10 日到 16 日，定期举办《維摩経》讲经会。在会上担任講師讲经，是晋升为“僧綱”（朝廷命官）的重要門坎。因此，作者多次拜托前任主管“太政大臣”藤原忠通，助力疏通，让自己的儿子担任一次講師。可是，后者满口答应后却没

有帮忙，说“再等一年吧”。于是，作者愤然赋诗，表达了心中的强烈不满。（编译者笑）

名词释义：

1.《新撰朗詠集》　平安时代後期的“歌謡集”（诗歌集），共 2 卷，由藤原基俊编著。约成书于保安 3 年（1122）至長承 2（1133）之间。入选诗作选自《千載佳句》，《本朝文粋》等漢詩文集，以及《拾遺和歌集》，《後拾遺和歌集》等勅撰和歌集。诗集以吟之朗朗上口为重要标准，共选录汉詩 543 首，和歌 203 首，总计 746 首作品。

2. 雨露蓬叶落　古代日本人认为，雨露落在蓬叶上，有明明白白，清清楚楚之意。这里借以表示，既然作了承诺，就要严格信守的寓意。

3.《維摩経》讲经会　古代奈良的興福寺（又称山階寺）在每年陰暦 10 月 10 日（“藤原鎌足”忌日）举办的《維摩経》法会。在法会上担任講師，讲解经文，是晋升“僧綱”（朝廷任命的高阶僧官）一职的重要阶梯。因此，成为僧人们梦寐以求之事。

4. 左衛門佐　古代日本令制下的官职之一。与“右衛門佐”共同负责皇宫城門的警卫，天皇外出巡幸时的诸般杂务等，官阶从五品下。

第 76 首原文：わたの原　漕ぎ出でて見れば　ひさかたの
雲居にまがふ　沖つ白波
法性寺入道前関白太政大臣

日文平假名：わたのはら　こぎいでてみれば　ひさかたの
くもゐにまがふ　おきつしらなみ
ほっしょうじにゅうどうさきのかんぱくだいじょうだいじん

第 76 首中译文：（之一）乘船驶向大海原，远看白浪卷滔天，
此情此景几人见，亦雲亦浪辨识难。

安四洋原译

（之二）登船望海原，白浪卷滔天，
此景几人见，云浪辨识难。

安四洋原译

作者简介：

法性寺入道前关白太政大臣（1097-1164），本名藤原忠通。其父为“关白”藤原忠实。母为“右大臣”源顕房之女“従一品師子”；弟妹有：左大臣頼長，高陽院泰子；本人子孙众多，子息有：基実，基房，兼実，兼房，慈円和覚忠等人；女儿有：崇德院后聖子（即“嘉門院），二条天皇皇后育子，近衛天皇后呈子（即“九条院”）等人；孙辈有：藤原忠良，藤原良経等人，均为日本史上赫赫有名的人物。家族属于藤原道長的直系子孙。

作者于堀河天皇嘉承 2 年（1107）4 月“元服”（成人式），叙正五位下，被允许登堂昇殿，使用禁色，担任侍従。后又历任：鳥羽天皇的右少将，右中将。同 2 年就任権中納言（官阶従二品）。同 3 年赐正二品官阶。永久 3 年（1115）任権大納言，内大臣。保安 2 年（1121）3 月接替父职，担任関白，成为古代第一豪族藤原氏族的“長者”（即総代表）。后又历任：従一品左大臣，崇德天皇的太政大臣，近衛天皇的摂政関白。一人之下，万人之上，大权独揽，权倾朝野。保元 3 年（1158）作者将“関白”一职让给長子藤原基実，自己则于応保 2 年（1162）出家入“法性寺”（京都浄土宗佛寺），取法名円観，人称“法性寺殿”。

作者从小学习诗歌创作，曾受教于著名诗家源俊頼和藤原基俊等人。后学有所成，善作和歌，尤其是汉诗。经常在自家私邸举办诗歌会，赛诗会，逐渐形成了以自己为中心的诗壇格局。生前著作有：漢詩集《法性寺関白集》一部，日記《法性寺関白記》一册，自家诗集《田多民治集》一部。入选各部“勅撰和歌集”的诗作有 59 首。

作者又是日本屈指可数的书法大家，其书法风格称“法性寺流”，作者被尊崇为该流派始祖。

本诗简说：

本诗选自《詞花和歌集》雑部下・第 382 首。原诗“詞書”（诗作简介）中写有“海上遠望”之题。是按照事前所设题目创作，然后在诗会上发表吟咏的。诗境悠闲自得，豪迈大气，似乎可见大海的壮观景色。

名词释义：

1. **禁色**　指古代日本朝廷规定的，天皇，皇太子，親王，公卿，中宮，内親王等上位人物使用的服色及織物，因禁止他人使用，故称“禁色”。自飛鳥時代（593 - 645）以来，各朝都制定了不同服色的身分制度，严格规定“禁色”及其等级，不得僭越。

2. **詞書**　指写在“和歌”或“俳句”等诗文前面的释义性短文，以介绍诗歌创作的動機，主題，以及因由等背景情况。

3. **《詞花和歌集》**　编撰于平安时代（794-1185）的，第 6 部“勅撰和歌集”，共 10 卷。由“崇徳院”（太上皇）于天養元年（1144）下令，藤原顕輔等人撰写。作业前后历经 7 年，至仁平元年（1151）完成。后又按照崇徳院（太上皇）的要求，删除 7 首，最终以 409 首完成“第二次精撰本”的编写。所收诗歌，以清新的叙景歌和詠懐調诗歌为主，兼有诗风多様的特点。也是历代“勅撰和歌集”中，篇幅最小的一部诗歌集。

第 77 首原文：瀬を早み　岩にせかるる　滝川の
われても末に　逢はむとぞ思ふ
崇德院

日文平假名：せをはやみ　いはにせかるる　たきがはの
われてもすゑに　あはむとぞおもふ
すとくいん

第 77 首中译文：（之一）河流湍急遇石阻，乘势撞过水两股，
到底汇聚合一处，有情重逢终归属。
安四洋原译

（之二）河流遇石阻，撞过水两股，
到底合一处，有情终归属。
安四洋原译

作者简介：

崇德院（1119-1164）是第 74 代鸟羽天皇（在位：1107-1123）之长子（《古事谈》一说：白河法皇之子）。母亲是“待賢門院璋子”。同母弟有：後白河天皇。異母弟有：近衛天皇。有子：重仁親王覚恵。属于纯正皇家血统的皇室一族。

作者 5 歳时，即位第 75 代天皇，在位 18 年。曾娶藤原忠通之女聖子为皇后。保延 5 年（1139）其父“鳥羽院”（太上皇）的側室皇妃“美福門院得子”生“躰仁親王”后，即被立为皇太子，作者被迫退位。于是“躰仁親王”在永治元年（1141），即位第 76 代近卫天皇（在位：1141-1155）。后因近卫天皇因病早逝，在围绕天皇继任者的问题上，作者与雅仁親王（即後白河天皇）于保元元年（1156）互起兵争，导致全国内乱（史称“保元之乱”）。结果作者一方完敗，本人被流放到“讃岐国”（今香川县）。

据说，作者在流放期间，不理头发，不修指甲，心怀怨恨，终日诅咒後白河天皇，精神几近失常。以至于前来探访的朝廷使者，回宫报告说，作者“虽然还活着，已化作天狗一条”。直到离世，享年 45 歳。死后贈謚号崇德院（太上皇）。

作者幼時，即好诗歌。在位期间，曾仿照诗集《堀河百首》的形式，编撰《崇德天皇初度百首》诗歌集。还经常举办各种诗歌会。退位後，在久安 6 年（1150）完成第 2 部百首诗集《久安百首》的编撰；后又于仁平元年（1151），命藤原顕輔等人编撰第 6 部“勅撰和歌集”《詞花和歌集》。为日本诗歌的整理，保存，传承和发展作出巨大贡献。本人的入选诗作歌有：各部“勅撰和歌集”81 首，藤原清輔私撰诗集《続詞花和歌集》中 19 首。

本诗简说：

本诗选自《詞花和歌集》恋部・第 228 首。本诗是作者专门为编纂《久安百首》诗集而创作的。诗中用激流撞石作比喻，表现出强烈的情感，给人以冲击力。後世研究者认为，本诗表现了作者因被迫退位，一直无法释怀，心怀强烈不满，充满无限积怨的心理状态。

名词释义：

1. **保元之乱**　平安时代（794-1192）末期，围绕皇位继承问题，朝廷与“摄关家”发生争执。后演变成保元元年（1156）7 月在都城平安京爆发的政变，史称“保元之乱”。政变导致“后白河天皇”一方与“崇德上皇”（太上皇）一方的武力冲突。最终崇德上皇遇袭败绩，遭到流放。

2. **《久安百首》**　指平安時代（794-1192）後期，奉崇德院（太上皇）之命，由 14 名诗人于久安 6 年（1150）编撰完成的“百首诗歌集”，又称《久安六年御百首》或《崇德院御百首》。

3. **《古事談》**　成书于鎌倉初期的“説話集”（评书故事书），编者“刑部卿”源顕兼。全书由王道后宮，臣節，僧行，勇士，神社仏寺和亭宅諸道等 6 卷构成。描写了古代日本宫廷内部的秘事传闻，诸如：称德女帝淫事，花山帝出家真相，“在原業平”与“伊勢”私通等事，暴露了皇家贵族社会不为人知的一面。

4.《詞花和歌集》 勅撰和歌集“八代集”中的第 6 部诗集。由崇徳院（太上皇）于天養元年（1144）下命，藤原顕輔等人編集，仁平元年（1151）完成奏覧。全书共 10 卷，收入诗歌総数 415 首。所收诗歌大都以清新的叙景歌与詠懐調的诗風见长。

第 78 首原文：淡路島　かよふ千鳥の　鳴く声に

幾夜寝覚めぬ　須磨の関守

源兼昌

日文平假名：あはぢしま　かよふちどりの　なくこゑに

いくよねざめぬ　すまのせきもり

みなもとのかねまさ

第 78 首中译文：（之一）千鸟啼叫淡路岛，凄厉远播関须磨，

関守不堪声聒噪，几度夜半梦中恼。

安四洋原译

（之二）淡路千鸟叫，凄声播须磨，

关守不堪噪，几度梦中恼。

安四洋原译

作者简介：

源兼昌，确切生卒年不明。其父为“美濃守”源俊輔，母亲情况不明。本人有一女“前斎院尾張”（《金葉和歌集》入集诗人）；曾在朝廷短暂为官，但仅作到从五品下的“皇后宫少进”，便出宫入寺为僧。据考证，属于古老氏族“宇多源氏”（见第 74 首简说）的后人。

作者生前参加过的赛诗会有：永久 3 年（1116）与元永元年（1118）

的两次“内大臣藤原忠通家歌合”，康和２年（1100）的“宰相中将国信歌合”，永久４年（1116）的“永久百首”（即《堀河院後度百首》）选诗会，以及源顯仲举办的“住吉社歌合”等，均有诗作发表吟咏，并记录在案。作者也是当时“堀河院（太上皇）歌壇”的重要诗人之一。

此外，作者还著有家集一部（因遗失名称不详）(见《夫木和歌抄》)。生前诗作入选“勅撰和歌集”的有７首。

本诗简说：

本诗选自《金葉和歌集》冬部・第270首。据说，这是作者模拟《源氏物语》主人公“光源氏”在“须磨”之地（今兵库县）孤寂生活的心情，创作而成。须磨是光源氏被剥夺官位后，孤独隐居之所。诗文给人以烦闷，孤寂和焦躁之感。

名词释义：

《源氏物语》 平安时期（794-1192）的女作家紫式部创作的长篇小说。成书年代，一般认为是在公元1001年至1008年之间。《源氏物语》以日本平安王朝全盛时期为背景，描写了主人公“光源氏”的宫廷生活与爱情故事。全书共54回，近百万字，涵盖４朝天皇纪年，历时70余载。书中出场人物，以上层贵族为主，也有中下层贵族，宫女，侍女及平民百姓等，多达400余人。

第79首原文：秋風に　たなびく雲の　絶え間より
もれ出づる月の 影のさやけさ
左京大夫顕輔

日文平假名：あきかぜに　たなびくくもの　たえまより
もれいづるつきの　かげのさやけさ
さきょうのだいぶあきすけ

第 79 首中译文：（之一）秋风吹散云层层，凸显夜色月溶溶，

望去心悦神情爽，此景可有几人逢。

安四洋原译

（之二）秋风吹云散，夜色月溶溶，

望去神情爽，此景几人逢。

安四洋原译

作者简介：

左京大夫显辅（1090-1155），本名藤原显辅。其父藤原显季，曾在朝廷作“修理大夫”。母为藤原経平之女。因父辈拥有的权势与“摂関家”不相上下，又家居京都六条街，故人称其家族为“六条藤家”，显赫一时。作者于康和 2 年（1100）叙爵，成为白河院（上皇）的“判官代”。后历任：中務権大輔，美作守（叙正四品下）。保安 4 年（1123）鳥羽天皇讓位后，担任鳥羽院（太上皇）“别当”。大治 2 年（1127）曾一度因政敌讒言，触怒白河院上皇，被禁止入宫昇殿。大治 4 年白河院（上皇）崩，复任“中宮亮”一职，再次被允许进宫昇殿，侍奉“崇德院后聖子”（藤原忠通之女）。直至保安 3 年（1122）兼任“左京大夫”（官阶従三品）。

作者酷爱诗歌，生前频繁出席各种诗会，如：永久 4 年（1116）的“鳥羽殿北面歌合”，“六条宰相歌合”，元永元年（1118）的“中将雅定家歌合”，“右兵衛督実行家歌合”，保安 2 年（1121）“内蔵頭長実家歌合”，大治 3 年（1128）的“西宮歌合”，保延元年（1135）的“播磨守家成家歌合”，以及永治元年（1141）的“中納言伊通家歌合”等。还出席过康治元年第 76 代近卫天皇（在位：1141-1155）即位大典时的“大嘗会和歌”，诗作活动之频繁，令人眼花缭乱。此外还经常自办赛诗会，呼朋唤友，吟诗作赋，可见对诗歌热爱之深。生前诗作甚多，评价很高，被认为是继藤原基俊之后的日本诗壇第一人。生前诗作，大都收录在崇德院（太上皇）主持编撰的《久安百首》诗歌集中。入选各部“勅撰和歌集”的诗作也有 85 首之多。

日本天養元年（1144），作者受崇德院（太上皇）钦点，着手编撰新的“勅撰和歌集”《詞花集和歌集》，并于仁平元年（1151）完成上奏御覧。此外，本人还著有自家集《左京大夫顕輔卿集》一部存世。

本诗简说：

本诗选自《新古今和歌集》秋部・第413首。据说，这首诗是专门为编撰《久安百首》诗集而创作的。诗歌吟咏大自然，传递了秋夜的清新感觉。

名词释义：

1.**《詞華和歌集》** 勅撰和歌集“八代集”中的第6部。崇徳院（太上皇）下令，藤原顕輔主编，仁平元年（1151）完成后，遂上呈奏覧。全书共10卷，编录诗歌総数415首。

2.**修理大夫** 古代日本朝廷中“修理職”（机构）長官（官阶正5品上），属于“令外官”（编外官员）。弘仁9年（818）7月設置，主要负责皇宫的各种维修和基建等事务。

3.**判官代** 负责太上皇及“女院”（国母）内宫诸般事务的“院司”（职员）之一。侍奉太上皇的“院司”称“蔵人”（官阶5-6品）；侍奉女院的“院司”称“判官”，而“判官代”则是判官的副职。

第80首原文：長からむ　心も知らず　黒髪の
乱れて今朝は　物をこそ思へ
待賢門院堀河（女）

日文平假名：ながからむ　こころもしらず　くろかみの
みだれてけさは　ものをこそおもへ
たいけんもんいんのほりかわ

第 80 首中译文：（之一）谁知君心何时变，别离妾身情意乱，
黛发漫卷任披肩，今朝又陷闺中怨。
杜红雁原译（之五）
（之二）君心何时变，别离情意乱，
黛发漫披肩，又陷闺中怨。
安四洋改译

作者简介：

待贤门院堀河，女性，具体生卒年不详。据说属于古老氏族“村上源氏”之后裔；祖父为“右大臣”顕房，父亲是“神祇伯”（神道祭司）源显仲。姉妹有：顕仲女，大夫典侍，上西門院兵衛等（皆诗人）。作者早年曾侍奉“前斎院令子内親王”（鳥羽院上皇皇后），后又服侍崇德天皇母亲“待贤门院藤原彰子”，故人称“待贤门院堀河”。期间结婚生子，但丈夫不幸早亡，遂将幼子过继给父亲作养子。康治元年（1142）随“待贤门院彰子”出家，入“仁和寺法金剛院”（佛寺），剃发为尼。生前与西行法师等诗人有亲密交往，互有诗歌赠答。

作者是日本院政时期的代表性女诗人。生前参加过大治元年（1126）的“摂政左大臣忠通歌合”，大治 3 年（1128）的“西宮歌合”等赛诗会。有诗作入选崇德院（太上皇）主持编撰的《久安百首》诗歌集。此外，还著有家集《待賢門院堀河集》一部。入选各部“勅撰和歌集”的诗作有 68 首。本人为日本“中古六歌仙”之一和“女房三十六歌仙”之一。

本诗简说：

选自《千載和歌集》恋部三・第 802 首。这首诗表现了女性的复杂心理。尤其是“黛发乱披肩”一句，给人以妖艳之感。据说，在日本平安時代，流行男子去女子处过夜。翌日晨，男子离开后，要作诗一首送给女方，表示“昨夜过得非常愉快”，以致谢意。此举被认为是优雅和有教养。通常，女子也要礼貌地返诗一首，以作回应。

名词释义：

1. 院政及院政时期 “院”特指日本太上皇的居所，意即四周有围墙的深宅大院；“院政”指太上皇抛开当朝天皇，从自己居所发号施令，通过发布“院宣”和“院庁文書”（称“下文”或“牒”）等形式亲问国政；“院政时期”则具体指，平安时代（794-1185）末期，由3任太上皇（出家后称“法皇”）越过当朝天皇，亲掌国政的一段时期，史称“院政时代”。其时间跨度，有约100年之说，以及约150年之说两种；第一说是：院政始于1086年11月，即白河，鳥羽，後白河上皇三代开始实行院政的応徳3年（1086）到建3年（1193）的一段时间。第二说是：把藤原氏以“摂関”身份实掌朝政，以及鎌倉幕府的权力超越中央朝廷的時期，都考虑进去计算。即：从“後三条天皇”即位的治暦4年（1068）算起，到“後鳥羽上皇”退位的“承久之乱后”的承久3年（1221）为止，约有153年时间。

2. 仁和寺 位于京都市右京区，是“真言宗御室派”的大本山。公元886年，根据光孝天皇（第58代天皇，在位：884-887）勅願，开工兴建，公元888年宇多天皇（第59代天皇，在位：887-897）时完成。宇多天皇譲位後，曾移居至此，故又称“御室御所”。后在“応仁之乱”中被焚毁，江戸初期再建。現在仁和寺的主殿“寺院金堂”是将1613年建造的“内裏紫宸殿”移建而来。所供本尊为平安初期的造像“阿弥陀三尊像”。寺院内藏具有南宋佛画特徵的孔雀明王画像，空海（上人书法家）亲筆所书“三十帖冊子”等珍贵文物。1994年被列为世界非物质文化遺産之一。

第 81 首原文：ほととぎす　鳴きつる方を　ながむれば
ただ有明の　月ぞ残れる
後徳大寺左大臣
日文平假名：ほととぎす　なきつるかたを　ながむれば
ただありあけの　つきぞのこれる
ごとくだいじのさだいじん

第 81 首中译文：（之一）分明此处杜鹃啼，随声望去无踪迹，
寻寻觅觅终不见，一轮晓月挂天际。
安四洋原译
（之二）分明杜鹃啼，望去无踪迹，
寻觅终不见，晓月挂天际。
安四洋原译

作者简介：

后德大寺左大臣（1139-1191），本名藤原实定。其父为“大炊御門右大臣”藤原公能。母为藤原俊忠之女“従三品豪子”。同母姐有：忻子（後白河天皇的中宮），多子（近衛，二条天皇的皇后，人称“二代后”）。同母弟有：大納言藤原実家，権中納言藤原実守，左近中将藤原公衡。有子：藤原公継（鎌倉時代公卿）。家族尊贵显赫。

作者在永治元年（1141）3 歳时，即叙爵位従五品下。后历任朝官：左兵衛佐，左近衛少将，中将等职。保元 3 年（1159）21 歳时，叙正三品，任権中納言。后又历任：中納言，権大納言，大納言，左大将，内大臣，右大臣，直至左大臣。多年身居要职，補佐“摂政”九条兼実处理朝政。后因病出家入佛，取法名如円。因祖父曾任“德大寺左大臣”，人称作者为“后德大寺左大臣”，在祖父官称前多加一“后”字，以示尊敬和区别。

作者多才多艺，既长于和歌创作，又精通管弦古乐；又是著名的藏书家，极富才学；且公余之时，好唱“今様”（古代流行歌曲），兴趣广泛。

生前与俊恵等“歌林苑”会众，以及小侍従，上西門院兵衛，西行，俊成，源頼政等许多知名歌人多有交流；十分热心参加各种诗会，如：“住吉社歌合”，“広田社歌合”，“建春門院滋子北面歌合”，以及“右大臣兼実百首”等，吟咏自创诗歌。

有关作者的生前逸事，在后世的《平家物語》，《徒然草》和《今物語》等故事书中多有记述；本人生前写有日記《槐林記》一本（现散佚）；另著有家集《林下集》一部存世。后人选各代“勅撰和歌集”的诗作共有79首。

本诗简说：

本诗选自《千載和歌集》夏部·第161首。这首诗是依照预设题目“拂晓闻啼”创作的。平安時代（794-1192），风调雨顺，歌舞升平，一片盛世繁华景象。皇家和貴族們追求富有雅趣的生活。时人认为，夏初飛来的杜鹃，是预告季節更替的象征性吉祥鳥类。特别是以听到杜鹃鸟的“初音”（第一声啼叫），为非常幸运，无比典雅且极富诗意的事情。因此，在时节到来之际，人们不惜劳顿，纷纷夜晚上山，彻夜静候次日清晨杜鹃鸟的第一声啼叫。（编译者笑）

名词释义：

1. 大炊御門　属于“藤原北家”的分支，即公家（贵族）“清華家”。平安時代（794-1185）末期，“関白”藤原師実之孙藤原経宗，在皇宮附近的“大炊御門富小路”（地名）建有宅邸，便以“大炊御門”作为家族称号。一族世代书香盈室，族人多长于书法，诗歌创作，雅乐器古笛，以及装束等（古代时装）风雅之事。到江戸幕府時期（1603-1867），还厚享俸禄米400石。

2. 藤原公継（1227-1175）　鎌倉時代（1185-1333）的“公卿”；左大臣藤原実定之3子；母亲豪子曾作“上西門院女房”：建久元年（1190）官至朝廷参議，后任左大臣。幼時即有神童之誉。据说，人品，教养都好；又善琵琶，神乐，催马楽等艺技。似无所不能，无所不通，故仰慕追随者众多。

3. 今様 “今様”一語初見于《紫式部日記》。是平安時代（794-1185）中期到鎌倉時代（1185-1333）期间，曾大为流行的歌謡（流行歌曲）。狭義的“今様”指，由 7.5 和 8.6 等長短不等的 2 组字音构成的韵律句子，反复吟唱 4 次的歌曲。“今様”在朱雀天皇（第 61 代天皇，在位：930-946）一朝，曾一度成为宫廷“御遊”（皇室游楽）之一，盛行一时。

第 82 首原文：思ひわび　さても命は　あるものを
憂きに堪えへぬは　涙なりけり
道因法師

日文平假名：おもひわび　さてもいのちは　あるものを
うきにたへぬは　なみだなりけり
どういんほうし

第 82 首中译文：（之一）薄幸之人枉思念，痴情耗尽几度衰，
悬命一线尚奄奄，难忍涕泪似涌泉。
安四洋原译

（之二）薄幸枉思念，情耗几度衰，
命悬一线奄，涕泪似涌泉。
安四洋原译

作者简介：

道因法师（1090-1182），本名藤原敦頼。其父为“治部丞”藤原清孝。母为“長門守”藤原孝範之女。家族属于“藤原北家”末裔。本人曾奉职于第 75 代崇德天皇（在位：1123-1141），官至“右马助”（从五品下）。83 岁后出家，入佛教延历寺（在今滋贺县大津市），人称“大法师”。

作者在诗歌创作上，异常热心，十分执着且优秀。据鴨長明的《無名抄》说，作者曾专程前往“住吉大社”（神社），膜拜“光明之神”月神，以祈求赐予诗歌创作的灵感和才能。生前更是频繁参加各种诗会，有邀必到。晚年越发老当益壮，活跃非常，时有佳作问世。据记载，作者在承安2年（1172）3月，参加藤原清輔举办的“暮春白河尚歯会歌合”时，参会记录上赫然写有“散位敦頼八十三歳”的字样（见《古今著聞集》），由此可见一斑。

此外还参加过：永暦元年（1160）的“太皇太后宮大進清輔歌合”，嘉応2年（1170）的“左衛門督実国歌合”，安元元年（1175），治承3年（1179）的“右大臣兼実歌合”，治承2年（1178）的“別雷社歌合”等各种赛诗会。承安2年（1172）还自办“広田社歌合”勧進诗会，以筹款助捐。也是俊恵“歌林苑会衆”之一。

作者生前诗作，在《歌仙落書》中收录有6首。其它人选各部“勅撰和歌集”的诗作有40首。据说还著有私撰集《現存集》一部，可惜已散佚。

本诗简说：

本诗选自《千載和歌集》恋部3第・817首。据说，这是作者晚年在回忆年轻时，曾为恋情所困的情景，一时情感激荡，心潮澎湃，感叹之余，一挥而就之诗。可以理解为是一种人生的慨叹。

本诗趣闻：

据说，作者年愈90歳时，仍不顾耳背力衰，积极出席各种诗会，熱心倾听講評，认真笔录学习。是一位无限热爱，且非常执着，造诣深厚的“和歌”诗人。还有传闻说，作者逝後，其灵体在得知《千載和歌集》中收录了自己的诗作18首时，曾心怀无限感激，夜晚多次现身在该诗集编者藤原俊成的夢中，再三向他致谢，甚至喜泪纵横，十分诚至感人。以至于编撰者为此大为感动，索性又追加收录了2首，凑成整数20首，以慰

作者之灵。（编译者笑）

名词释义：

1. **延历寺**　位于京都比叡山的佛教寺院。是佛教“天台宗山门派”的“大本山”，自古有“日本佛教母山”之称。历史上曾因战火被焚，后重建于宽永 17 年（1640），现成为世界文化遗产之一。据说，该寺是摹仿中国浙江“天台山”及“四明山”的佛寺建筑样式所建，故又称“天台山”，最高峰称“四明岳”。

2. **右马助**　古代日本朝廷中负责“马寮”（马厩机构）的官员之一。最早马厩有两处，分为“左马寮”和“右马寮”。管理者官职依次为：1. 左马头，2. 右马头，3. 左马助，4. 右马助。

3. **俊惠歌林苑**　指“六条源家”俊惠和尚，在自家“白川僧坊”创办的民間歌会团体，又称“和歌政所”。持续时间，自公元 1156 年始約 20 年左右。参加者称“会衆”。当时的著名诗人源頼政，藤原隆信，賀茂重保，鴨長明，二条院讃岐，富門院大輔等人均为“会衆”。歌林苑除每月举办例行歌会外，还有临时性活动，如会衆送别诗会等，曾活跃一时。

第 83 首原文：世の中よ　道こそなけれ　思ひ入る
山の奥にも　鹿ぞ鳴くなる
皇太后宮大夫俊成

日文平假名：よのなかよ　みちこそなけれ　おもひいる
やまのおくにも　しかぞなくなる
こうたいごうぐうのだいぶとしなり

第 83 首中译文：（之一）世间险恶疑无路，隐遁深山欲仙渡，
时闻鹿鸣声呜咽，莫非此处亦苦楚？
安四洋原译

（之二）世间疑无路，深山欲仙渡，

时闻鹿声咽，此处亦苦楚？

安四洋原译

作者简介：

皇太后宫大夫俊成（1114-1204），本名藤原俊成。其父为“権中納言”藤原俊忠。母为是藤原敦家之女。首任妻子是藤原親忠之女（即“美福門院加賀”），俩人生子有：藤原成家，藤原定家；二任妻子是藤原為忠之女，生有两女：一女为“後白河院京極局”，另为“八条院坊門局”。作者 10 歳時，父早亡，曾过继给義兄（姉夫）“権中納言”藤原顕頼作養子，更名为藤原顕広。后長期在朝任职，先任“丹後守”（正五品下）。后叙従三品。53 歳时荣获“公卿”之号，翌年升为正三品。后恢复本流姓氏藤原俊成。

承安 2 年（1172），作者曾任“皇太后宮大夫”，专门侍奉第 77 代后白河天皇（在位：1155-1158）的皇后忻子（亦为作者侄女）；收诗僧寂蓮和尚（亦为作者侄子）作養子；63 歳時，因身衰体弱，出家入佛，取法号釈阿。元久元年（1204）11 月 30 日，因病离世，寿高 91 歳。

作者公务之余，尤爱和歌创作。早在長承 2 年（1133）前後，首次参加“丹後守”為忠朝臣家的《為忠家百首》选诗会时，就有佳作发表，从此开启诗人的人生轨迹。保延年間（1135-1141），成为崇德天皇“内裏歌壇”成員之一。保延 4 年，入門藤原基俊，深入研习诗歌创作。久安 6 年（1150）有诗作入选崇徳上皇主持编撰的《久安百首》诗选集；还曾受命崇德院，編集《久安百首》中的和歌部分，自此确立了在诗坛上的地位。生前还经常受邀，在各种高规格赛诗会上担任“判者”（评审）。文治 3 年（1187）奉“后白河院”（太上皇）之命，编撰第 7 部“勅撰和歌集”《千载和歌集》，为日本诗歌事业作出了突出贡献。

作者还著有诗歌論《古来風躰抄》一书，主张唯有表现“余情幽玄”的意境，才是日本诗歌的重要理念和最高境界。后世将作者与西行法師并列，认为是平安时代（794-1185）末期，成就最大的两位诗人。

作者一生诗作丰富，据统计，入选各部诗歌集的有：《千載和歌集》36 首，《新古今和歌集》72 首，“二十一代集”总入选作品合計达 422 首。此外，著书颇丰，流传下来的有：自撰家集《長秋詠藻》，《長秋草》，《俊成家集》，《冷泉家伝来家集》，《保延のころほひ》，他撰家集《続長秋詠藻》等；诗歌論著有：《古来風躰抄》，《萬葉集時代考》和《正治奏状》等，堪称著书大家。

本诗简说：

本诗选自《千載和歌集》雑部・第 1148 首。相传，这是作者在听说，亲如胞弟的朋友佐藤义清（即西行法师），出家的消息时创作的。诗文用词巧妙，通过对鹿鸣呜咽之声的描述，使人更能体会到悲秋哀伤之感。

名词释义：

1.《古来風躰抄》 作者所著的诗論著作。建久 8 年（1197）作者 84 歳时，受“式子内親王”委托，写出本书的“初撰本”。建仁元年（1201）完成“再撰本”。全书分上下 2 卷，上卷为：和歌本質論，和歌史論等論述，引述了《万葉集》诗歌 191 首；下卷内容是，从《古今和歌集》到《千載和歌集》的各诗集中，引用历代优秀诗作 395 首，分别加以点评和论述。据介绍，本书的特点是，批判了以往诗学论著“偏重知識与忽视文学性”的倾向，论述了日本诗歌的美学性质，在诗論史上留下浓重的一笔。本书的“初撰本”，即藤原俊成亲笔书写本，后在冷泉家（皇族后裔）发现，现被指定为日本国宝级文物。

2. 後白河院京極局 “京極局”是女子名字（兼职称）。京極局因作过“後白河院”（太上皇）的侍女，故人称“後白河院京極局”。初为藤原成親的側室，生子藤原公佐（阿野家之祖），生女“建春門院”（後白河天皇后妃滋子）等人。后与丈夫離別，专职侍奉後白河法皇（出家后天皇）。治承 3 年政变後，後白河法皇被禁闭期间，仍在身边侍奉，尽心尽责。直至治承 5 年（1181）病重，同年閏 2 月出家，不久离世。

3. **八条院坊門局**　女子名（兼职称），生卒年不詳。藤原俊成之女，藤原定家之異母姉。応保，長寛年間（1161-1165）与藤原成親結为夫妻，生有 4 子。据说为人谦和，品性廉直，且熟悉宫中各种掌故，颇有人望。

4. **局（つぼね）**　原指大型建物内临时搭建的独立房间，以及佛堂中为逝者守夜时临时隔开的空间。后逐步演变为泛指：日本皇宫后宫中皇后和貴人的宅邸；进而又特指：为皇后及皇妃服务的宫女们的住房，通称“局”（相当于“女房”的一种）。后又成为在奉职女官们的职称。

5. **《保延のころほひ》**（含义不明，敬请读者提供线索。—编译者注）

第 84 首原文：永らへば　またこの頃や　しのばれむ
憂しと見し世ぞ　今は恋しき
藤原清輔朝臣

日文平假名：ながらへば　またこのごろや　しのばれむ
うしとみしよぞ　いまはこひしき
ふじわらのきよすけあそん

第 84 首中译文：（之一）往昔艰辛度日愁，如今方觉滋味有，
此生若是更长久，总有追忆在心头。
安四洋原译

（之二）往昔度日愁，今觉滋味有，
此生若更久，追忆在心头。
安四洋原译

作者简介：

藤原清辅朝臣（1014-1177），“六条藤家”始祖藤原顕季之孫，“左京大夫”藤原显辅之次子。母为“能登守”高階能遠之女；兄长有：藤原顕方。異母弟有：藤原顕昭，藤原重家，藤原季経等人。据说，天養元年

(1144) 其父奉“崇德院”(太上皇) 之命，着手编撰《詞花和歌集》时，曾要求作者助一臂之力，但不知何故，遭到断然回绝（见『袋草紙』)。从此，坊间盛传作者父子关系不睦。作者也因为失去父亲的关照和支持，仕途一直不顺。近 50 歳时才作到“太皇太后大進”一职（正四品)。

作者博学多闻，文才出众，喜好学问，人称“博学之士”。虽一生官运不济，但在和歌学研究领域，颇多建树，中年后更是声名鹊起。久安 6 年，参加崇德院（太上皇）主持的《久安百首》编撰时，就曾进献自著诗学论著《奥義抄》一书。久寿 2 年（1155）接受父赠传家宝“人麿影”和“破子硯”，正式継承“歌道師範家六条家”。后又受“二条院”(後一条天皇之女）器重和委托，着手主编《続詞華和歌集》。但因“二条院”中途去世，编撰工作中断，未能完成。安元 3 年 6 月 20 日离世，享年 74 歳。

作者一生著书颇多。仁平 3 年（1153）著书《人丸勘文》一部；后又陆续完成《和歌一字抄》诗歌集，《和歌現在書目録》以及《和歌初学抄》等著作。还写有许多诗学论著和评论，被认为是日本“王朝诗歌学”之集大成者，以及日本文学史上不多的诗歌理论家。保元 3 年，又编撰完成“和歌百科全書”式的著作《袋草紙》一书，翌年献于二条天皇；

作者生前深得当朝天皇信任，成为当时日本歌壇之重镇。此外，还著有私撰诗集《続詞花和歌集》和自撰家集《清輔朝臣集》各一部：本人一生酷爱抄写和注释古書，颇有心得。诗作入选各“勅撰和歌集”的共有 96 首。

本诗简说：

本诗选自《新古今和歌集》雑部・第 1843 首。据说，这是作者为安慰自己的好友未能晋升官职的烦恼（一说：借指本人）而作。有学者认为，本作品似源于唐人白楽天（白居易）的《东城寻春》一诗中的词句，即“老色日上面，歓情日去心，今既不如昔，後当不如今。”

白楽天《东城寻春》诗全文如下：“老色日上面，欢情日去心。今既不如昔，后当不如今。今犹未甚衰，每事力可任。花时仍爱出，酒后尚能吟。但恐如此兴，亦随日销沉。东城春欲老，勉强一来寻。”

名词释义：

1. **左京大夫**　古代日本律令制下，执掌京城司法，行政和警察等部门的行政长官之一，主要负责都城的全面管理。

2. **太皇太后宮大進**　负责管理太皇太后家政事务的官员之一。

3. **朝臣**　第 40 代天武天皇 13 年（684）时期制定的“八色姓”氏制中，排序第 2 位的姓氏。第 1 是“真人”姓，主要赐予皇族；皇族以外的最高姓氏即是“朝臣”（又写作“阿曽美”或“旦臣”）。其它为：3. 宿祢，4. 忌寸，5. 道师，6. 臣，7. 连，8. 稻置。

4. **六条藤家**　日本中世著名的“歌道師範家”家族。据说，所以称“六条藤家”，是为了有别于“六条源家”。族人以“白河院”（太上皇）的寵臣藤原末茂一支中的，藤原顕季为始祖，因族人邸宅大都位于京都六条東洞院，故人称“六条藤家”。家族代代辈出诗人著书家。全盛时期曾有：《詞花和歌集》撰者藤原顕輔，《奥義抄》和《袋草紙》的作者藤原清輔等人。以后逐渐衰败，到南北朝时期（1336-1392），家继断絶。

5. **《人丸勘文》**　“人丸”是“柿本人麻呂”的别称（日语发音相同）。“勘文”指：御用学者们为古代朝廷书写的各种調查報告之总称（又称“勘申”）。故《人丸勘文》意即：柿本人麻吕所书写的上奏报告文集。

6. **人麿影**　特指“歌圣柿本人麻吕”的画像，“人麿”即“人麻呂”（日语发音相同）。“人麿影”画像，一般在缅怀歌圣柿本人麻吕的儀式上悬挂，也是将其神格化的表现。据说，“人麿影”画像由古代著名画师藤原顕季，于公元 1118 年首創，后成为“六条藤家”的传家之宝。有研究者认为，该画像的绘制手法，对后世日本的“歌仙絵”和“原型絵画史”等均产生较大影响。

7，**破子砚**　据说是一方中国古端砚，十分珍稀名贵。

第 85 首原文：夜もすがら物思ふころは　明けやらぬ
閨のひまさへ　つれなかりけり
俊恵法師

日文平假名：よもすがら　ものおもふころは　あけやらで
ねやのひまさへ　つれなかりけり
しゅんえほうし

第 85 首中译文：（之一）彻夜思君不见君，转盼黎明早来临，
卧榻忽瞥门隙透，更觉凄凉不堪受。
安四洋原译

（之二）夜思君不见，黎明早来盼，
忽瞥门隙透，更觉不堪受。
安四洋原译

作者简介：

俊惠法师，生卒年不详，俗名源俊惠。其父名源俊頼。母为“木工助”橘敦隆之女；兄长有：“伊勢守”源俊重；胞弟有：“叡山阿闍梨”祐盛（《千載集》诗人）；生子：叡山僧頼円（《千載集》诗人）。作者 17 歳年少之時，不幸丧父。後出家入佛教“東大寺”作僧侣。

作者生前，曾参加过各种诗会，留下许多和歌作品。据记载，参加的诗会有：永暦元年（1160）的“清輔朝臣家歌合”，仁安 2 年（1167）“経盛朝臣家歌合”，嘉応 2 年（1170 年）的“住吉社歌合”，承安 2 年（1172）的“広田社歌合”，治承 3 年（1179）的“右大臣家歌合”等。晚年，将自己在白川（地名）的僧坊命名为“歌林苑”，成为当时诗人诗僧聚集交往，吟诗作歌的文学沙龙。还定期举办月次歌会和赛诗会。作者在此居住长达 20 年之久。期间，与藤原清輔，源頼政，登蓮，道因，二条院讃岐等诗人，经常在此聚会，作诗品诗，饮酒赏菊，雅兴盎然，安度晚年。值得一提的是，《方丈記》的作者，著名文化人鴨長明，曾拜作者为师，学习和歌创作，可见作者的诗作水准和名望之高。

作者还曾著有诗论著作《歌苑抄》一部，可惜遗失。但在鴨長明的诗歌論著《無名抄》一书中，仍随处可见作者的歌論观点，据说颇有精妙之处。此外，还著有家集《林葉和歌集》一部。生前诗作，后人选历代“勅撰和歌集”的有 84 首。其中《千載和歌集》中收录有 22 首，数量排名第五位。据统计，作者诗作流传至今的，多达千百余首，且均为 40 歳以后所创作。本人后入选日本“中古六歌仙”之一。

本诗简说：

本诗选自《千載和歌集》恋部二・第 766 首。这首诗是作者从女性的角度，创作之作。是为出席皇宮歌会的朋友代笔的一首作品。从诗中描述的“卧榻门隙”中，似乎能体味到怀春女子失恋之后，深感长夜漫漫，无尽凄凉的景象。意境出人意料，别出心裁，颇受好评。

名词释义：

1. 东大寺　位于奈良的著名佛教寺院，以建有大佛像和世界最大的木造建築“大佛殿”而闻名天下。其前身是“金鐘山寺”，建于神亀 5 年（728），歴史悠久。据说，最初由第 45 代圣武天皇（在位：724-749）为悼念太子亡故而建。

2. 鴨長明　平安时代（794-1185）末期到鎌倉时代（1185-1333）初期的著名诗人，随筆家，“説話集”（故事书）編者。其父是京都“賀茂御祖”（因同音又称“下鴨”）神社“神官鴨長継”。作者早年曾跟“俊恵法师”学和歌创作，随“中原有安”学琵琶弹奏，天资聪颖，多才多艺。晚年出家，法名蓮胤。一生著述颇丰，代表作有：随笔《方丈记》，诗论著作《無名抄》等；此外，还著有佛教故事集《発心集》和家集《鴨長明集》等。生前诗作后人选各部诗歌集的有 10 余首。

第 86 首原文：嘆けとて　月やはものを　思はする
かこち顔なる　わが涙かな
西行法師

日文平假名：なげけとて　つきやはものを　おもはする
かこちがほなる　わがなみだかな
さいぎょうほうし

第 86 首中译文：（之一）恸对冷月泪满面，莫非月公催我叹？
分明苦恋自悲伤，何怨天人愁断肠。
安四洋原译

（之二）望月泪满面，天公催我叹？
分明自悲伤，何怨愁断肠。
安四洋原译

作者简介：

西行法师（1118-1190），俗名佐藤义清。出身于武士世家，属于“藤原北家魚名”支流藤原秀郷（别名“俵藤太”）之末裔；其父为“左衛門尉”佐藤康清，母为源清経之女。家族在“紀伊国那賀郡”拥有広大庄园，代々在京城担任“左衛門尉”，“検非違使”等要职。作者 18 歳时，即担任兵衛尉。后成为鸟羽法皇（出家的鸟羽天皇）的“北面护卫”武士，担任“左兵卫尉”。曾护驾聖皇巡幸“安楽寿院”（佛寺）。保延 6 年（1140）23 岁时出家为僧，法名円位。后在京都鞍馬嵯峨結庵居住，法号“西行”，人称“西行法师”：久安 5 年（1149）入日本密教“真言宗”派総本山高野山。以後 30 年间，以此山为“本居所”据之。

西行法师一生好远游，曾游历日本东北部与四国等各处，遍访“歌枕”之地，吟诗咏歌，人送雅号“漂泊诗人”。一生颇具传奇色彩。70 歳时完成《御裳濯河歌合》诗集的编写，请老友藤原俊成亲写“判詞”（诗作评语），后将诗集奉納于“伊勢神宮内宮”。同年编写《宮河歌合》一书，又请藤原定家写“判词”，文治 5 年完成后，又奉納于“伊勢神宮外宫”。晚年，在河内弘川寺结庵隐居。建久元年（1190）2 月 16 日人寂，寿 73 歳。

作者以“円位法師”之名，人选《千載和歌集》的诗作有 18 首。生前曾咏诗祈愿：“願はくは　花の下にて　春死なん　その如月の　望月の頃”（安四洋原译：“艳樱初春开，如月望满圆，倘若如愿死，月下花丛间。”）最后，如愿以偿地实现了幸福的“大往生”（佛教用语，意即寿终正寝）。

作者一生著述颇丰，如有：自撰诗歌集《山家集》，精撰诗歌集《山家心中集》，《小家集》，《聞書集》，《残集》，《異本山家集》，《西行上人集》和《西行法師家集》等多部著作。《新古今和歌集》中收人的作者诗作有 95 首，数量排位第一。人选“二十一代集”（勅撰和歌集）的诗作达 267 首之多。后世的“传闻説話集”《撰集抄》和《西行物語》中，记述有作者生前的各种趣闻轶事。

本诗简说：

本诗选自《千載和歌集》恋部・第 926 首。据传说，作者在作武士护卫“上皇御所”（太上皇居所）期间，曾暗恋“中宫”皇后。出家后，一次在梦中见到暗恋之人，醒后有感而发，创作此诗。从诗文中，可以感受到作者对爱慕之人的一片痴情和痛苦。

名词释义：

1. 安楽寿院　位于京都市伏見的“真言宗智山派”寺院。内供奉“阿弥陀如来”为本尊，无山号。此院最早是鳥羽院（太上皇）营造的皇室佛堂。至今，附近还有鳥羽上皇和近衛天皇的陵墓。

2. 左衛門尉　日本律令制下的官職之一，属于“左衛門府”（机构）官员。主要负责皇宫左大门的安全保卫，官阶三品到六品不等。

3. 検非違使　日本律令制下的“令外官”（编外官员）。主要负责京城的治安維持和民政安全等事务。

4. 鸟羽院　第 74 代鸟羽天皇（在位：1107-1123）退位后的称谓。

鸟羽天皇，名宗仁，法諱空覚，是堀河天皇的第 1 皇子，母为“贈皇太后”藤原苡子；本人誕生时，即成为皇太子。嘉承 2 年（1107）即位天皇，保安 4 年（1123）又将皇位让于崇德天皇。大治 4 年（1129）白河法皇（出家天皇）逝后，与崇德天皇，近衛天皇和後白河天皇，共同实行“院政”统治，长达 28 年。永治元年（1141）落髪为僧，成为法皇。据记载，鸟羽天皇好音律，催馬楽（雅乐），喜典故，并笃信佛法。生前建造了最勝寺，六勝寺等佛教寺院，并经常参拜佛教圣山“熊野”（称”熊野詣”）。

第 87 首原文：村雨の　露もまだひぬ　真木の葉に
霧たちのぼる　秋の夕暮れ
寂蓮法師

日文平假名：むらさめの　つゆもまだひぬ　まきのはに
きりたちのぼる　あきのゆふぐれ
じゃくれんほうし

第 87 首中译文：（之一）骤雨初歇滴未干，罗汉松叶珠露沾，
林中缭绕雾弥漫，黄昏秋色又一年。
安四洋原译
（之二）雨歇滴未干，罗汉叶露沾，
林中雾弥漫，秋色又一年。
安四洋原译

作者简介：

寂莲法师（1139-1202），俗名藤原定长。家族属于“藤原氏北家”支系：本人为阿闍梨俊海之子，藤原俊成之养子；曾官任“左中弁”和“中务少辅”等职。后因养父有子藤原成家和藤原定家，自觉继承家世无望，于是在 30 歳时，毅然出家为僧。晚年住嵯峨野（京都市右京区）的自家山庄。后受“后鳥羽院法皇”（出家太上皇）賜領地“播磨国”明石之地，荣耀一时，时人尊称之为“寂莲法师”。後“行脚”于日本諸国，游历修道，探訪“河内国”（今大阪东部），“大和国”（今奈良）等地的“歌枕”（作诗之地）。据说，作者脚力强健，曾徒步修行至高野山（真言密宗聖地）；建久元年（1190）曾参拜过出雲大社（著名神社）。

作者是一位颇具实力的诗人。生前频繁参加各种诗会，如：仁安 2 年（1167）的“太皇太后宮亮経盛歌合”，嘉応 2 年（1170）的“左衛門督実国歌合”，同年的“住吉社歌合”。出家後又参加过：治承 2 年（1178）的“別雷社歌合”，同 3 年的“右大臣兼実歌合”等。还参加过各种“百首诗选”募捐活动，如：文治元年（1185）的“無題百首”，同 2 年西行劝進“二見浦百首”，同 3 年的“殷富門院大輔百首”，同年的“句題百首”，建久元年（1190）的“花月百首”，同 2 年的“十題百首”等，是有邀必到，相当活跃的诗人。其中最有名的是，一次作者在藤原良経（廷臣歌人）主持的“六百番歌合”诗会上，与“六条家诗人”藤原顕昭，就诗歌创作论，展開激烈舌戦。双方固执己见，互不相让，震惊众人。后来，作者又被天皇钦定为《新古今和歌集》编撰者之一。遗憾的是，不久因病早逝，无缘参与编写工作，痛失一次流芳千古的机会。

作者无疑是後鳥羽院（太上皇）时代日本诗坛的核心人物之一。在各种赛诗会上，均有诗作发表，例如：正治 2 年的“初度百首”，“仙洞十人歌合”，老若五十首歌合”，“新宮撰歌合”和“院三度百首”（即“千五百番歌合”）等。建仁元年（1201）又成为“和歌所寄人”，受命编撰《新古今和歌集》；翌年 5 月在参加“仙洞影供歌合”赛诗会後，不久去世。著有家集《寂蓮法師集》一部存世。入选各代“勅撰和歌集”的诗歌作品共有 116 首。

本诗简说：

本诗选自《新古今和歌集》秋部·第 491 首。建仁元年（1201）2 月，在後鳥羽法皇（出家天皇）举办的“老若五十首歌合”赛诗会上，作者吟咏了这首诗，获“判者”（评审）好评。最后，又在与女诗人“越前女房”的作品对决最后胜负时，一举获胜。

名词释义：

1. **藤原俊成**　平安時代（794-1192）後期至鎌倉時代（1185-1333）初期的公家，歌人，法名釈阿。曾官至正三品“皇太后宮大夫”。也是《千載和歌集》的主要编撰者之一。

2. **阿闍梨俊海**　平安时代後期至鎌倉時期的佛教“真言宗”僧侣。醍醐寺院（真言宗醍醐派佛寺）的“阿闍梨”（佛教軌範師）；藤原俊成之弟，寂蓮法师之父。

3. **高野山**　位于和歌山県伊都郡高野町盆地一带的山峰。標高約1,000 米，有群山环绕。弘仁 7 年（816）嵯峨天皇下旨，将此山赐给大唐归来的空海和尚（即弘法大師），命其在此開山传教，从此成为日本“真言密教”的聖地。高野山全域称“総本山金剛峯寺”，包括“奥之院”和“壇上伽藍”等 2 大聖地，建有 117 座寺院。现为世界文化遗产之一。

4. **出雲大社**　位于島根縣出雲市，内供奉日本開国之神“大國主大神”，是一座歷史悠久的神社。传说，大國主大神又是結姻緣之神，且有求必应，十分灵验，在日本深受信仰，参拜者终年络绎不绝。

第 88 首原文：難波江の　芦のかりねの　ひと夜ゆゑ
身をつくしてや　恋わたるべき
皇嘉門院別当（女）

日文平假名：なにはえの　あしのかりねの　ひとよゆゑ
みをつくしてや　こひわたるべき
こうかもんいんのべっとう

第 88 首中译文：（之一）難波江湾芦苇滩，苇芦节间短又短，

旅宿销魂情一夜，无限眷恋终身伴。

安四洋原译

（之二）江湾芦苇滩，苇芦节间短，

旅宿情一夜，眷恋终身伴。

安四洋原译

作者简介：

皇嘉门院别当，女性，具体生卒年不详。据考证，其家系属于古老氏族村上源氏。祖父是“大納言”源師忠，父亲是“太皇太后亮”（侍奉皇太后的官员）源俊隆。本人曾侍奉过第 75 代崇德天皇（在位：1123-1141）皇后“皇嘉门院”圣子，并担任女官“别当”一职，人称“皇嘉门院别当”。養和元年（1181）“皇嘉門院”崩御后，随即出家为尼。

作者是知名女诗人，生前参加的诗会有：安元元年（1175）承制 3 年（1179）的“右大臣兼実家歌合”，治承 2 年（1178）的“右大臣兼実家百首”等。入选各部“勅撰和歌集”的诗作有 9 首。

本诗简说：

本诗选自《千載和二哥集》恋部三・第 807 首。据说这是作者在“右大臣藤原兼实“举办的诗会上吟咏的。诗会事前设题“旅宿之恋”。诗文巧妙运用了日语中“苇根”与“短夜”，“一苇节”与“一夜寝”等词语的谐音和双关寓意，描写了女人一夜情后的感受。

名词释义

1. **别当**　古代日本宫廷中管理皇家家政事务的官称。

2. **芦苇节间距**　在古代日本，常被用来形容时间之短暂的语意。

第 89 首原文：玉の緒よ　耐えば耐えぬ　ながらへば

忍ぶることの　弱りもぞする

式子内親王（女）

日文平假名：たまのをよ　たえなばたえね　ながらへば

しのぶることの　よわりもぞする

しょくしないしんのう

第 89 首中译文：（之一）此命欲休即可休，无非弦断玉串珠，

忍将且过岂长久，终有一日不隐情。

安四洋原译

（之二）命休即可休，无非弦断珠，

忍将岂长久，终现不隐情。

安四洋原译

作者简介：

式子内亲王，女性，又称“萱斎院”或“大炊御門斎院”。推测生卒年约为公元 1149 年至 1201 年之间。是第 77 代“后白河天皇”（在位：1155-1158）之第 3 皇女。母为藤原季成之女（成子）。同母姐有：亮子内親王（即“殷富門院”），胞弟有：守覚法親王，以仁王；異母兄有：第 80 代高仓天皇（在位：1168-1180）。

作者在 21 岁时，曾被“卜定”（龟甲占卜）仕奉“賀茂神社”神灵，前后共奉职 11 年。后因病辞任。治承元年（1177）母去世，弟“以仁王”挙兵欲倒“平氏”（平家政权），结果败绩身亡。元暦 2 年（1185）奉宣享“准三后”待遇。（三后指：皇后，皇太后，太皇太后）。建久元年（1190）出家为尼，取法名“承如法”。一生未嫁，孤老终身，享年 53 歳。

作者曾师从藤原俊成学习“和歌”创作，并委托后者著诗論《古来風躰抄》一部，为日本诗论专著留下一份难得的遗产。据说，作者与和歌老师之子藤原定家，曾产生过一段恋情。養和元年（1181）以後，经常邀请藤原定家出人“御所”（皇居），过从甚密；正治 2 年（1200）被後鳥羽院（太上皇）钦定为《初度百首诗歌集》的撰者之一。本人著有家集《式子内親王集》一部。生前有大量诗作问世，入选各部“勅撰和歌集”的作品多达 157 首。

作者堪称《新古今和歌集》时期，极具代表性的女诗人。据《后鸟羽院御口传》记载，其诗作曾受到藤原良经，慈圆等著名诗人的高度赞誉。当代著名诗歌评论家萩原朔太郎，在《戀愛名歌集》一书中也说：作者的诗歌特色是“上有才氣潑剌之理知，下有如火燃燒之情熱，内有高涨之詩情画意，又极尽一切技巧之巧緻”；其歌風是“藤原定家的技巧主義加“万葉歌人”的情熱之混合体”；是“真正意义上的技巧主義藝術”；也是“代表新古今诗歌期的第一人”。评价甚高。

本诗简说：

本诗选自《新古和歌今集》恋一部・第 1034 首。这是作者写给所爱恋之人“藤原定家”的一首情诗。表现了不惜以性命换取爱情的强烈情感。本诗对后世日本诗坛影响很大。“近代诗歌之父”萩原朔太郎曾说，作者是“悲恋诗人”，与“和泉式部”（著名女诗人）等人不同，其诗文“带有特别的意境趣向”和“内向歔欷”的特点，具有“恼人的魅力”。（译者笑）

名词释义：

1.《古来風躰抄》 藤原俊成所著的诗論著作。建久 8 年（1197）藤原俊成 84 歳高齢时，受“式子内親王”委托，写出初撰本，后于 1201 年完成再撰本。全书分上下 2 卷：上卷由诗歌本質論，和歌史論，《万葉集》抄诗 191 首所构成；下卷则从《古今和歌集》到《千載和歌集》等历代“勅撰和歌集”中，抄录诗作 395 首，逐一加以评论。本书被认为是，具有“和歌史観明確，韻律性与余情効果明显，又具映像性美感”等特点，是日本文学史和诗論史的一部重要文献。冷泉家（冷泉天皇系后人）现收藏作者的自筆本（初撰本）原版书，被指定为日本国宝级文物之一。

2.**《后鸟羽院御口传》** 第82代后鸟羽天皇主持编撰的诗论集。

3.**萩原朔太郎** 现代日本早期象征主义诗人。生于群马县的医生家庭。中学时代即开始诗歌创作，又对音乐产生兴趣。1914年曾组织“以研究诗歌，宗教，音乐为目的”的“人鱼诗社”；1916年创办诗歌杂志《感情》。1917年本人的第一部诗集《吠月》出版，其白话自由诗体与率直的爱情表露风格，引起很大反响。后又陆续出版诗集著作，诸如：《黑猫》，《纯情小曲集》，《冰岛》和《回归日本》等。诸书所收诗文表达了，作者对痛苦人生的慨叹与悲哀，同时也交织着一定程度的愤怒。萩原朔太郎曾尝试用口语写诗，语言富有音乐感，对日本诗歌形式的创新作出了贡献。

第90首原文：見せばやな　雄島のあまの　袖だにも
濡れにぞ濡れし 色はかはらず
殷富門院大輔（女）

日文平假名：みせばやな　をじまのあまの　そでだにも
ぬれにぞぬれし　いろはかはらず
いんぷもんいんのたいふ

第90首中译文：（之一）雄岛渔人出海忙，总有浪打湿衣裳，
谁知妾杉殷色袖，泪血涕染为君伤。
安四洋原译

（之二）渔人出海忙，浪打湿衣裳，
谁知妾杉袖，泪血为君伤。
安四洋原译

作者简介：

殷富门院大辅，女性。其父藤原信成，曾作过朝廷“散官”（从五品下），母为菅原在良之女；家族属于“藤原北家”支系“三条右大臣”藤原定方之后裔；因长期侍奉“后白河上皇”之长女“殷富门院亮子内親王”，人称“殷富门院大辅”。晚年，即建久 3 年（1192），随“殷富門院”出家，削发为尼。

日本永暦元年（1160），作者首次参加诗会“太皇太后宮大進清輔歌合”，所吟诗作颇受好评。此后便一发不可收拾，积极参与各种诗会，如：“住吉社歌合”，“広田社歌合”，“別雷社歌合”，“民部卿家歌合”等。还不时举办私家诗会。也是“俊恵歌林苑”的“会衆”（即会员）之一。

作者曾向藤原定家，家隆，隆信，寂蓮等著名诗人求诗百首，学诗热情极高。生前诗作甚多，享有“千首大輔”之称，是镰仓时代初期的代表性女诗人。著名诗歌评论家，诗论家鴨長明和藤原定家，都对作者的诗作给予极高评价，认为她是与著名女诗人“小侍従”比肩的“近来女诗人之上手者”。

此外，作者还著有家集《殷富門院大輔集》一部流传于世；后入选《千載和歌集》的诗作有 5 首，入集各代“勅撰和歌集”的有 63 首。本人是日本“女房三十六歌仙”之一。

本诗简说：

本诗采用“本歌取”的技法，即借用原型诗的诗句和意境，赋予新词新意，创作自己的诗歌。原型诗是“源重之”的作品，原文如下：“松島や　雄島の磯に　あさりせし　あまの袖こそ　かくは濡れしか”（安四洋原译：“松島雄島渔人忙，可怜海女湿衣裳，更有伊人衫衣袖，泪水浸透彻骨凉。”）。与原诗相比，本诗用“泪浸色染”等夸张词语作比，情感似乎来的更为强烈。

名词释义：

雄島　位于宮城県松島群岛（太平洋一侧）中的一座島屿。

第 91 首原文：きりぎりす　鳴くや霜夜の　さむしろに
衣かたしき　ひとりかも寝む
後京極摂政前太政大臣
日文平假名：きりぎりす　なくやしもよの　さむしろに
ころもかたしき　ひとりかもねむ
ごきょうごくせっしょうさきのだいじょうだいじん

第 91 首中译文：(之一) 蟋蟀霜夜鸣啾啾，冷榻铺席片衣袖，
莫非今宵又独眠，寂寞凄凉无人咎。
安四洋原译
(之二) 蟋蟀鸣啾啾，凉席片衣袖，
霜夜又独眠，寂寞无人咎。
安四洋原译

作者简介：

後京极摄政前太政大臣（1169-1206），本名藤原良经。祖父为“摂政太政大臣”藤原忠通；父为“关白”藤原兼实。母为“従三品中宮亮”藤原季行之女；本人先后迎娶“一条能保”（源頼朝之妹婿）之女，松殿基房（藤原兼実之兄）之女为妻。所生子女有：藤原道家（摄政），藤原教家（大納言），藤原基家（内大臣），東一条院立子（順徳院的后妃）等人。家世显赫。

作者 11 歳时“元服”（成人式），即叙従五品。后历任朝官：寿永元年（1182）左中将（従四位上），元暦元年（1184）17 歳時叙従三品官位，列公卿兼播磨権守等职。文治 5 年 7 月任権大納言，12 月兼任左大将，中宮大夫。建久 6 年（1195）27 歳时，任内大臣（兼左大将）。建仁 2 年（1202）後，因深得後鳥羽院（上皇）信任，荣任“従一品摂政太政大臣”，仕途坦荡，顺风满帆。但在元久 2 年（1205）4 月，作者突然辞去一切官职。同 3 年 3 月在自家私邸，正在聚众商讨，筹划恢复中断已久的“曲水宴”时，不幸猝死，年仅 38 歳。

作者幼少时期，即显露才华，善作漢詩，和歌，属于早熟型神童。在《千載和歌集》中，就收录有作者 10 到 20 岁之间的诗作 7 首。后拜诗人藤原俊成为师，学习和歌创作。生前，与《新古今和歌集》和《新勅撰和歌集》编撰者藤原定家等名人，有亲密交往。，

作者曾在叔父慈円的资助下，从建久初年开始，統领日本诗坛。期间，频繁举办诗歌会，如：建久元年（1190）的“花月百首”，同 2 年的“十題百首”，同 4 年的“六百番歌合”，建仁元年的“老若五十首”，同 2 年的“水無瀬殿恋十五首歌合”，元久元年的“春日社歌合”和“北野宮歌合”等赛诗会，还在“千五百番歌合”赛诗会上担任过“判者”（评审）等。建仁元年（1201）7 月还担任过“和歌所寄人筆頭”，深度参与《新古今和歌集》的编撰，并執筆撰写“仮名序”。

此外，作者还著有自撰家集《式部史生秋篠月清集》和《後京極摂政御自歌合》等两部著作。入选《新古今和歌集》中的诗作达 79 首，数量仅次于西行法师与慈円和尚，居第 3 位。还著有漢文日記《殿記》一册，可惜只有若干篇章尚存，其余散失。作者尤能书法，自成一体，後世称“後京極様体书法”，享誉日本书法界。

本诗简说：

本诗选自《新古今和歌集》秋部・第 518 首。本诗亦采用“本歌取”的创作手法。“本歌”（即原型诗）是《古今和歌集》中的无名氏作品。诗文如下：“さむしろに　衣片敷き　今宵もや　我を待つらむ　宇治の橋姫”一诗。（安四洋原译：榻席凉粗透，但铺片衣袖，今宵如之何，橋姫再我顾?），表现了秋天的孤寂与恋情的辛苦。

名词释义：

1. 橋姫　古代日本民间故事中的女角色，“宇治橋姫”之爱称。传说“橋姫”是美丽魔女，可帮人解除嫉恨，妒忌等不良心态，消除恶缘。

2. 中宮亮　古代日本朝廷“中宮職”（机构）中的3等官。中宮職归中務省管辖，负责管理后妃事務。官职排序是：1. 中宮大夫（従四品下），2. 中宮権大夫（従四品下），3. 中宮亮（従五品下），4. 中宮権亮（従五品下）。

3. 和歌所寄人　“和歌所”是古代日本朝廷为编撰“勅撰和歌集”，在宮中設置的臨時“役所”（机构）。在此编撰的第一部诗集是《古今和歌集》。到村上天皇天暦5年（951），和歌所改制为正式机构，在此进行过《万葉集》的翻译和訓点工作。该机构的负责人称“寄人”（或“召人”）。

4. 片衣袖　日本平安時代，男女共寝时，习惯把对方的衣袖代枕垫头。因此说“铺席片衣袖”，是形容无人陪伴，孤寂独眠，无限凄凉之态。

第92首原文：わが袖は　潮干に見えぬ　沖の石の
人こそ知らぬ　乾く間もなし

二条院讃岐（女）

日文平假名：わがそでは　しほひにみえぬ　おきのいしの
ひとこそしらね　かわくまもなし

にじょういんのさぬき

第92首中译文：（之一）诗会设题寄石恋，素有泪沾衣袖言，
谁知伊人涕泪袖，大海石沉几时干。

安四洋原译

（之二）诗题寄石恋，素有泪袖言，
可知伊衫袖，海石几时干。

安四洋原译

作者简介：

二条院讃岐，女性，具体生卒年不详。其父为著名武士“源三品頼政”（通称“源三品入道”）。母亲是源忠清之女。異母兄长有：源仲綱。表妹是“宜秋門院丹後”。作者早年，曾入宫侍奉第 78 代天皇“二条天皇”（在位：1158-1165），故人称“二条院赞岐”。永万元年（1165）二条天皇驾崩後，作者与“陸奥守”藤原重頼結婚，生子源重光（遠江守），源有頼（宜秋門院的“判官代”）两人。後再次入宫，服侍第 82 代後鳥羽天皇的“中宮”（皇后）任子（即“宜秋門院”）。治承 4 年（1180）父源頼政与兄长源仲綱在“宇治川合戦”战役中，败于“平氏”（平氏政权），双双自害而亡。晚年，又因“以仁王挙兵事件”而受到牵连，被迫出家，落发为尼，终了一生。

作者年轻时，即才华显露，诗作脍炙人口，尽显女性的内斂与柔美之气。生前参加过的诗会有：二条天皇举办的“内裏歌合”，俊恵法師的“歌林苑”诗歌会，建久 6 年（1195）藤原経房举办的“民部卿家歌合”等。出家为尼後，仍继续活躍在歌壇上，又参加过：正治 2 年（1200）的“院初度百首”诗集的选诗会，建仁元年（1201 年）的“新宫撰歌合”，同 3 年的“千五百番歌合”，以及建暦 3 年（1213）順徳天皇举办的“内裏歌合”等赛诗会，均有诗作发表。

此外，作者还著有自家诗歌集《二条院讃岐集》一部。入选《千載和歌集》等“勅撰和歌集”中的诗作有 73 首。本人为“女房三十六歌仙”之一。

本诗简说：

本诗选自《千載和歌集》恋部 2 第・760 首。据说，本诗是作者和侍女一起，去海边游玩时创作的。诗歌以“寄石之恋”为题，用奇异的表现手法，将泪浸的衣袖，比作海中之石，出人意料。

名词释义：

1. 源三品頼政（1104-1180） 本名源頼政。平安时代（794-1192）末期的知名武士。曾与平清盛等人共同拥戴“后白河天皇”（在位：1155-1158）对抗“崇德太上皇”有功，封官至从三品，人称“源三品頼政”

（或“源三品入道”）。治承 4 年（1180）又起兵反对平氏（平氏政权），双方交战于宇治川，源賴政战败，切腹而死，时年 77 岁。

2. 宜秋門院丹後　女性人名，“丹後守”源頼行之女（又称“摂政家丹後”，“丹後少将”或“丹後禅尼”）；平安時代（794-1185）末期至鎌倉（1185-1333）初期的诗人，“女房三十六歌仙”之一。伯父是源頼政，表妹是“二条院讃岐”。“丹後守”为今京都北部地区的地方长官。此地古称“丹後国”。

3. 以仁王挙兵事件　指：平安时代治承 4 年（1180），以仁王（又称“高仓宫”或“三条宫”）与源賴政共同策划打倒“平氏”（平家政权），传旨敦促诸国源氏，在大寺社举兵。但因事前准备不足，加之计划中途败露，在“宇治平等院”一战中，惨遭失败。这一事件，史称“以仁王之乱”（或“以仁王挙兵事件”）。

第 93 首原文：世の中は　常にもがな　渚漕ぐ
あまの小舟の　綱手かなしも
鎌倉右大臣

日文平假名：よのなかは　つねにもがもな　なぎさこぐ
あまのをぶねの　つなでかなしも
かまくらのうだいじん

第 93 首中译文：（之一）人言世事本无常，吾愿今世永盛昌，
不见海边渔舟晚，绳索曳岸岂彷徨。
安四洋原译

（之二）世事本无常，惟愿永盛昌，
不见渔舟晚，曳岸岂彷徨。
安四洋原译

作者简介：

镰仓右大臣（1192-1219），本名源实朝（幼名千幡）。其父为“镰仓幕府征夷大将軍”源赖朝，母为北条政子。正治元年（1199）8 歳時，父亡，家督权由長兄源頼家（第二代征夷大将军）继承。但实权被母系北条氏所控，于是酿成权力之争。长兄源頼家，曾谋划打倒母系北条氏，但以失敗告终，被幽閉在伊豆岛，后被北条時政（北条政子之父）派刺客暗杀身亡。

此后，作者正式称源実朝，决心恢复源氏统治。如愿重返政权中心后，任第 3 代征夷大将军，时年仅 12 岁。“元服”（成人式）后娶“坊門大納言”信清之女为妻。建保 4 年 6 月被朝廷任命为“権中納言”；建保 6 年（1218）任“権大納言”。此后，仍不满足，权欲膨胀，不断向京都派遣使者，要求朝廷授予进一步的晋昇任命。最终愿望如果，同年 10 月被宣任“内大臣”，12 月又晋升为“正二品右大臣”。不幸的是，就在祝贺升任右大臣，而参拜“鹤冈八幡宫”神社的归途中，被侄子源公暁（源頼家之子）刺杀身亡，年仅 28 岁。

据说，作者性情敦厚，感情丰富，颇具人望。在担任“权中纳言”时，曾计划建造大船渡宋（中国宋朝），后因船体入水失败，未能实现。生前亦好诗文，曾师从著名诗人藤原定家（《小仓百人一首》编者）学习和歌。承元 3 年（1209）18 岁时，自创诗作 30 首送给藤原定家，请求评点。曾接受藤原定家赠书《詠歌口伝》一部，潜心专研。建暦元年（1211）在幕府鎌倉，会見鴨長明等人，接受从京城带来的《仙洞秋十首歌合》诗选集一部。建保元年（1213）接受藤原定家贈呈的，极珍贵的“御子左家相传”《万葉集》全本书一部（套）；同 3 年接受“後鳥羽院”（太上皇）送来的《院四十五番歌合》诗选集。

作者一生留下很多优秀的诗歌作品。入选各部“勅撰和歌集”的诗作有 92 首。此外，还著有自撰《金槐和歌集》（又称《鎌倉右大臣家集》一部流传于世。

本诗简说：

本诗选自《新勅撰和歌集》羈旅部・第 525 首。据说，有一次作者在骑马漫步时，不经意间，被海岸边停泊的小渔船景致所吸引，一瞬间似乎体味到时间的停滞与永恒，感受真切，于是创作此诗。

名词释义：

1. 镰仓幕府（1185-1333） 古代日本的第一个武士政权。因幕府所在地设址于镰仓（地名），史称“镰仓幕府”。创建人为源赖朝（作者之父）与其妻北条政子。镰仓幕府的建立，标志日本中央皇族与贵族统治时代的结束，以及新兴武士阶层走上历史舞台。自此，天皇成为象征性存在，幕府则成为事实上的日本国权力中心。

2. 征夷大将军 原本是古代日本朝廷为对抗北部地区的“虾夷族”，所设立的临时军队的最高统帅。镰仓幕府建立后，借用这一名称，也称幕府最高权力者为“征夷大将军”（又称“幕府将军”）。到公元 12 世纪后期，又演变为全日本武士集团最高统领（总代表）的称谓。

3. 鹤冈八幡宫 位于今神奈川县镰仓市的神社，始建于康平 6 年（1063）。据记载，当时的著名武将源赖义，在平定“奥州”（今岩手県南部）回到镰仓后，向出战前祈祷胜利的“石清水八幡宫”（神社）提出劝请，在比浜（地名）曾建造一座“鹤冈八幡宫”（神社），所供“八幡之神”就成为了日本武士的守护神。治承 4 年（1180）源赖朝进入镰仓后，将神宫从比浜迁至现今所在地，即后来的“鹤冈八幡宫”。自此“八幡之神”又成为源氏一族的专有守护神。

第 94 首原文：み吉野の　山の秋風　小夜更けて
ふるさと寒く　衣打つなり
参議雅経

日文平假名：みよしのの　やまのあきかぜ　さよふけて
ふるさとさむく　ころもうつなり
さんぎまさつね

第 94 首中译文：(之一) 深秋奈良吉野山，晚风吹过夜更天，
远处捣衣声阵阵，更觉秋意瑟瑟寒。
安四洋原译

(之二) 深秋吉野山，晚风夜更天，
捣衣声阵阵，秋意瑟瑟寒。
安四洋原译

作者简介：

参议院雅经（1170-1221），本名藤原雅经，雅号飛鳥井。其父为“刑部卿”藤原頼経，母为“権大納言”源顕雅之女。长兄是“刑部卿”藤原宗長。生子有：藤原教雅，藤原教定等人；后代子孙有：飛鳥井雅有，雅縁，雅世，雅親等人，均为诗人；家族世代继承“诗道之家”传统，书香不绝，世代繁盛，名人辈出；本人曾在朝为官，历任：右少将兼越前介，加賀権介，左少将，左中将等职。后又任地方官：周防権介，伊予介等职。返京后，任右兵衛督，直至建保 6 年（1218）官至従三品参議，人称“参议院雅经”。

作者也是《新古今和歌集》编撰人之一。诗作丰富多采，文辞清新雅致，久负盛名。生前频繁参加各种诗会活动，发表吟咏诗作。如：建久 9 年（1198）的“鳥羽百首”诗选会，“正治後度百首”诗选会，“千五百番歌合”，“老若五十首歌合”和“新宮撰歌合”等。建仁元年（1201）成为“和歌所寄人”，参与编撰《新古今和歌集》。也是“後鳥羽院”（太上皇）歌壇的核心人物之一。此外，还参加过：建仁 2 年（1202）的“水無瀬恋十五首歌合”，“八幡若宮撰歌合”，元久元年（1204）的“春日社歌合”，承元元年（1207）的“最勝四天王院障子歌合”等，均有诗作发表。精力充沛，热心诗歌事业。也是順徳天皇歌壇“内裏歌合”上的常客。后人选《新古今和歌集》的诗作有 22 首。入集各部“勅撰和歌集”的诗作达 134 首。本人著有家集《明日香井和歌集》一部存世。

本诗简说：

本诗选自《新古今和歌集》秋部・第 483 首，亦采用“本歌取”的创作手法，即：在已有原型诗的基础上，赋予新意，另作新诗。本诗的“本歌”是《古今和歌集》中收录的，坂上是則的作品，即：“み吉野の　山の白雪　つもるらし　ふるさと寒く　なりまさるなり”（安四洋原译：“吉野群山雪皑皑，古都奈良多感怀，两地相隔千里远，冬来一样冷难耐。”）。作者把原诗中的冬季改成秋季，又加进“擣砧声”，给人以新鲜感。有学者认为，本诗似借用了唐人李白的名篇《子夜吴歌・秋歌》一诗中“长安一片月，万户擣衣声”的诗境。李白全诗抄录如下：“长安一片月，万户擣衣声。秋风吹不尽，总是玉关情。何日平胡虏，良人罢远征。”

名词释义：

奈良吉野山　山体位于奈良県中央部，从“吉野川”（又称“紀川”）南岸到大峰山脈，南北长約 8 公里。山上有著名的金峯山寺和神社等名刹古社，是古来观赏樱花之名所，名闻天下。据史料记载，日本战国名将“丰臣秀吉”，生前也曾到此巡游赏樱。

作者趣闻：

作者多才多艺，爱好广泛，除长于诗作外，还善蹴鞠。少年时即受祖父青睐，接受蹴鞠特訓，踢得一脚好球。还曾教授後鳥羽院（太上皇）蹴鞠。后世尊崇其为日本“飛鳥井流”派蹴鞠之始祖。本人著有《蹴鞠略記》

一部，专论蹴鞠要义，留存至今。

第 95 首原文：おほけなく　うき世の民に　おほふかな
我が立つ杣に　墨染の袖
前大僧正慈円

日文平假名：おほけなく　うきよのたみに　おほふかな
わがたつそまに　すみぞめのそで
さきのだいそうじょうじえん

第 95 首中译文：（之一）比叡山上一贫僧，乱世普渡佛心诚，
纵使力不从心愿，墨染袍袖庇众生。
安四洋原译
（之二）比叡一贫僧，普渡佛心诚，
纵使力不尽，墨袍庇众生。
安四洋原译

作者简介：

前大僧正慈圆（1155-1225），其父为“摄政关白”藤原忠通，母为藤原仲光之女（即“忠通家女房加賀局”）；兄弟姐妹有：覚忠，聖子（崇徳院太上皇后妃），基実，基房，兼実，兼房等人。作者 2 歳丧母，10 歳丧父。永万元年（1165 年）人門“覚快法親王”（鳥羽天皇之子），作内弟子，学习佛教密宗，法名道快。仁安 2 年（1167）拜“天台座主明雲”为戒師，正式剃度为僧。嘉応 2 年（1170）補“一身阿闍梨”，叙法眼，専修天台宗教义。安元 2 年（1176）在京都比叡山“無動寺”（佛寺）完成“千日入堂”，誓言立身佛界。養和元年（1181）11 月“佛師覚快”入滅时，改法名为慈円。寿永元年（1182），受“全玄和尚”传法灌頂。后其兄长藤原兼実就任朝廷“摂政”后，被委任为“平等院執印”，

“法成寺執印”等职，管理寺院庶务。期间，曾被白河院（太上皇）宣诏入宫，为其作法解除烦恼。建久 3 年（1192）38 岁时，成为“天台宗座主”，同時叙“権僧正”，補“護持僧”等僧官职务，管理寺院法務。同年，在無動寺建立大乗院，開设“勧学講”。同 6 年，会見进京朝拜的源頼朝（镰仓幕府创始人），两人一见如故，意气相投，后多次互有诗作贈答（见《拾玉集》）。建仁 2 年辞退“天台座主”，并将“勧学講”移至青蓮院，重整旗鼓，再度兴旺。一生为祈祷天下泰平，弘扬佛法，竭尽心力。

作者长于和歌创作，有大量诗作问世。生前与藤原良经，藤原定家等著名诗人交往深厚；也是“九条家歌壇”的核心诗人。参加过的各种诗会有:文治 4 年（1188）的西行法师勧進“二見浦百首”，建久 9 年（1198）正月“後鳥羽院”（太上皇）主持的大型“千五百番歌合”赛诗会等；还曾担任“後鳥羽院和歌所寄人”。

作者的著書有：歴史書《愚管抄》，家集《拾玉集》，诗歌集《無名和歌集》等。入选“勅撰和歌集”的诗歌作品共 269 首。仅《新古今和歌集》一集中就收录有 92 首，数量排位第二，仅次于著名“诗僧”西行法师。

本诗简说：

本诗选自《千載和歌集》雑中部・第 1137 首。据说作者年轻时，曾目睹“木曽义仲”（知名武士）攻入京城后，百姓在战火和瘟疫中苦不堪言的惨状。于是暗下决心，发誓以佛法拯救众生于水火。本诗就是基于这种信念创作的，难得一见。表现了作者集慈爱与坚毅于一身的为人品格。

名词释义：

1. 墨染袍袖　特指一种玄色大袖袍衣。在古代日本用作僧衣或喪服使用。

2. 覚快法親王　平安時代（794-1192）後期的天台宗僧人。其父为鳥羽天皇，母为“美濃局”（“石清水八幡宮祀官家”田中勝清之妹）。13

歳时出家入佛，上京都比叡山，師从行玄“大僧正”学习顕教和密教。

3. 一身阿闍梨　在平安時代（794-1192），日本的佛家寺院允许皇族，摂政，関白等子弟进入佛门后，无需论资排辈，即可拥有“阿闍梨”称号（即先生之意，又称“阿舎梨”，“阿闍梨耶”或“軌範師”）。但称号只限于本人一人拥有，故称“一身阿闍梨”。

4. 天台座主　日本密教“天台宗總本山”比叡山延暦寺“貫主”（住持）之尊称，總監天台宗諸事。天台座主一般不居住在比叡山上，僅在重要的作法和儀式時入寺主持。

5. 比叡山　横跨滋賀県大津市与京都市東北部一带的佛教名山。自古以来，与高野山并称，为日本人信仰的两大神山。山上有“延暦寺”和“日吉大社”等名刹古社。

6. 木曽义仲　人名，本名源义仲，平安时代（794-1192）末期的著名武将。公元 1180 年率兵讨伐“平家”，在 1183 年的“俱利伽罗峠战役”中，将平家军队击溃。后直逼京城，威震四方，迫使不可一世的平家弃城而逃。

第 96 首原文：花さそふ　嵐の庭の　雪ならで
ふりゆくものは　我が身なるけり
入道前太政大臣藤原公経

日文平假名：はなさそふ　あらしのにはの　ゆきならで
ふりゆくものは　わがみなりけり
にゅうどうさきのだいじょうだいじん

第 96 首中译文：（之一）狂风掠过樱花散，漫如残雪舞凌乱，

更似老迈身枯槁，往日荣华叹不再。

安四洋原译

（之二）狂风掠庭院，残花舞凌乱，

何似寒冬雪，更如老身败。

安四洋原译

作者简介：

入道前太政大臣（1171-1244），本名藤原公经；其父“西園寺实宗”曾作朝廷“内大臣”。母亲是“持明院基家”之女平頼盛的外孫女；本人娶源頼朝（镰仓幕府创建人）妹婿之女全子为妻，有女：綸子（九条道家的侧室）；有子：西園寺実氏（太政大臣），実有（権大納言），実雄（左大臣）等人。晚年，纳“西園寺実材”之母为妾室。

作者生前，长期在朝为官，曾历任：侍従，左少将，左中将，蔵人頭，後鳥羽太上皇的“御厩别当”，直至参議（従三品），仕途风顺。建仁 2 年（1202）又任権中納言，建永元年（1206）任中納言，承元元年（1207）任権大納言（正二品），建保 5 年（1218）任大納言。後因成功擁立“後高倉院”为太上皇有功，又被任命为“関東申次”（朝廷与幕府间的联络官），以镰仓幕府的信任和支持为后盾，在京都政界拥有絶大的権勢。直至貞応元年（1222）8 月昇任太政大臣（官阶従一品）。后于寛喜 3 年（1231）12 月辞官出家，取法名覚勝。仁治 3 年（1242）第 88 代后嵯峨天皇（1220-1272）即位后，强让自家孫女入宫作皇后，占据天皇外戚地位，恣意用权，不可一世，故又有“世之奸臣”之恶评（见《平戸記》）。

作者晚年，在京都北山建造“西園寺院”（佛寺），实为自住豪宅，作为居所，生活极尽奢华。后居所被室町幕府“征夷大将军”足利義満（1358-1408）改建成私家别墅。现成为日本的著名旅游景点“金閣寺公園”。

作者公务之余，喜好和歌，犹善琵琶和书法，多才多艺。作为和歌诗人，曾参加过：正治 2 年（1200）的“石清水若宮歌合”，建仁元年（1201）的“新宮撰歌合”，建仁 2 年（1202 年）的“千五百番歌合”，承久 2 年（1220）以前的“道助法親王家五十首”，貞永元年（1232）前的“洞院摂政家百首”等各种诗会，均有诗作发表。后入选《新古今和歌集》的诗作有 10 首；入集《新勅撰和歌集》的诗作有 30 首。本人入选“新三十六歌仙”之一。

本诗简说：

本诗选自《新勅撰和歌集》雑部・第 1054 首。诗意老辣悲凉，又有些许无奈之叹。

名词释义：

1. 園寺実材母　鎌倉時代的“歌人”（诗人）。早年曾作“白拍子”（歌舞姬）。后与“加賀守”平親清结婚，生有 2 女。后又改嫁给“太政大臣”西園寺公経（1171-1244）作側室，生子西園寺実材（権中納言），人称“西園寺実材母”。著有自撰家集《権中納言実材卿母集》一部。

2. 太政大臣　古代日本朝廷的非常设官员，职责是辅佐天皇总理国政。日本首任太政大臣是天智天皇 10 年（671）时期的大友皇子（即弘文天皇）；最后一任是明治 4 年（1871）的三条实美。古代日本法律《养老律令》规定，太政大臣“如无其人则阙”，故也称“则阙”，即有宁缺勿滥之意。所以，实际任职者很少，有时甚至长期处于空置状态。

3. 室町幕府（1336-1573）　日本南北朝时期（1336-1392）由“足利尊氏”等人建立的武家幕府政权，又称“足利幕府”。因幕府设址在京都室町（地名）而得名。

4. 日本南北朝时期　公元 1336 年至 1392 年之间，日本同时出现了南北两位天皇，各有传承，史称“南北朝”。其中，北朝为“光明天皇”，由武士集团“足利氏”所拥立；另一方是“后醍醐天皇”，持“三种神器”

（即镜，玉，剑）退往“大和国”吉野（今奈良县一带），为南朝所在，史称“一天二帝南北京”。如此，历史上就出现了两位天皇，以及随之而来的皇室正统性，唯一性和代表性等问题。这一难题一直延续并影响到近代。公元 20 世纪初，著名学者幸德秋水曾提出明治天皇（属北朝系统）的正统性问题。对此，明治天皇作出结论：以南朝天皇（持有三种神器）为正统，北朝天皇只保留名号，不列入正统。

5. 関東申次　公元 12 世紀末，鎌倉幕府武士政权建立后，设立了负责幕府与朝廷之间的連絡与交涉的机构，称“関東申次”（也是任职者的官称）。事实上，这一职务，一直由与源頼朝有姻缘関係的，西園寺家的当家主世襲。“承久之乱”後，凡中央朝廷的重要事項，原則上必须経由“関東申次”，获得幕府首肯后，才能作决定。

6. 幸德秋水（1871-1911）　明治时期的学者，媒体人兼社会主义者。高知县出生，本名伝次郎。年少时，即留意社会问题，深受“自由民权运动”影响。明治 20 年（1887）赴东京，拜入敬慕的思想家中江兆民（1847-1901）门下。明治 26 年（1893）起，在《自由新闻》，《广岛新闻》和《中央新闻》等报社担任记者；明治 31 年（1898），又成为《万朝报》的记者，并参加社会主义研究会。此后，在组建日本社会民主党，以及支援“足尾矿毒事件”等活动上，大为活跃。明治 36 年（1903）日俄战争爆发前，在世间一片开战声浪中，幸德秋水毅然主张非战论，隔年发表著名的《致俄国社会党书》。日俄交战后，思想接近无政府主义。明治 39 年（1906）自美国回国，提倡直接行动论。明治 43 年（1910），以“大逆事件”主谋者之罪被逮捕，隔年遭政府处死。本人著有《社会主义神髓》，《二十世纪之怪物帝国主义》等著作。

第 97 首原文：来ぬ人を　まつほの浦の　夕なぎに
焼くやの藻塩の　身もこがれつつ
権中納言定家
日文平假名：こぬひとを　まつほのうらの　ゆふなぎに
やくやもしほの　みもこがれつつ
ごんちゅなごんさだいえ

第 97 首中译文：（之一）松帆浦畔风波少，盼君苦候黄昏早，
远见盐坊烟升腾，情思滚滚火如烧。
安四洋原译
（之二）松帆风波少，盼君黄昏早，
盐坊烟升腾，情思火如烧。
安四洋原译

作者简介：

权中纳言定家（1162-1241），本名藤原定家，著名诗选集《小仓百人一首》的编撰者。父藤原俊成，母为藤原親忠之女（即“美福門院加賀”）。同母兄有：藤原成家；胞姐有：八条院三条，高松院新大納言，八条院按察，八条院中納言，前斎院大納言等人；初与藤原季能之女結婚。離异后又与西園寺実宗之女（西園寺公経之姐）再婚。生女因子（民部卿典侍），生子藤原為家；作者本人与“寂蓮法师”（著名诗僧）是従兄弟。仁安元年（1166）叙爵五品。在第 80 代高仓天皇（在位：1168-1180）时期的安元元年（1175），作者 14 歳时，担任天皇侍従，开始步入仕途。治承 3 年（1179）任职“内昇殿”，承元 4 年（1210）取得“内蔵頭”职位。建暦元年（1211）53 歳时，叙从三品侍従。建保 2 年（1214）就任“参議”，参与国政。翌年兼任“伊予権守”（今爱媛县地方长官）。后官至“正二品权中纳言”，人称“权中纳言定家”。

作者是平安时代（794-1192）末期最具代表性的诗人，尤其作为

《新古今和歌集》,《新勅撰和歌集》和《小仓百人一首》的编撰者，更为知名，是日本家喻户晓的历史人物之一。

作者才华横溢，博学多识，对日本诗歌的整理，编撰与传承作出了巨大贡献。一生留下了许多诗歌作品和文学著书。据说，作者 20 歳時即读《初学百首》，开始和歌创作。翌年，尊父命作《堀河題百首》。尔后，父母在确信作者确有诗才，大可造就时，曾感动涕零，欢天喜地。(编译者笑)

文治 2 年（1186）作者参与西行法师，为勧進筹款的《二見浦百首》诗集的编写。同 3 年又参与了《殷富門院大輔百首》的创作和编写。虽身处乱世，却心无旁骛，专心于诗歌文学。文治 2 年（1186)，作者曾在九条家作“家司”，开始与良経，慈円等“九条家歌人集团”中人频繁交流。建久 9 年，参加“守覚法親王”(後白河天皇之子）住持的《仁和寺宮五十首》的诗歌创作。正治 2 年（1200）参与“後鳥羽院”(太上皇）主编的“院初度百首”和歌创作，深受上皇赏识和愛顧，成为“後鳥羽院”(太上皇）歌壇的核心诗人；进而詠進“老若五十首歌合”，“千五百番歌合”和“水無瀨恋十五首歌合”等知名赛诗会。建仁元年（1201）被钦命为《新古今和歌集》撰者之一。

据说，作者在承久 2 年（1220）的“内裏歌会”(后宫赛诗会）上吟咏的一首诗，曾触怒“後鳥羽院”(太上皇)，一度被禁止参加一切官办诗会。“後鳥羽院”(太上皇）被流放隠岐岛后，作者得以重返诗坛，在“西園寺家”和“九条家”的大力赞助下，继续活跃，大放光彩，并逐步确立了日本歌壇第一人的不動地位。

晚年，作者在担任“権中納言”后不久的貞永元年（1232)，辞去一切官职，专心致力于诗歌文学事业。又受堀河天皇之命，专心编撰《新勅撰和歌集》，3 年後大功告成。此后，于天福元年（1233）78 岁时，出家人佛，法名“明静法师”。2 年後离世，享年 80 岁。

作者还著有家集《拾遺愚草》和《拾遺愚草員外》两部著作。人选各部“勅撰和歌集”的诗作多达 467 首，数量之多，绝无仅有，令人瞠目。

此外，还編著有：《定家八代抄（二四代集》，《近代秀歌》，《詠歌大概》，《八代集秀逸》和《每月抄》等多部诗选集，以及记录作者本人，56 年间日常生活诸事的日記《明月記》一部。

本诗简说：

本诗选自『新勅撰和歌集』卷 13・恋部 3・第 849 首。据说，作者在编撰《小仓百人一首》敲定了 99 首诗歌后，对是否再加选一首自己的作品，一直犹豫不决。后在一位女子的极力推荐下，加选了这首诗。本诗从女性的角度，借用烧制藻盐的袅袅烟火，表达了对爱恋之人的思念和焦灼的心情。“松树”与“等候”两词，在日语中谐音双关，巧趣横生。

名词释义：

1.《小仓百人一首》 即作者 74 岁时在京都嵯峨野“小仓山别墅”编撰的“百人百首诗歌集”，因别墅位于小仓山山麓而得名。诗集从《古今和歌集》和《新古今和歌集》等多部“勅撰和歌集”中，依年代顺序，从 100 名杰出诗人中，精选每人作品各一首，合计 100 首人集。诗作时间跨度为：自第 38 代天智天皇（在位：661-672）时期始，到第 84 代顺德天皇（在位：1210-1221）时期止，约 560 年。入选的百首诗作中，男性诗人作品有 79 首（含僧侣 13 首），女性作品有 21 首。

2. 松帆浦 位于兵庫県淡路島最北端，面临明石海峡，是风景优美的景勝之地。今属淡路市辖区，有瀬戸内海国立公園，白砂青松海岸，是古代《万葉集》诗人喜欢来此作诗吟咏的“歌枕”之地。

第98首原文：風そよぐ　ならの小川に　暮れは
みそぎぞ夏の　しるしなりける
従二位家隆
日文平假名：かぜそよぐ　ならのをがはの　ゆふぐれは
みそぎぞなつの　しるしなりける
じゅにいいえたか

第98首中译文：（之一）晚风吹拂楢索索，小河黄昏已秋色，
犹见禊祓仍作法，夏暮残暑人惜过。
安四洋原译
（之二）风吹楢索索，黄昏已秋色，
禊祓仍作法，残暑人惜过。
安四洋原译

作者简介：

从二品家隆（1185-1237），本名藤原家隆。其父为“正二品権中納言”光隆；母为“太皇太后宮亮”藤原実兼之女（公卿補任）；安元元年（1175）叙爵；翌年任宮廷侍従，兼任阿波介，越中守等职。后历任：上総介，宮内卿（俸禄従二品）。嘉禎元年（1235）12月，因病辞官出家，入“摂津四天王寺”（日本首座官寺，即今大阪市天王寺），法号佛性。不久逝于四天王寺别院，享年80歲。作者在嘉祯元年（1235）78岁时，曾官赐从二品，故人称“从二品家隆”。

作者曾向藤原俊成学习“和歌”创作，努力用功，成绩斐然，诗作丰富，名声与藤原定家并驾齐驱，享誉诗坛。生前积极参与各种诗歌创作活动，精力旺盛，丰富多彩，令人眼花缭乱，叹为观止。参加过的诗会有：文治2年（1186）西行勧進的“二見浦百首”诗选活动，同3年的“殷富門院大輔百首”和“閑居百首”，吟咏自创诗作。后又参加：建久4年（1193）的“六百番歌合”，同6年的“経房卿家歌合”，同8年的“堀河题百首"，同 9 年的"守覚法親王家五十首"等。後受邀加人"後鳥羽院歌壇"，参加正治 2 年（1200）的"後鳥羽院初度百首"诗选，"仙洞十人歌合"，建仁元年（1201）的"老若五十首歌合"和"新宮撰歌合"等赛诗会，发表自创诗作。同年 7 月被钦命为《新古今和歌集》的编撰者，在"和歌所"作"寄人"。

后又陆续参加：元久元年（1204）的"春日社歌合"，"北野宮歌合"，同 2 年的"元久詩歌合"，建永二年（1207）的"卿相侍臣歌合"，"最勝四天王院障子歌合"等赛诗会，均有诗作参赛。继而又参加建暦 2 年（1212）順徳院主持的"内裏詩歌合"，"五人百首"诗选会，建保 2 年（1214）的"秋十五首乱歌合"，同 3 年的"内大臣道家家百首"，"内裏名所百首"，承久元年（1219）的"内裏百番歌合"，同 2 年的"道助法親王家五十首歌合"等。嘉禄 2 年（1226）在"家隆後鳥羽院撰歌合"赛诗会上担任"判者"（评审）。又参加寛喜元年（1229）的"女御入内屏風歌合"，"為家卿家百首"，貞永元年（1232）的"光明峯寺摂政家歌合"，"洞院摂政家百首"，"九条前関白内大臣家百首"，以及嘉禎 2 年（1236）"後鳥羽院"（太上皇）在隐岐举办的"遠島御歌合"等赛诗会，创作发表了大量诗歌作品，是名副其实的和歌大家。被"後鳥羽院"（太上皇）称赞为"秀歌之多，无人胜者"（见《御口伝》）；九条良経则评价作者是"末代之人丸"（"人丸"之语专指"诗圣柿本人麻呂"）（见《古今著聞集》）。

作者生前诗作，有 284 首人选各部"勅撰和歌集"。此外，还著有自撰诗集《家隆卿百番自歌合》一部，他撰家集《壬二集》一部。本人入选日本"新三十六歌仙"之一。

本诗简说：

本诗选自《新勅撰和歌集》夏部・第 192 首。这是作者 72 岁时，在"后堀河天皇"（在位：1221-1232）宣诏"关白藤原道家"之女竴子人宫作"中宫"皇后时，受托在竴子的陪嫁屏风上题写的诗作。

名词释义：

1. 禊祓作法　日本古代神道仪式之一，意指：洗净因罪孽或污秽造成的不洁之身。一般作法是，在河流或海水中冲洗身体。据考证，“禊祓作法”始见于古籍《古事记》中的一段故事。传说：“伊弉诺尊”神为拯救亡妻“伊弉冉尊”神，勇闯冥界“黄泉国”（地狱），回归人间后，在河流中清洗在冥界污垢的身躯。

2. 西行勧進二見浦百首　西行法师在参拜伊勢神宮期间，曾在附近的“二見浦”（今五十鈴川沿岸并行的海岸）結庵居住，并在此征集诗歌百首，以筹款捐赠伊勢神宮的整修工程。史称“勧進二見浦百首”。

3. 九条良経　平安時代（794-1185）末期的公卿，诗人，“関白”九条兼実之次子。曾任摂政，太政大臣（官位従一品）等职。也是“九条家”第2代当家主，号“後京極殿”，通称“後京極摂政”或“中御門摂政”。又是极负盛名的诗人，曾为《新古今和歌集》作序。建久4年（1193）曾在自家私邸举办的，规模空前的“六百番歌合”赛诗会，参赛诗人12人，分为左右两阵营，出赛诗作1200首，双方对垒600番（回合），成为日本和歌史上绝唱之盛事。作者还著有和歌集《秋篠月清集》一部，共收录诗作約1600首。

4. 人丸　“柿本人麻呂”之简称或昵称，飛鳥時代（592-710）的著名诗人，後世尊其为“日本歌圣”或“日本李白”。平安時代以后，多称“人丸”（日语“人丸”与“人麻呂”同音）。入选日本“三十六歌仙”之一。

第99首原文：人もをし 人もうらめし あぢきなく
世を思ふゆゑに 物思ふ身は
後鳥羽院

日文平假名：ひともをし　ひともうらめし　あぢきなく
よをおもふゆゑに　ものおもふみは
ごとばいん

第 99 首中译文：（之一）人言可怜又可厌，更叹世事难遂愿，

常思人间无奈事，总有烦绪扰心间。

安四洋原译

（之二）人怜又可厌，世事难遂愿，

常思人间事，烦绪扰心间。

安四洋原译

作者简介：

后鸟羽院（太上皇）(1180-1239)，是日本第 80 代高仓天皇（在位：1168-1180）之 4 子，母为藤原信隆之女“七条院殖子”。本人子女众多，有：昇子内親王（女），為仁親王（即土御門天皇），道助法親王，守成親王（即順徳天皇），覚仁親王，雅成親王，礼子内親王（女），道覚法親王和尊快法親王。元暦元年（1184）5 歲时，即位第 82 代天皇。建久元年（1190）“元服”（成人仪式），后迎娶任子（兼実之女）“入内”（进入皇宫大内）作“中宮”皇后（即“宜秋門院”）。建久 9 年（1198）19 岁时，被迫退位为“院政”，通称“后鸟羽院”（太上皇）。

作者退位后，十分醉心于和歌事业，经常举办各种诗会。其中知名的有，正治 2 年（1200）7 月首办“百首歌合”诗歌会。参加者除作者外，还包括：式子内親王，良経，俊成，慈円，寂蓮，定家，家隆等皇族权贵，学者名流，诗人骚客等。同年 8 月又举办了第 2 场“百首歌合”，参加者有：雅経，具親，家長，長明，宮内卿等人。建仁元年（1201）7 月在“院御所”再興“和歌所”，专注诗作活动。同年 11 月，钦定藤原定家，有家，源通具，藤原家隆，雅経，寂蓮等人为执笔人，开始编撰《新古今和歌集》，并在编撰过程中，一直深度关注。诗集在 4 年後的元久 2 年（1205）基本完成后，作者又多次亲自修改和重訂。

作者颇具诗才，热爱和歌，喜好诗文创作。同时，又擅长管弦乐器，书法和武艺等，是一位多才多艺，博学多识的君主。后因起兵讨伐幕府失败，被流放到隐岐岛（今島根県管辖）。在 19 年的流放生活中，对和歌的热爱与热情有增无减。先后参与：選定《新古今集和歌集》的隠岐本，编著《詠五百首和歌》，《遠島御百首》，《時代不同歌合》，歌論書《後鳥羽院御口伝》等多部著作，对日本诗歌文学事业作出巨大贡献。延応元年（1239）2 月，在“隠岐国”（今岛根县隐岐岛）海部郡刈田郷的“御所”崩御，时年 60 歳。死后被火葬，遗骨安置在“大原西林院”佛寺内。同年 5 月赠谥号“顕徳院”（太上皇），后改称“後鳥羽院”（太上皇）。

本诗简说：

选自《続後撰和歌集》雑部・第 1199 首。本诗的创作时期，正值平安時代末期，源氏与平家两大氏族争斗频仍，战事不断，田园荒芜，世道艰辛之时。这首诗，是作者在宫中举办的“五人百首”歌会上吟咏的，表露出在动荡世道中的烦闷，沮丧，且无奈的复杂内心世界。

第 100 首原文：ももしきや　古き軒端の　しのぶにも
なほあまりある　昔なりけり
順徳院

日文平假名：ももしきや　ふるきのきばの　しのぶにも
なほあまりある　むかしなりけり
じゅんとくいん

第 100 首中译文：（之一）皇城宫墙古屋檐，乱藤忍草爬轩端，
往日辉煌今安在，追思叹罢肠欲断。
安四洋原译
（之二）宫墙古屋檐，藤草爬轩端，
往日何辉煌，追思欲断肠。
安四洋原译

作者简介：

顺德院（1197-1242），第 82 代“后鸟羽天皇”（在位：1183-1198）之子，母为“贈左大臣”高倉範季之女（即“修明門院重子”）；作者以胞姐“昇子内親王”（即“春華門院”）为准母。有兄长：土御門天皇，道助法親王；同母弟有：雅成親王。生子有：天台座主尊觉法親王，仲恭天皇，岩倉宮忠成王等。属皇家世系，家族显赫。

日本正治元年（1199）12 月，作者在其兄长即位第 83 代“土御门天皇”（在位：1198-1210）后成为親王。后又成为皇储皇太弟。承元 2 年（1208）12 月“元服”（成人式）；翌年，娶九条良経之女立子为“御息所”（皇妃）。承元 4 年（1210）11 月接受兄皇禅让，践祚日本第 84 代天皇，时年 13 岁。

承久 3 年（1221），作者与父“后鸟羽院”（太上皇），举兵讨伐鎌倉幕府的北条氏（史称“承久之乱”）。但因力不从心，最后以失败告终，被流放到“佐渡岛”，人称“佐渡院”（太上皇）。22 年后 46 岁时，在岛上愤然绝食而死。后遺骨帰都，安置在“後鳥羽院”的“大原法華堂”（佛堂）旁側。建長元年（1249）追贈謚号为“順德院”（太上皇）。

作者幼少时期，曾师从藤原定家学习和歌，对作诗吟詠极为熱心。早年即在宫中频繁举办各种诗会，如建暦 2 年（1212）的“内裏歌合”，建保 2 年（1214）的“当座禁裏歌合”，同 3 年的“内裏名所百首”诗选会，同 4 年的“百番歌合”，同 5 年的“四十番歌合”，“中殿和歌御会”，承久元年（1219）的“内裏百番歌合”等。甚至于貞永元年（1232）在流放地“佐渡岛”，仍然笔耕不辍，创作诗歌百余首（后编成《順德院御百首》诗歌集），并将诗作抄送给藤原定家和父皇“後鳥羽院”（太上皇），请求评点，谋求认可。对此，藤原定家曾于嘉禎 3 年（1237），给作者的百首诗歌加注評語，随后奉还。

作者一生，为日本和歌的发展与传承作出了突出贡献。此外，还著书有：描写宫廷轶事的名著《禁秘抄》，平安诗歌学集大成之作《八雲御抄》，日記《順德院御記》等。生前诗作，后人选各部“勅撰和歌集”的作品达

159 首。另著有自撰家集《順徳院御集》（又称《紫禁和歌草》）一部。本人后人选“新三十六歌仙”之一。

本诗简说：

本诗选自《続後撰和歌集》雑部下・第 1205。这是《小仓百人一首》的收尾之作，流传甚广。作者 20 岁时，正当朝廷与镰仓幕府的关系不断恶化，对立加剧时创作的。诗中表露出作者对世事变迁，荣辱盛衰，万事无常的感叹与无奈，使人似感到无限的怅然与悲凉。编撰者藤原定家把本诗作为《小仓百人一首》诗选集的最后一首，也许有其深意吧。

名词释义：

1.《八雲御抄》 顺德天皇所著的“诗学论著”。全书共六卷，分别为：卷 1 正義部（论述六義，歌体等），卷 2 作法部（介绍古代诗会及诗集编撰等），卷 3 枝葉部（天象地儀），卷 4 言語部（诗作语言），卷 5 名所部（诗作地点与出典），卷 6 用意部（著者诗论观点）。具有非常珍贵的日本文学史料価値。

2.《禁秘抄》 顺德天皇所著书籍，共 2 卷（一说 3 卷）。成书之初称《順徳院御抄》,《建暦御記》或《禁中抄》。南北朝時代（1336-1392）后，约定成俗为現有書名。《禁秘抄》的主要内容有：儀式，法令，軍陣和作法等，同时披露了许多鲜为人知的宫中秘事，約有 90 項之多。是了解自平安时代（794-1185）到鎌倉時代（1185-1333）初期，日本宮廷内部诸事的絶好史料，极具权威性和真实性，历来备受珍视。

3. 佐渡岛 位於日本海東部的島嶼，距本州距離约 30 公里，屬今新潟縣佐渡市管轄。岛屿面積约 854 平方公里，岛上有金银山，盛产黄金白银。是古代日本的主要罪犯流放地之一。

用语索引

1. 大宰府（公元 609 年）

古代日本朝廷设立在“筑前国”（今福冈县北部）的唯一驻外机构，主要负责日本的外交事务和当地的军政管理。当时，整个日本西海道（九州地区）全域均处于大宰府的管辖之下，并被赋予抵御外寇人侵和办理国家外交的重责。大宰府前身是“筑紫大宰”，名称始见于公元 609 年（推古天皇 17 年）的推古天皇一朝。当时朝鲜半岛的新罗国屡屡发生问题，也是日本开始外派“遣隋使”的重要外交时期，这些事务均交由大宰府负责实施。

公元 663 年，朝鲜半岛发生“白村江之战”。前往百济国救援的日军，不敌唐朝和新罗国的强大联军，在海战中大败后，与百济国的遗臣们一起撤到日本境内。为了防止唐朝，新罗国进一步跨海进攻，天智天皇决定并着手沿对马，一岐，筑紫海岸一线，配置“防人”（戍边兵士），布置烽火台。又将大宰府从“那之津”，“水城”一线大幅后撤，同时在大宰府新址前的山地上，筑起长长的土垒连接起来。土垒全长 1.2 公里，高达 13 米，其上埋有“木樋”，可将海水引入土垒前堀池内，构成水壕，用于防御，称水城。

而且，还让百济国的遗臣们在大宰府“都府楼”的后山之上，建造大野城居住。大野城沿研钵状山脊建城，有周长约 6.5 公里的土石垒，在北侧山谷筑有所谓“百间石墙”，意在固若金汤。此外，还在重要场所建造兵营，武器仓库，粮食仓库等建筑物。现在仍能确认的就有 60 多栋建筑。后因围绕朝鲜统一问题，唐朝和新罗国发生争执，已无暇它顾，使日本逃过一劫。

根据律令规定，大宰府官职设置为：主神（又称“大宰帅”），帅，大贰，少贰，大监，少监，大典，少典，大法官，少法官，大令史，少令史，木匠，少工，博士，阴阳师，医生，算师等官职；下辖：防人正，防人佑，令史，主船，主厨，史生等下级官吏。大宰府统辖范围广大，覆盖日本西海道各国，即：九国三岛（筑前，筑后，丰前，丰后，肥前，肥前，肥后，日向，大隅，萨摩九国和壹岐，对马，多州，三岛），因此，被称为主神的“大宰帅”官阶很高，相当于中央朝廷的“太政官”一职。

大宰府在文化上，也是日本西海道的大本营。境内建有观世音寺，内设佛教戒坛；在学问方面，设有学业院，地位崇高。学问博士们在此研习汉籍五经，学习《史记》，《汉书》，《后汉书》，《三国志》，《晋书》等汉学史籍。也是当时日本学问和文化的中心之一。

2. 出雲大社（公元 659 年）

出雲大社位于日本岛根县出云市大社町。古时称：天日隅宫，天日栖宫，出云石宫，严神之宫，杵筑大社等。出雲大社祭祀“大国主神”。据传说，“大国主神”是日本最高神“素盏鸣”神之子（见《日本书纪》），在“因幡”（地名）白兔神话中被称为慈爱之神；“素盏鸣”神曾与“少彦名”神一起在日本开疆扩土，教授农耕之法，教授治病疗疾，驱灾避难的医药和禁忌之法。传说“大国主神”在“天孙琼杵尊”神降临地上之际，即将国土让给了天孙，自己退出主位，成为只管幽事之神。

还有传说：“天照大御神”为统治“苇原中国”（即日本列岛），接连派遣“天忍穗耳命”神，“天菩比”神，“天若日子”神等，先后降临地上，试图占据列岛，但均未成功。后又派遣“建御雷”神，“天鸟舟”神，来到“出云国”（今岛根县）伊那佐小海滨，拔出“十拳剑”，质问盘腿而座的“大国主神”，逼迫其让出统治权。“大国主神”把责任推给两个儿子“事代主”神和“建御名方”神，自己成功脱身。于是，“建御雷”神逐一降服二神。无奈之下，“大国主神”才将国土让给“天照大御神”。

后来，“天照大御神”为“大国主神”建造了神宫，让自己的儿子“天穗日命”神虔诚供奉。据《日本书纪》记载，日本崇神天皇在位时，因一次没有祭祀“大国主神”，就有“丹波国”（今兵库县）神童频托梦境，显示神灵，加以斥责。自此，崇神天皇下达敕令，今后不得怠慢，由朝廷直接负责管理大国主神神宫，每年都要举行盛大的祭祀活动。

据说，在每年的“神在月”（即 10 月），日本全国的八百万神灵，都要聚集到此，举行神议。对于出云大社来说，就是“神在月”，要举行盛大的“神在祭”（农历 10 月 11 日-17 日）。为此，在出云大社主殿两侧，建设 19 个小型神社，用于专门接待由各方赶来的众神。此外，出云大社的参拜方式也传承古法，遵循“二礼，四拍手，一礼”的程序。比参拜一般神社多两次拍掌，成为出云大社的独特象征之一。

历史上，公元 659 年（齐明天皇 5 年）曾在出云国修筑神殿；765 年（天平神护元年）中央朝廷册封 61 位神官；851 年（仁寿元年）规定神官职级为从三品，勋章八等；859 年（贞观元年）正月规定最高神官为叙正三品，5 月升为从二品，867 年为叙正二品，品位极高。到日本延喜年间，神殿名称改为“名神大社”，深受朝野尊崇，成为出云国第一神宫。到武家政权时代后，镰仓幕府创始人源赖朝，一边企图压制神主家势力，一边又在 119 年（文治 6 年）正月供奉神剑等圣物，进行顶礼膜拜。到 187 年（明治 4 年）又被定名为“官币大社”，1917 年（大正 6 年）改定为“敕使参向社”（意即：天皇派特使参拜的神社），品格进一步提升。

3. 日本佛教（约公元 6 世纪）

公元 6 世纪前后，大乘佛教经由中国，百济国（朝鲜半岛）传入日本。大乘佛教采取菩萨的利他主义，主张众生皆得拯救。其特征是宣扬普渡众生的“空”的思想，与原始佛教以出家为前提，追求个人领悟的教义不同。

日本圣德太子（574-622）正式把佛教引入日本，并使其生根发芽，普及发展。圣德太子除大建寺院外，还著有《三经义疏》一书，讲授佛教思想。《三经义疏》即：1.《法华经》（讲述众生平等得救的故事），2.《胜鬘经》（讲述如来藏思想），3.《维摩经》（《空》的注释书）。据说，圣德太子甚至可以默写出这些经典著作。

到日本奈良时代（710-794），在京城平城京，所谓的佛学“南都六宗”开始兴盛起来。六宗即：三论宗，成实宗，法相宗，俱舍宗，华严宗和律宗等。进入平安时代（794-1192）后，最澄和尚与空海和尚，又将取自唐朝的佛教密宗，开始在日本传播。最澄法师将“圆（天台教理），戒（戒律），禅（禅行法），密（密教教义）”加以合并，以“四宗合一”为基础，开设了日本天台宗佛教派系；而空海大师，则开创了传播正宗密教的日本真言宗。

平安时代（794-1185）末期，由于释迦牟尼涅磐两千年后，“末法思想”的流行和饥荒瘟疫频发，人们的不安和绝望情绪广泛蔓延。在这一社会背景下，只要高诵“南无阿弥陀佛”，任何人都能到达极乐净土的“净土信仰”，应运而生，开始盛行起来。倡导“净土信仰”的是法然和尚及其弟子亲鸾和尚。同时，日莲和尚从天台宗信仰中脱离出来，视《法华经》为独尊，倡导并开创了“南无妙法莲华经”的日莲宗教派。

随后，与主张念佛派大唱反调，提倡通过坐禅修行即可开悟的日本“禅宗”派，也由远渡中国学习归来的，荣西与道元两位和尚共同创立。至此，日本佛教开始呈现多派林立的繁荣态势，名家辈出，蔚为大观。最终归于 13 家佛教宗派。分列如下：

1.【法相宗】 日本飛鳥時代（592-710）至奈良時代（710-794）成立的“奈良佛教”宗派之一。其特点是，深受玄奘三蔵唯識教義的強烈影響，也称“唯識宗”，由入唐留学的僧道昭传到日本。法相宗総本山，是今奈良県奈良市的薬師寺和興福寺。两寺院創建史超 1300 余年。公元 1998 年被指定为世界文化遺産之一。

2.【华严宗】 开山鼻祖是受日本东大寺邀请，前来传教的中国和尚审祥。审祥和尚主持建造了东大寺卢舍那佛像（即奈良大佛）。华严宗认为，其本尊是“绝对佛毘卢遮那佛”，以《华严经》为终极经典。但由于其独特而令人难解的教义思想，不易被广泛接受，目前其势头在逐渐衰退。

3.【律宗】 律宗原本是实行严格戒律的中国佛教派别。公元 753 年远渡重洋来到日本的鉴真和尚，在东大寺开设律宗戒坛。后以唐招提寺为总本山，致力于戒律的推广研究和探索。

4.【天台宗】 天台宗始祖是日本的最澄和尚，信仰释迦牟尼佛；重要的经典是《法华经》。一般认为，天台宗是现代日本佛教的“原点”。

5.【真言宗】 真言宗是日本佛教密教宗派。创始人是空海法师。本尊为大日如来佛。据说，该派在中国密教还没有流传开来时，就被空海和尚带到日本，开始立宗传教。真言宗信奉佛经《大日经》，《金刚顶经》和《苏悉地经》等三部经书，通称“秘密三部经”。该宗认为，如欲成佛必须领悟：1. 六大，2. 四曼，3. 三密。“六大”即大日如来之物；“四曼”即大日如来之像；“三密”即大日如来之动作。根据这 3 个理论观点，最终确立了“即身成佛”的佛教密宗理论。

6.【净土宗】 始祖是日本法然和尚。信奉本尊阿弥陀如来。经典有《净土三部经》。法然和尚倡导南无阿弥陀佛的“专修念佛”思想。

7.【净土真宗】 开山祖是亲鸾和尚，所奉本尊是阿弥陀佛如来，经典为《净土三部经》。第八代继任者莲如和尚（亲鸾之十世孙），曾主持修建著名的“本愿寺”，大力推广亲鸾和尚的教义。

8.【融通念佛宗】 该教宗又称“大念佛宗”。鼻祖是良忍和尚（1072 年-1132 年）。良忍原本是天台宗僧侣，平安时代（794-1192）末期，在京都比叡山得一偈，曰“一切人一人，一行一切行，一切行一行，是名他力往生。十界一念，融通念仏，億百万遍，功徳円満”。于是顿悟，创立了本宗，并建立起“一人念佛即万人念佛”的通融念佛理念，带领众结缘人在日本各地进行传教。総本山是大念佛寺（在今大阪市平野区）。

9.【时宗】 开山祖是“一遍房智真”和尚，创立于日本文永 11 年（1274 年）。总本山是位于神奈川县藤泽市的清净光寺。供奉本尊阿弥陀如来。以《无量寿经》，《观无量寿经》，《阿弥陀经》等“净土三经”为经典。宗名依据《阿弥陀经》经文“临命终时”而来，意即：人生无常，时刻处于生灭之中，故“平生”与“临终”无差别。时宗在布教时，常采用吟唱“和歌”或赞美词等方式进行，主张只要念佛即可往生的思想，简便易行，信奉者众多。

10.【日莲宗】 始祖日莲和尚，从天台宗分出后，创建了日莲宗。信奉经典《法华经》。日莲宗提倡并推广“南无妙法莲华经”的法华信仰。

11.【曹洞宗】 日本佛教禅宗的著名派别之一。始祖为道元和尚，主张“修证一如”，即“只管打坐”和“坐禅”的“修证一如”思想。著作有《正法眼藏》。曹洞宗作为日本禅宗的一大派别，历史上曾与幕府政权有着密切的关系。曾在中下层武士中进行传教活动，宣扬“默照禅”，即：在僻静山林中一心坐禅，“不顾万事，纯一辨道”。

12.【临济宗】 日本佛教禅宗的另一主要派别。主张“修习禅定”，故名禅宗。该宗派在1192年，从印度经由中国传到日本。僧人荣西在日本建造第一座禅寺。临济宗强调极强的自制力和简朴性，又引生出日本茶道的审美观。一般认为，禅宗之禅已成为是日本的灵魂，渗入到日本人生活中的方方面面；荣西和尚与日本茶道的关系在临济宗著作《吃茶养生记》中有相关介绍。

13.【黄檗宗】 日本佛教“三禅宗”派别之一。是禅宗中最晚确立的派别，始于江户时代（1603-1868）。開山祖是中国和尚“隐元隆琦”。宗名取自中国黄檗山萬福寺。隐元和尚于日本承応3年（1654），受長崎崇福寺住持“逸然性融”等尚人的多次懇請，随福建和尚“独湛性瑩”一同来到日本。到日本后，曾謁見江户幕府第四代将軍德川家綱。后在“山城国”（今京都府南部）宇治（地名）建立了黄檗山萬福寺堂宇。其後，又在江戸（今东京）建瑞聖寺，将禅風带到日本関東地方。1874年接受明治政府教部省命令，该宗与臨済宗合併，1876年再次独立至今。该宗風仍采用中国明代的念佛禅，在日本約建有450个寺院。

4. 大尝祭（公元673年）

“大嘗祭”是日本天皇継承皇位时举行的，一世一次的最重要的传统神事。据说始于奈良時代（710-794）之前，是不与外人道的“神秘”仪式。仪式从新天皇即位当年的11月14日傍晚开始启动，一直持续到翌日夜明。新皇向日本诸神供奉当年新米，感谢并祈求国泰民安及五穀豊穣。

亀卜新米产地

在“大嘗祭”举行的半年前，要选定仪式中使用的当年新大米。具体作法是：在当年的 5 月 13 日，于皇居宮中三殿举行“斎田点定之儀”，即通过亀甲卜定之法，选定“大嘗祭”所用新米的产地（称“斎田”）两处，即东西日本各一处。东部斎田称“悠紀田”；西部称“主基田”。

亀甲卜定以秘儀方法进行，具体细节从未公开展示。现在举行亀甲卜定的地点是在东京皇居，宮中三殿神殿内与神殿前庭。首先将来自東京都小笠原（海岛）原产的“青海亀”甲羅，切割成日本“将棋駒子”的形状，削薄后放在火上炙烤，然后观其火烤后亀甲面上出现的裂纹，来作决定。这种亀卜办法最早见公元 701 年日本《大宝律令》时代的記録。

收割新稻米

日本第 126 代德仁令和天皇即位时，于 2019 年 9 月 27 日，曾在日本栃木県和京都府两块斎田进行“大嘗祭”稻米收割仪式，称“斎田抜

穂之儀”。在此之前，皇居宮内庁已于同月 18 日，决定了具体的两块斎田，即：1. 位于栃木県高根沢町的东方斎田“悠紀田”，2. 京都府南丹市的西方斎田“主基田”。

在“抜穂之儀”上，“大田主”（即斎田耕种着）身着白色装束，与当地“奉耕者”（即農家诸人）进入斎田，使用鎌刀收割稲谷。稻米品名分别为“栃木之星”和“基努之光”两种。然后分别做成精米 180 公斤和玄米（糙米）7.5 公斤进贡于皇居，以备“大嘗祭”时，正式作为供奉众神的新米和酒，并在祝宴料理中使用。

大嘗宮之儀

“大嘗祭”的中心儀式，即“大嘗宮之儀”在 11 月 14 日夕开始，二种儀式依照同一所作重复进行。在东京皇居東御苑，专门为儀式临时建造

的大嘗宮内，在笼罩着闇淡气氛的午後 6 時半正式开始，所有照明一律不得使用電气光亮。

身着白色祭服的天皇，在昏暗的光线中，缓缓步入祭場殿舍“悠紀殿”。这个环节称“悠紀殿供饌之儀”。随后，进入“奥内”（最里面）的天皇，在天然照明灯火中，面向皇祖天照大神的“神座”安坐。然后亲自将“悠紀田新穀調理诸供品”，如：炖鲍鱼等食物，白酒黒酒等酒品，依次进献给各位神座。继而，向诸神宣读“御告文”，表示感谢诸神对国家的庇佑，保佑国民安泰和五穀豊穣等。最后，开始品尝与诸神供品相同的食物和酒品，称“直来”。

于此同时，皇后身穿白色祭服“十二单”（12 件层之意），在距离“悠紀殿”最近的殿舍，进行祭拜皇祖仪式。亲王夫妇等其他皇室，族人等，均着上古装束，参列仪式进程；整个仪式約进行 3 个小时。仪式结束后，天皇休憩至次日，即 15 日午前 0 時半。然后，又开始进入另一祭場殿舍“主基殿”，依照同样方式举行“主基殿供饌之儀”。

天皇秘儀

据说，植根于日本独自農耕文化的“大嘗祭儀式”，始于第 40 代天武天皇（在位 673-686）時期，历史久远。但即位天皇在殿内进行的一段“秘儀”，至今没有公開，颇耐人揣测和想象。据说，在“悠紀殿”和“主基殿”内天皇座位近旁，设有一个“寝座”。由此，自古便有一种流传已久的说法，认为“新天皇与神共寝始获神格”等。对此，现在的皇居宫内庁曾予以否定。

大饗之儀

“大嘗宮之儀”終了后，于翌日即 11 月 16 日和 18 日之昼，参列者应邀参加，在皇居宮殿举行的盛大祝宴，称“大饗之儀”。天皇，皇后与皇族人等，共进斎田新穀料理，共饮酒品。席间有古代歌舞（称“御神乐”）表演，直到结束。至此，日本新天皇一生一次的即位“大償祭”仪式落下帷幕。

5. 八色姓氏制（公元 684 年）

日本天武 13 年（684）制定的姓氏制度。“八色之姓”氏制即：八种特殊的姓氏之意，是在以往姓氏制基础上，重新作出的新规。八色姓氏分别为：1. 真人（まひと）(主要赋予皇室家族)，2. 朝臣（あそみ・あそん）(皇族以外的最高姓氏)。其它为 ：3. 宿祢（すくね），4. 忌寸（いみき），5. 道师（みちのし），6. 臣（おみ），7. 連（むらじ），8. 稲置（いなぎ）。等 8 个等級。依次明确了各姓氏家格的尊卑次序，同時将各氏族置于中央朝廷的統制之下。

1. 真人姓：継体天皇一朝後，专门授予以天皇为直系先祖的公姓豪族；
2. 朝臣姓：授予“皇别”（皇室血缘系统）諸氏；
3. 宿禰姓：授予原持有“连”姓的有势力的中央朝廷豪族诸氏；
4. 忌寸姓：专授帰化系（海外血统）氏族的赐名；
5. 道師姓：授予技芸（特殊技艺）世襲族人的氏族；
6. 臣姓：授予上升为“朝臣”姓以外的原“臣”姓诸氏；
7. 連姓：授予“宿禰氏”家族中原有“臣，連”姓氏的族人；
8. 稲置姓：保留的原有姓氏，主要授予地方官员；

注：据说，在日本所有史书上，至今没有找到“道师”賜姓的実例。

6. 藤原京（公元 694 年）

日本飛鳥時代（694-710）的都城，位于今奈良県橿原市，明日香村一带，三面环山（从宫城可见香具山）。公元 676 年由当時日本第 40 代天武天皇（在位 672-686）降旨，开始兴建。于公元 676 年开工建造，704 年完成。期间，因天武天皇崩御，工事一時中断。后奉持統天皇（女性）之命，于公元 690 年重開建設，前后耗时 14 年。

作为皇宫朝廷所在地，时间跨度为日本持統 8 年（694）始至公元 710 年，历经持統，文武，元明天皇等 3 朝，共 16 年。据考证，宫城单边长度約 1 公里，其中建有大極殿，朝堂院等施設和天皇居所“内裏”（内宫）等；都城整体规划，采用唐都的“条坊制”都市布局，总面积约为 25 平方公里。是日本真正意义上的皇宫和国都建筑。

据《日本書紀》記載，持統天皇遷宮到“藤原京”是在公元 694 年 12 月 30 日，当时的名称是“新益京”。是日本第一次尝试大規模建造的，最古老的宮殿建筑。建设采用唐長安城的“条坊制”，区画整齐，街道布局如围棋棋盘。特别是天皇居住的内宫与官厅官衙併設，是一大特点。宫殿“藤原宮”的建设则采用葺瓦屋顶和立柱塗朱，使用支柱加强结构。宫城面积规模之大，堪称古代日本都城建筑之最。

此外，为防止外部攻擊，宫城加强了城壁和正門的加固。日本天武天皇（在位 :672-686）前的历任天皇，每位即位后即遷新宫已成惯例。但藤原京却持续使用了持統天皇，文武天皇和元明天皇等 3 朝，时间长达 16 年之久。

藤原京被弃原因

一般认为有两种原因。一是：环境衛生方面的問題。离河流较远，水源不足；藤原京的地形位置是東南高，西北低，因高低差的缘故，导致污物污水等易于流入京城中央的皇宫，造成疫病流行。

二是：藤原京的位置离飛鳥较近，旧有强势豪族多长期居住在周边，对朝廷施加政治影响。当時的朝廷权臣右大臣“藤原不比等”认为，这不利于朝廷掌握和行使權力。为远离旧有豪族的影响，巧立口実果断遷都。

7.《大宝律令》（公元 701 年）

日本有史以来的，第一部比较完备的法律法典，共 17 卷，于日本大宝元年（701）完成编制，故称《大宝律令》。其中“律”（即刑法）有 6

卷，“令”（即行政法民法等）有 11 卷。据说，是以中国大唐的《永徽律令》（651）和《永徽律疏》（653）为藍本制定的。《大宝律令》在文武天皇即位（697）前後，与日本另一部原始法律《浄御原令》同时修订編纂，并在此基础上，加以扩充和完善。

《大宝律令》的編纂，具体由文武天皇的叔父刑部親王，以及中納言“藤原不比等”等人为主进行。公元 700 年（文武天皇 4 年）3 月完成，翌 701 年 3 月大宝建元之年正式实施。同年 4 月，刑部親王等官人开始宣讲，6 月面向僧綱（僧侣官），8 月面向日本諸国（各地方国），讲解《律令》内容。中央与地方一般行政于同年 6 月依据新令统一執行管理。至此“令律”两法齐备，日本进入古代中央集权的封建法统国家。

此外，为进一步细化法律条文和实施细则，在日本養老年間（717-724）又撰修了《養老律令》，并以此法逐步替代《大宝律令》，进入具体实施阶段。现存的養老令古籍中，有官撰注积書《令義解》（公元 833 年编撰，公元 834 年施行）和《令集解》（公元 9 世紀後半 10 世紀初撰写）28 篇 904 条；还有“律”約 500 余条，其余部分均已散失。

8. 律令制（公元 701 年）

基本理念

日本的“律令制”是在引入中国隋唐律令的法体基础上形成的，约完备于公元 7 世紀後半叶。“律”一般指刑法，“令”泛指行政法及民法等法律概念。日本决定引进“律令制”，反映了当時皇室，中央豪族等统治層，为适应隋，唐帝国的出现，而急剧变化的東亚情勢，客观上要求实现權力集中，克服旧有氏族制政治体制的迫切性。

權力集中于国家（天皇）的举动，可以从公元 645 年（日本大化元年）的“大化改新”运动中初见端倪。在公元 663 年（天智天皇 2 年）朝鲜半岛“白村江之战”戦敗後，到公元 672 年（弘文天皇元年）“壬申之乱”後的天武，持統两朝时，以隋唐律令制为基軸的中央集權国家構想

（皇室中心）逐步明確，随着一系列具体政策的颁布，进一步巩固了律令体制的基礎。具体措施包括：颁布国家户籍注册制；制定“班田収授法”；完备地方行政組織建制，设国，評（后改为郡）里的三级地方行政管理体制，规定每 50 戸为 1 里的最小行政区划；整备兵役制和軍队，建立军团，兵士制等。并于公元 701 年（大宝元年）制定颁布《大宝律令》，建立以中央“八省”（机构）为中心的中央朝廷体制，统辖全国。至此，日本律令制体系基本建立完成。

与中国隋唐朝的律令制不同的是，为适应日本社会的親族制度等固有特点，明确日本律令制是以天皇为中心，并由各中央豪族構成支配層的国家权力体系。明确天皇拥有最高统治权，君临天下。天皇的意志通过詔勅下达。国政事項，则由强势豪族代表者構成的“左，右大臣”和“大納言”等“太政官”经过讨论，最终奏请天皇认可后贯彻实施。日本天皇虽身处权力中心，却没有中国皇帝的绝对専制権。天皇的作用基本限于高級官吏的任免，軍隊的発動和刑罰権的行使等权力帰属。

由此可见，日本的“律令制”是“大化改新”前的中央豪族，为确保自己的支配地位，集结在天皇旗下而构成的统治层管理体系。天皇的传统权威是律令制国家赖以存立和运作的基础。在国有化（天皇所有）的过程中，各中央豪族虽然失去了私地，私民，但作为朝廷官吏，可以巧妙地透过国家和官府機構等形式，一元化地，更加强有力地支配人民。客观上促进了日本社会的整体发展，巩固了原有的経済基础。

与律令制国家统治相配套的，是官阶品位身分制。有官职品位者依据官位制，被赋予相应的官職，并每隔一定年数，按照功劳晋升官位，遷任上一級官職。官人按各自品階，官職，享有食封，禄，田，“資人”等资源，同时免除課役。但是，在一品至五品的上級官人与六品至初品的下級官人之间，待遇差距显著；五品以上官人的子弟在步人官途时，可享有“蔭俸制”的特别待遇，使上級官人作为貴族，得以保持其特殊身分和地位。

在律令制下，百姓划分为良，賤二大类。賤民包括：公有官戸，陵戸，官奴婢，民間的家人和私人奴婢等。此外，还有部分被称作“品部”“雑戸”等特殊身分之人。这些人可以利用本身的技能继续服务于朝廷；賤民占全国人口比率的10%以下，主要集中在寺院，中央，地方豪族和大户農家手中，为其所有；良民一般泛指農民，即当時農業生産的主要承担者。良民（农民）分有“口分田”，是从事农田耕作的自由民，可以任意开拓荒地为耕地，归己所有。而农业再生産必须的粮種和用水施設等管理権，则均掌握在国家手中。良民只对国家承担耕种农田的劳役，并上缴田租等税赋。

律令行政

律令行政，通过设置中央“二官八省”制来具体实施。二官是：1. 管辖中央祭祀活动的“神祇官”，2. 负责国政的“太政官”。“太政官”下设置八省（行政机构），即：1. 中務省，2. 式部省，3. 治部省，4. 民部省，5. 部省，6. 刑部省，7. 大蔵省，8. 宮内省等。各省内设置若干下属官司作为従属，分担各自的具体政務。此外，还设有監督官吏綱紀的“弾正台”和親衛軍的“五衛府”。所属各官司又分别设有長官，次官，判官和主典等4等官职。

其下再设置“舎人”，“史生”，“伴部”和“使部”等下级官职，官人。地方分为国，郡，里（郷）三级“政所”，设“国司”，“郡司”，“里長”官职进行管辖。“国司”由中央官人轮流赴任；“郡司”多为当地统治者原担任“国造”一职的地方豪族担任，任命令由中央朝廷发出。郡，里各职则由“国司”任免。

主要交通：全国道路设置駅馬，传馬；地方奏请由“四度使”（即“大帳”，“調帳”，“正税帳”和“考文”）等人员携带文書，赴京城報告朝廷。此外，朝廷还在特定地域设置管理机构，如京城的“都京職”，“難波津”的“摂津職”和负责九州地方行政辺防外交事務的“大宰府”等。

全国设置軍団，以作为常備軍；百姓作为无偿耕作“班田”（农田）的对等代价，有承担兵役的义务。成年男子按照1戸3抽1的比例进行徴兵。但据研究，事实上并没有建立起全国统一的兵役制度，只有“東国”

（关东地区）承担了“防人”（戍边兵士）的兵役义务。

刑罚设五刑，即：笞，杖，徒，流，死，又細分为 20 个等级。日本的刑罚量刑一般有輕減倾向，其它皆承袭中国唐律規定。另外，扰乱国家宗族秩序罪称“八虐”，属于重罪；“杖罪”以下的断罪權归各”国司”；“笞罪”的断罪權归郡司掌握。

土地与農民

律令下的土地制度，日本朝廷仿造唐朝的“均田制”，制定了“班田收受”制（即“班田收授法”）。其目的是，防土地过度集中于少数人，確保国家税収。原则是，朝廷把全国的田地实行一元化所有和管理，然后再租给每人一定的面积进行耕作，收获后征收租税。

具体做法是：6 歳以上的男女按照男子 2 段（約 23 公亩），女子 3 分之 2 段，家人，私奴婢为 3 分之 1 段的标准，把田地授予农民耕作，并按每 1 段田地（約 12 公亩）收稲谷 1 束 5 把，作为国家税赋上缴。租户死後，田地收回国家。然后再分配给新达規定年齢的人。也可以把公田转贷给农民耕作，收取“地子”（即地租）。朝廷每 6 年一次，按戸籍重新进行审计与统计。

此外，还对職田，位田，功田，神田和寺田等作出详细规定；对于山林原野，可以公私使用，但禁止占有；農民的園地，宅地允许私用，但園地只能用于栽种桑漆之树，不可擅作它用。

全国人口被编成各戸，每 5 戸为一保，负担治安納税的連帯責任。根据公元 8 世紀的戸籍统计记录，日本 1 戸平均有 25 人左右，鲜有超过 100 人的戸。戸籍每 6 年重新制作一次，成为百姓身分的証明；建立“班田台帳”，并据此徵税；農民的税赋和地租，用稲谷实物缴納，作为地方政府的专项財源。此外，还有“調”，“庸”（税种名）等男子专税，主要用纖維製品缴納，并由“運脚”（搬运工）搬运到京城，作为中央朝廷，政府的財源。

还有无偿劳役：男子一年之内有 60 天须参加諸如国内道路 . 堤防工

程建设，称“雑徭”。有償労役有：雇役，仕丁和兵役等。兵役勤務于国家軍団，担任卫士，守卫京城宮城和九州地方的戍边任务等。通过这些班田，造籍，徵税，徵兵等办法，实现了中央朝廷通过各郡司等地方豪族，对全国百姓实行的一种共同体式的支配体系。

官吏体制

日本官位体制中显示官职和身份的是品阶。其高低，以距离天皇和皇族的关系远近为序，是仿照中国设立的“荫位制”。规定对初定品位官员，可参考其先祖的官位，5品以上者授予续接品位。5品以上官员和贵族子弟在21岁时，可自动继承上辈的官职，贵族制的意味和要素十分强烈。受此恩惠之人，即有朝廷所在地（畿内）的中央氏族，也有各“地方国”的传统豪族。

在中央朝廷，则建立“二官八省”机构制度，对全国实行管控。为首者称“太政官”，权限很大，可代天皇发出敕令；朝廷建有太政官，议政官的合议上奏制，在一定程度上，限制了天皇权力的实施。由此可见，当时整个国家权力，实际上是掌握在5品官阶以上身份的畿内贵族阶层和各地方豪族等实权派的手中，并由他们共同拥立和维系着日本大和政权的权力架构。

律令制机构图示：

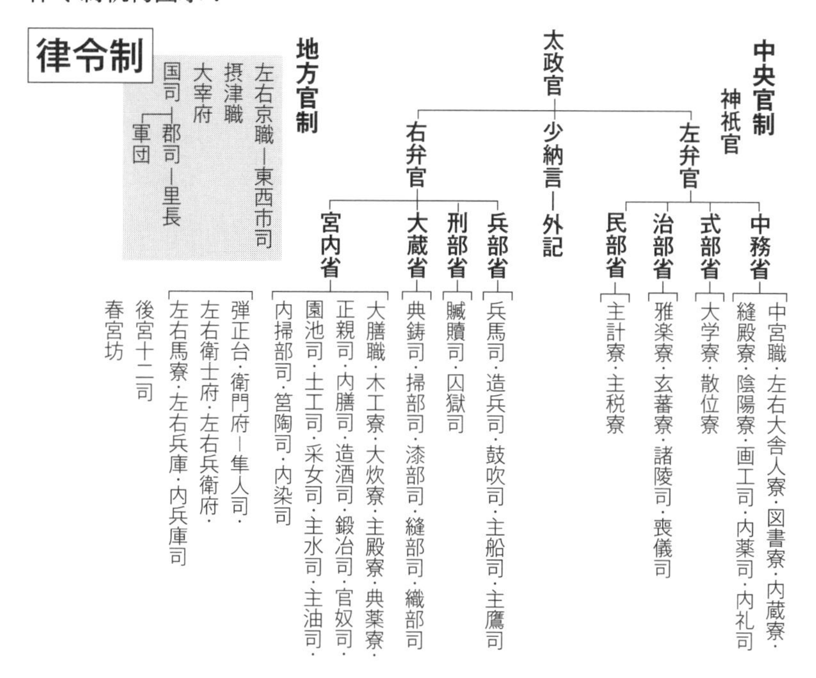

9. 神道（公元 701 年）

神道是日本的本土宗教，最初形态与农耕文化和水稻种植有很大关系。日本进入弥生式文化时代后，农耕生活开始固定。与此同时，神道的最初形态开始形成。关于日本原始神的观念，首先有古史籍《古事记》，《日本书纪》中的记述，以及古代祭祀遗迹和古老神社等方面的记忆。首先，人们在与自然密切相关的生活中，具体接触到月，海，山，川，木，还有雷，电，风等自然风物与现象，感受到冥冥之中存有超出人力的巨大威力，咒力和神圣性，于是便作为神灵而敬畏和膜拜。

其次，古代日本人认为镜子，剑，玉等物品也存有灵力，具有神圣性。这一类属于“杂物神灵崇拜”的观念范畴，似为日本人所固有。

再次，在以农耕生活为中心的血缘同族集团中，也有对家长，氏族长辈崇敬之情的存在，并在其死后被净化，神化，加以尊崇；同时也有对同一匠人职业集团的祖先，地域开拓之长的尊敬，受到恩惠的后人，把他们作为神灵来崇拜。

古代日本人虽然有自然崇拜，庶物崇拜和祖先崇拜的神视观念，但也并不是把所有的神都作为祭祀对象。相信神的存在和对其崇拜祭祀是两回事。作为祭祀对象的神灵，必须是能给自己的生活带来“实惠与事由”等实际利益的。神灵的作用，只有在直接关乎人们日常生活的情况下，才能成为祭祀神。

原初时代，在日本祭祀神时，只是安排一些简易的神篱，磐境等环境，用于招神祭神之用，并没有以神社，神殿的形式进行祭祀。随着模仿大陆国家的政治体制逐渐完善，到圣德太子时期，朝廷大力推行奖励佛教政策后，佛教寺院得以在各地建设。受此影响，神道也不再以往日那种，在简易的神篱，磐境进行祭祀，开始模仿佛教寺院，建造大型神社构建，以供奉被尊视的祭祀之人或物。

此后，到天武天皇时期，神祇制度开始整备。到推古天皇（女）时期，圣德太子推行的政策，孝德天皇推行的“大化改新”，以及天智天皇在近江“大津京”的治政措施，都对于积极引入大陆的神祇文化起到了决定性作用。到天武天皇治政时，又建立了伊势神宫的“式年迁宫”制，恢复完善了斎王斎宫舍，推行神社祭礼的规范化，以及国家仪式化等，奠定了日本神祇制度的基础。因此，从神道史来看，天武天皇时代是一个里程碑，也是神道与国家发生关系的重要时期。同时期还为纠正《帝纪》，《旧辞》中的记述错误，开始编撰史书《日本书纪》和《古事记》，把日本远古的神话传说正式写入正史之中。

10. 奈良時代（公元 710 年-794 年）

日本奈良時代始于公元 710 年（即“平城京”建成之年），到 794 年京都迁移到“平安京”，前后約历时 85 年。奈良時代的天皇，从第 43 代元明天皇（女性，在位：707-715）到第 50 代桓武天皇（在位：781-

806)，共 7 任 8 代。(其中孝謙天皇有 2 次即位，第 2 次称：称德天皇)。国家政体学习中国唐朝律令政治，实施以天皇为中心的中央集權制，建立起封建“律令制”国家政治结构体系。

平城京

位于日本奈良，三面有山丘，前面为平原，从京城高处，可俯瞰奈良盆地。“平城京”以唐都長安城为蓝本设计営造。其規模：南北长約 4.8 公里，東西长約 4.3 公里，中央有南北向朱雀大路；内宫置于北端，東側附设外宫，中央处有宏伟宮殿。都城格式如碁盤布局，除有貴族邸宅和庶民家外，还建有几座大型寺院。“平城京”内居民数量，説法不一。一般认为，上至天皇貴族，下至庶民百姓，共有 10 万余人生活其中。奈良古城整体色彩为“青丹色”(即緑青色和朱色之意)。房屋有青緑帘子窓，瓦，白壁，朱色柱；宮寺神社色彩缤纷，时称“極彩色之都”。

奈良大事

期间，《大宝律令》17 卷編纂完成。以聖武天皇（第 45 代天皇，在位：724-749）及其女儿孝謙天皇（在位：749-758）为中心，建立起基于《大宝律令》的律令国家体制。根据律令规定，朝廷设置两大中央官庁机构，行政机构称“太政官”；神祇机构称“神祇官”。“太政官”设官职依次为：太政大臣，左大臣，右大臣，大納言等；下设执行機構称“八省”，即：1. 中務省，2. 式部省，3. 治部省，4. 民部省，5. 大蔵省，6. 刑部省，7. 宮内省，8. 兵部省，统称“二官八省制”。“太政官”相当于現在的政府内閣；“省”相当于中央政府的各省庁机构。

二官掌管业务：

1. 神祇官：掌管祭祀
2. 太政官：掌管政务

八省掌管业务：

1. 中务省：诏书的制作业务等
2. 式部省：文官的人事业务等
3. 治部省：身份控制，外交业务等
4. 民部省：民政业务等
5. 兵部省：武官的人事，军事业务等
6. 刑部省：司法业务等
7. 大藏省：出纳业务等
8. 宫内省：宫中业务等

八省官职设置：

1. 长官：

太政大臣：非常设职务。按照《养老律令》规定，太政大臣“如无其人则阙”，故又称“则阙”。

左大臣：实际上的最高行政责任人。

右大臣：一般为左大臣的辅佐，如无左大臣时，则为行政最高责任人。

内大臣：《大宝律令》实施之前称内臣。律令制后，属于非编制的令外官。内大臣通常作为左右大臣的辅佐，如无左右大臣时，则为行政最高责任人。

2. 次官：

大纳言：参与朝廷议政，负责奏上宣下。如大臣空缺，则代行大臣之职。也称“亚相”。

中纳言：《大宝律令》时曾一度被废止，后恢复为非编制的令外官。据说，相当于中国唐制的“黄门侍郎”。

参议：属于非编制的令外官。从四品以上官员中选拔有才能者担任。相当于中国唐制的“平章事”或“谏议大夫”。

注：参议或三品以上官员统称“公卿”。

3. 判官：

纳言：掌管少纳言局。

左大弁，左中弁，左少弁：负责左弁官局

右大弁，右中弁，右少弁：负责右弁官局

注：两大弁官局具体担任八省日常业务

4. 主典：

左大史，左少史：属于左弁官局，处理各种日常事务。

右史，右少史：属于右弁官局，处理各种日常事务。

大外记，少外记：属于少纳言局，负责文书记录等事务。

货币与流通

公元 708 年，日本以中国唐朝钱币“開元通宝”为蓝本，开始铸造銅銭，称“和同開珎”钱。铜钱整体呈圆形，中央有正方形孔，正面刻記“和同開珎”四个字。据说，“和同”有調和之意，“開珎”有初金之意。

“和同開珎”是日本最古老的铸造与流通貨幣。据考证，一枚“和同開珎”铜币，可支付営造“平城京”时建筑劳工 1 人 1 日的薪水，可購入大米 2 公斤左右。貨幣的流通，带来了物品統一的価値観和交易便利，得到日本朝廷的大力推广。

天皇年表（38 代天智天皇-100 代后小松天皇 ）

38 代	天智天皇	てんぢ	661 年	即：中大兄皇子
39 代	弘文天皇	こうぶん	671 年	天智天皇之子 又名：大友皇子
40 代	天武天皇	てんむ	673 年	大海人皇子，提议編纂《古事記》
41 代	持統天皇	じとう	686 年	天武天皇皇后→持統天皇 迁都至藤原京
42 代	文武天皇	もんむ	697 年	
43 代	元明天皇	げんめい	707 年	迁都至平城京，重开編纂《古事記》
44 代	元正天皇	げんしょう	715 年	
45 代	聖武天皇	しょうむ	724 年	建造東大寺大佛像
46 代	孝謙天皇	こうけん	749 年	
47 代	淳仁天皇	じゅんにん	758 年	
48 代	称徳天皇	しょうとく	764 年	重祚（即位 46 代孝謙天皇）
49 代	光仁天皇	こうにん	770 年	
50 代	桓武天皇	かんむ	781 年	迁都至平安京
51 代	平城天皇	へいぜい	806 年	
52 代	嵯峨天皇	さが	809 年	
53 代	淳和天皇	じゅんな	823 年	
54 代	仁明天皇	にんみょう	833 年	
55 代	文徳天皇	もんとく	850 年	
56 代	清和天皇	せいわ	858 年	
57 代	陽成天皇	ようぜい	876 年	
58 代	光孝天皇	こうこう	884 年	
59 代	宇多天皇	うだ	887 年	爱猫有名
60 代	醍醐天皇	だいご	897 年	
61 代	朱雀天皇	すざく	930 年	
62 代	村上天皇	むらかみ	946 年	

63代	冷泉天皇	れいぜい	967年	
64代	円融天皇	えんゆう	969年	
65代	花山天皇	かざん	984年	
66代	一条天皇	いちじょう	986年	
67代	三条天皇	さんじょう	1011年	
68代	後一条天皇	ごいちじょう	1016年	
69代	後朱雀天皇	ごすざく	1036年	
70代	後冷泉天皇	ごれいぜい	1045年	
71代	後三条天皇	ごさんじょう	1068年	
72代	白河天皇	しらかわ	1072年	
73代	堀河天皇	ほりかわ	1086年	
74代	鳥羽天皇	とば	1107年	
75代	崇徳天皇	すとく	1123年	“保元之乱”失败后，被流放到讃岐岛。有怨霊传説
76代	近衛天皇	このえ	1141年	3歳即位，17歳崩御。
77代	後白河天皇	ごしらかわ	1155年	
78代	二条天皇	にじょう	1158年	
79代	六条天皇	ろくじょう	1165年	歴代最年少即位天皇（生後7个月）
80代	高倉天皇	たかくら	1168年	
81代	安徳天皇	あんとく	1180年	平清盛之外孫，“壇之浦”戦役中投海崩御，歴代最年少崩御天皇（8歳）。注：1183年~1185年与後鳥羽天皇在位期重叠。
82代	後鳥羽天皇	ごとば	1183年	“承久之乱”後，被流放隠岛。注：1183年-1185年与安徳天皇在位期重叠。
83代	土御門天皇	つちみかど	1198年	“承久之乱”後，被流放到土佐。(今高知县)
84代	順徳天皇	じゅんとく	1210年	“承久之乱”後，被流放到佐渡岛。

85代	仲恭天皇	ちゅうきょう	1221年	満2歳6个月时即位，歴代在位期最短（78天）。
86代	後堀河天皇	ごほりかわ	1221年	
87代	四条天皇	しじょう	1232年	満1歳8个月时即位
88代	後嵯峨天皇	ごさが	1242年	
89代	後深草天皇	ごふかくさ	1246年	
90代	亀山天皇	かめやま	1259年	
91代	後宇多天皇	ごうだ	1274年	
92代	伏見天皇	ふしみ	1287年	
93代	後伏見天皇	ごふしみ	1298年	
94代	後二条天皇	ごにじょう	1301年	
95代	花園天皇	はなぞの	1308年	
96代（南朝初代）	後醍醐天皇	ごだいご	1318年	被鎌倉幕府流放到隠岐島，建立建武新政，在吉野另立朝 廷（南北朝時代之始）。
97代（南朝2代）	後村上天皇	ごむらかみ	1339年	
98代（南朝3代）	長慶天皇	ちょうけい	1368年	
99代（南朝4代）	後亀山天皇	ごかめやま	1383年	
（北朝初代）	光厳天皇	こうごん	1331年	
（北朝2代）	光明天皇	こうみょう	1336年	
（北朝3代）	崇光天皇	すこう	1348年	
（北朝4代）	後光厳天皇	ごこうごん	1352年	
（北朝5代）	後円融天皇	ごえんゆう	1371年	
100代（北朝6代）	後小松天皇	ごこまつ	1382年	

11．和歌（公元 712 年）

“和歌”是日本古来固有诗歌之总称。其概念在公元 905 年，醍醐天皇正式下令编撰《古今和歌集》时得以確立。诗歌体包括，当时已定型的短歌，長歌，旋頭歌，佛足石歌等。其中短歌是：以 5 字音和 7 字音的诗句反复出现的字音数律诗，基本形式由 5，7，5，7，7 五字音句所构成；長歌是：5.7 字音反复 3 次以上，最后以 7 字音结束；旋頭歌是由：5.7.7 字音句反复 2 次构成；佛足石歌，则是刻在日本奈良薬師寺佛足石碑上，在短歌基础上再加一句 7 字音的诗体形式。这些诗歌体在日本最早的诗歌总集《万葉集》中均有所见。

《万葉集》中所収诗歌，大部分属于短歌。其它，如長歌及其它诗体诗歌，一般只在特定場合和尊重古代传统的角度，间歇地存在。而短歌则绵延不绝，一直持续到今天。从这个意义上来讲，所谓日本和歌指的就是短歌，和歌史基本上可以说就是短歌史。

日本現存最早的诗歌集是《万葉集》。然后是平安時代到室町時代陆续编撰的“勅撰和歌集”，共有 21 部（集）。此外还有大量的私撰集，私家集，以及近代以来的個人歌集。以后，又从短歌中分化出“連歌”，继而衍生出“俳諧”（又称“連句”）以及从短歌形式发展而来的“狂歌”（诗），具有讽刺意味的風刺诗“落首”（诗），以及说教性强烈的“道歌”（诗）和占卜歌（诗）等。

而其它形式的日本伝統詩歌，也大都植根于短歌。甚至后来出现的“歌謡”也受到短歌的巨大影響。此外，关于日本和歌研究的“歌学”（诗歌论）在平安時代末期，也基本完成了体系化过程，成为後来日本古典（文化）学的基础，一直延续至今。

日本最古老和歌

日本最早和歌原文：“八雲立つ　出雲八重垣　妻ごみに　八重垣作る　その八重垣”（安四洋原译：八雲起出雲，吾建八重宫，垣墻围八重，爱

妻居其中)。据传说，此诗作者是日本众神之一“須佐之男命”神。有关记载，始见于日本第一部古史《古事記》(和铜 5 年暨 712 年由太安万侣编撰）一书。写作背景是：“须佐之男命”神在斩杀“八俣大蛇”后，得美女“櫛名田比売”神，并欲在“出雲須賀”(今島根県地名）建造宮殿，以作新居。这首和歌就是“須佐之男命”神，在决定建造宫殿时，创作吟咏的。后世日本将和歌称“八雲”，将“和歌道”称“八雲道”，皆源于此。

根据日本神话传说（见《古事記》与《日本書紀》)，作者“須佐之男命”神是“伊邪那岐命”(父神）与“伊邪那美命”(母神）之子。“天照大神”(太阳神）与“月読命”(月亮神）之弟，又写作“素戔嗚尊”，“速須佐之男命”，“建速須佐之男命”等。

根据传说，“須佐之男命”神之母“伊邪那岐命”神，曾责令他支配大海，但不从，失声痛苦至胸前生出“八拳髭”，于是青山枯萎，河海干涸。在遭受父神训斥时，作者说“僕者欲罷妣國根之堅洲國故哭”(意即：我想去母亲所在的黄泉国，因此哭泣)。父神闻言大怒，将其逐出家门。

“須佐之男命”神跟姐姐告别后，奔向天国，生下 3 柱女神（即：多紀理比売，市寸島比売，田寸津比売三神)。但自身恶习不改，在天国捣毁“大御神之田”，泼粪于御殿之上，惹得天照大神（姐神）躲进“天岩戸”，从此天下昏暗。于是八百万众神将“須佐之男命”神的胡须和手足指甲剁掉，逐出“高天原”(即天国)。不得已，“須佐之男命”神自天而降，最初落脚之处就是日本“出雲国”(今岛根县一带)。后斩杀“八俣大蛇”，救出美女“櫛名田比売”，娶之为妻。然后在“須賀”地（今島根県雲南市)，建造新婚之居，并吟诗一首，成为日本有记载以来的第一首和歌。

12. 大佛像与東大寺（公元 752 年）

日本奈良時代，朝廷利用佛教，以图国家安定，称“鎮護国家”。因此，佛教受到国家大力保护，得以迅速普及。众多寺院纷纷建立，先后建有：薬师寺，大安寺，元興寺（飛鳥寺)，興福寺，東大寺，西大寺，法隆寺等。

后称“南都七大寺”。

随之，日本佛教各学派亦应运而生，出现“南都 6 宗”之说。佛教不仅仅是为了拯救众生，同时具有统治者祈祷国家安寧（即“鎮護国家”）的国教性质。聖武天皇（第 45 代天皇，在位：724-749）对佛教最为热心和虔诚，为大力振兴佛教，不遗余力。聖武天皇在位時期，日本社会流行天然痘，自然災害频发，政争不断，人心不稳。天皇为利用佛教，谋求国家安定，“鎮護国家”，于公元 741 年，开始在全国各“地方国”大规模营造“国分寺”和“国分尼寺”，并于奈良時代末期，基本実現建造目标。

公元 743 年，聖武天皇発願建立“盧舎那”金銅大佛。为造大佛，动员工匠，整备材料，溶銅鋳型。一系列作業，前后耗时 3 年有余，成为当朝一大事業。大佛頭部于 752 年建造完成，当年即举行“開眼供養”仪式。大佛座落在日本東大寺，在今奈良県奈良市雑司町，華厳宗大本山寺院内。该寺院的正式名是：金光明四天王護国之寺。现为日本著名的观光之地。

奈良文化

日本奈良時代的文化，其特点是以佛教为中心，史称“天平文化”。中国渡日和尚鉴真创建的唐招提寺，以及金堂等著名佛教建筑，都是这一时期的代表性作品。奈良时代以平城京为中心，到第 45 代圣武天皇（在位 :724-749）时代迎来最盛期。

天平文化以兴教护国的思想为基础，佛教建筑和美术等宗教色彩十分强烈。受唐朝，印度和波斯等影响，带有浓厚的国际色彩。建筑整体呈现匀整之美，以唐招提寺金堂，校仓造的正仓院，法隆寺梦殿，东大寺法华堂等建筑为代表，至今闻名天下；佛像造像艺术亦十分精湛，人物表情丰富，色彩斑斓，栩栩如生。如兴福寺的阿修罗像，东大寺的庐舍那佛大佛等，都十分典型并极具特色。

文学方面有：古诗集《万葉集》，汉诗集《懐風藻》等相继編纂问世。歴史書和地方志誌则有：史书《古事記》《日本書紀》和《風土記》編纂成书，蔚为大观。佛教美術方面，“塑像”和“乾漆像”最具特色。佛像塑造技法不断创新発展，建造了许多类似東大寺法華堂佛像等佛教造像，强调了和谐稳重和庄严的美感。整体呈现贵族，文人文化的特征。

官服等

奈良时期，日本朝廷制定服装令。要求贵族在重要仪式上，须按规定身着“礼服”；官人着“朝服”；一般庶民在公务时借用“征服”着装。穿着服饰区分严格，等级分明。贵族的衣服使用丝绸等高级材料，通过颜色和形状可以区别身份。其中，早上着装的风格是：长上衣，系上腰部，下穿“袴”，脚着朝鞋，手持刀，笏；贵族女性穿着有筒袖的衬衫样上衣，上叠背心样里子，穿卷裙服装，有时在肩头披围巾等。

饮食

奈良时期的贵族饮食有 15 种。食材来自全国各地征收的特产等。餐具使用金属器和漆器等。一般用餐时，托盘上摆米饭，酱煮香鱼，鹿茸，烤虾，烤鲍鱼等名贵食材。当时还有被称作“苏”的芝士食品，颇受欢迎。而另一方面，下级官员的食物品质和数量都比贵族要差。一般是糙米饭，煮鱼，醋拌芜菁等 7 个品种。

普通百姓，则过着相当简陋的竖穴式住房生活。内部有炉灶，用于做饭和取暖。农民除须完成“租，庸，调”等税赋外，还要承担杂粮，劳役等义务，苦于重税；平民衣服则只有采用植物麻等粗制的天然材料。男性日常衣着是，宽大的腋下，上衣系带子，袴装；女性衣服是在有袖上衣上再套穿长裙。

更贫穷的农民，则无论男女老幼，都只穿长裙状衣服，腰系围绳，破破烂烂，根本谈不上时尚。居所是竖穴式棚屋，吃饭一汤一菜。通常是把糙米饭，汤类，咸盐装在土器饭碗里食用。也有更贫苦的百姓，如同《贫穷问答歌》中所说，过着灶里挂满蜘蛛网一样的贫苦生活。与达官显贵相比，犹如天壤之别。

13.《万叶集》(约公元 759 年)

《万叶集》是日本最早的诗歌总集，共 20 卷。收录有自公元 4 世纪至 8 世纪中叶的诗歌，共 4500 余首，全部使用汉字书写而成。关于诗集成书的年代和编撰者，历来众说纷纭。一般认为是：在公元 8 世纪后半叶，即日本奈良時代末期（约 759-780）由“大伴家持”编撰完成的。诗歌作者上到天皇貴族，下到官吏農民，范围相当广泛。此外，作者不詳之作约占 2,100 多首。从诗作中，可一窺当時人们的心情，生活，文化，审美等多个侧面，具有十分珍贵的史料价值。

《万葉集》所収诗歌，按年代顺序，分各卷，各部類，各国（地方国）别编写。内容包括：与皇家宴饮旅行活动有关的“雑歌”，与爱情有关的“相聞歌”，悼念逝者的“挽歌”，以及部分兵士创作的“防人歌”以及部分地方性诗歌“东歌”等。《万葉集》原本早已遗失。現存的最古写本是桂本《万葉集》，但只残存部分章节。目前，完整诗集的最早版本，是日本西本願寺本《万葉集》，极为罕见和珍贵。

《万葉集》书名由来

一般认为，《万葉集》的“葉”有“世”的含义，“万叶”即“万世”，即可以“万世永存的诗歌集”。也有说，葉为树葉之葉，表示众多之意，即集诗歌之大成的著作。《万葉集》中収録的诗歌，其时间跨度长达 130 年以上，期间诗風不断变化，各具时代特征。一般认为，可以分为四个时期，来描述各不同时期的诗风特徵。

第 1 期（629-672）：这一时期属于万叶初期，是日本“大化改新”和“壬申之乱”相继发生，古代日本史上最为动荡的時代；也是日本中央集權国家基础建立的重要時期。其诗歌特点是，以与官廷儀礼，民間習俗密切相关的内容为主体，带有强烈的呪術性质和自然信仰的宗教意识，是将口誦性古代民謡落实到文字上的过程和时期。

第 2 期（670-710）：从“壬申之乱”到平城京遷都，約 40 年间。这一时期，日本律令政体已经完备，以天皇为中心国家开始运作，国泰民安，祥和繁荣。诗歌特点是：以表现个人的心境情感为多，是万葉歌風开始確立的重要時期。特别是，强烈表现個人内心世界的作品，逐渐增多起来，基本取代了以往那种，以官廷儀礼与民风民俗等，具有強烈集团意识为主体的诗风。

第 3 期（720-730）：这一时期，从公元 710 年遷都至“平城京”后不久，到公元 733 年前后，共約 10 年左右时间。新都“平城京”仿照大唐長安城开始營造，中国文化大举涌入日本。貴族和官人之間，越来越多地使用漢字，学习漢詩文。由于中国文化的影響，新鲜的创意和表現技法得到广泛应用。其最大特点是：典雅的歌风开始形成。诗文中可以明显看出，整个国家在迅速变化。同时，在日本九州地方的“大宰府”，以官人为中心的诗人沙龙（后称“筑紫歌壇”）也开始出现。表现苦闷烦恼与个人思想情感的和歌作品引人注目。誕生了许多个性倾向强烈的“歌人”（诗人）及其作品。

第 4 期（730-759）：这一时期正处于日本“天平文化”的最盛期。期间，东大寺隆重举行了“毘盧遮那佛”開眼供養仪式；同时也是内乱多発，天然痘流行，国家动荡的混乱時期。典雅，素朴，奔放的和歌逐渐減少，代之以観念性和歌的抬头。同时，纖細優美中，夹扎着悲伤和悔恨的感傷性诗风开始抢眼，反映了当时的社会情勢和人心的变化。这一时期，日本女性歌人及其和歌作品开始大量涌现，直接引领了此后平安時代“王朝和歌”盛世的到来。

佛足石歌

特指刻在石佛足部上的诗歌，由 5，7，5，7，7，7 字音共 6 句构成。是在普通和歌（即短歌）的形式上，最后 1 句再重复 1 次的诗体。“佛足石”是将佛（释尊）的脚形刻在石头上的石雕作品。这一做法，在日本奈良时代开始流行，后扩大到全国各地。据说，日本最古老的“佛足石”，现保存于奈良药师寺（佛教寺院）内。

连歌

指 5，7，5 的字音句和 7，7 的字音句交替出现，由多数人反复吟咏，以不定句数结束的诗体作品。吟诵者往往竞相争颂，连绵不绝，沉浸陶醉其中。《万叶集》收录的“大伴家持”与尼姑的唱和，据说是日本最古老的连歌。到镰仓和江户时代，甚至出现了“百韵连歌”，可一直吟诵到 100 句之多。此外，还有一种被称为“歌仙连歌”，即将 36 首诗歌连续吟咏的连歌形式，出现在日本江户时代中后期，成为现在连歌的基础。

雑歌

“雑歌”指不属于任何分类范畴的和歌种类。内容主要是：多为吟咏天皇外出行幸，宴饮，遷都等官方活动的和歌。在诗歌类别编写顺序上，排在其它类型和歌之前，在《万葉集》中占有重要地位。“雑”在日语中有“第一”之意。如日本新年正月吃“雑煮”（一种年糕加若干辅料的煮食），就是取优先之意，即一年中最先食用的食物。“雑歌”亦含有此意，即：具有优先于其它和歌的特殊地位。

相聞歌

所谓“相聞歌”指的就是“恋歌”（即情诗），是恋人之间相互贈答吟咏的和歌。当然，在親子，兄弟姉妹，亲戚族人，或親近人之间吟诵的和歌，也划归在相聞歌类别之中。相聞歌即有热恋之人相互間的贈答唱和之诗，也有单相思与失恋的悲情诗歌。这类诗歌在《万葉集》中约占半数左右，大約有 1,900 首。

挽歌

顾名思义，即哀挽缅怀“逝者之歌”。特指：哀惜悲嘆失去親人的追悼性和歌。挽歌在《万葉集》中约収録有 220 首。诗作也包括悼念天皇之死，传说人物之死，以及自傷歌与辞世歌等内容；总之，有关缅怀，悼念逝者的整体意义上的诗歌，在分类上，均可称之为“挽歌”。

防人歌

“防人”特指在“筑紫”和“壱岐”等日本北九州地方担任戍边的兵士。他们创作吟咏的和歌称“防人歌”。防人制度是公元 663 年日本在朝鮮半島“白村江之戦”中敗北后，为防备可能的外敌入侵，在北九州地域建立的兵役制度。防人大多数从日本関東地方招募而来，服役期一般为 3 年。他们远离家乡，在异地服兵役，期间无法回家，甚至有人命丧他乡。因此，防人们常作歌诉情，思念故土，惦念亲朋族人。防人歌最突出的特点是：具有强烈的怀乡情结，以及孤独寂莫的凄凉之感。

東歌

“東歌”是指古代日本“信濃国”（今长野县）以東地方（统称东国）的和歌。東歌在《万葉集》中共収録有 230 首。诗歌使用東国特有的方言创作。此外，还有部分“武蔵野”（地区）今东京都中部区域）之地的单語。东歌的代表诗人有：山部赤人，高橋虫麻呂等人。著名的東歌有关于“手児奈”的悲恋歌。“手児奈”是今日本千葉真市一带，关于一名女子的伝説，至今仍在流传。据说，今天当地还有“手児奈”曾亲手汲水的一口水井。

東歌“手児奈”诗文抄录如下：

诗题：詠勝鹿真間娘子歌一首（又名：并短歌）

作者：高橋虫麻呂（选自《万葉集》第 9 巻 1807 号歌）

诗文：鶏鳴吾妻乃國尔古昔尔有家留事登至今不絶言来勝〈壯〉鹿乃真间乃手児奈我麻衣尔青衿著直佐麻乎裳者織服而髪谷母掻者不梳履乎谷不著雖行錦綾之中丹有齊兒毛妹尔将及哉望月之満有面輪二如花咲而立有者夏蟲乃入火之如水門入尔船己具如久歸香具礼人乃言時幾時毛不生物〈呼〉何為跡歟身乎田名知而浪音乃驟湊之奥津城尔妹之臥勢流遠代尔有家類事乎昨日霜将見我其登毛所念可聞。

14. 長歌，短歌，旋頭歌，片歌（公元 760 年前后）

日本固有的诗歌通称为“和歌”，是长歌，短歌，回旋头歌，片歌等多种诗体诗歌的总称；但狭义上，和歌则特指由 5，7，5，7，7 字音，共 5 句构成的短歌（诗）。日本歌谣中也有很多 5，7 字句构成 4 拍的歌曲。这可能是因为：日本人体内刻有特殊的音型节奏基因，与古今歌谣十分合拍的缘故，使人感到不可思议。

长歌

在古代日本，“长歌”被认为比语言更能准确表达人们的心情。成为人们在日常生活中使用的一种情感表达手段。长歌在形式与内容上，更接近民间歌谣，可以像哼唱歌曲一样，语句和旋律从口中自然流淌出来。具体说，长歌是四分之四的节拍，由 5，7，5，7 的字音 4 个句子构成，并连续出现，最后以 2 句 7，7 字音拍节结束。据说，除了将 5 字音与 7 字音节的句子重复 3 遍以上，最后以 7 字音节结束的构成规则外，没有其它限制。

短歌

“短歌”是相对“长歌”而言的诗体，以 5，7，5，7，7 等 5 句，共 31 个日文字音为基础而成形。也被戏称为“味噌一文字”（即日语的 31 个文字之意）。创作时，要求作品中必须使用表示季节的“季语”；又，第 1 句-第 3 句（5，7，5）称为“上句”或“本”；第 4 句-第 5 句（7，7）称为“下句”或“末”。短歌原本是广义和歌中的一种，后来两者逐渐被视为同一所指，即“短歌”即“和歌”，反之亦然。明治维新以后，新的短歌不再称和歌，而称以“近代短歌”加以分类。

短歌最初由早期的“旋头歌”，即由 5，7，7，5，7，7 的字音共 6 句所构成。是一种以人神之间的问答为原型的古老旋律诗。因下 3 句重复了上 3 句的同一形式，有回旋之意，故称“旋头歌”。后逐步演变为：5，7，5，7，7，即由 5 和 7 个字音共 5 句，组合而成的固定诗体形式，称：

和歌或短歌（狭义）。其它诗体，如长歌，短歌，旋头歌，片歌等，则逐步退出诗歌创作，今天已经很少有人使用了。

短歌与长歌，虽已不知哪个率先产生，但作为其源头母体，都可以在日本古代歌谣（上古歌谣）中寻根溯源。首先，歌谣是将人们日常生活中使用的杂乱无章的言语，放在节奏上自然产生的，使语言与神灵世界沟通成为可能。日本古人意识中的，言语可以左右事物吉凶，以及祝词与忌口等观念，甚至在现今的日本社会中仍能看到。这种语言信仰，及附有灵力的“言灵思想”和“言举”观念，在文字产生之前，古人就用它来表达思想与情感，也是口传诗歌产生的基础。

一般认为，文字的使用与诗文的出现密切相关。在日本，目前发现的最早汉字，是刻在出土文物“金错铭铁剑”上的“万叶假名汉字”。被认为是第 21 代雄略天皇（在位 456-479）时期，借用汉字发音，用于标记的古代日本固有的词语。也就是说，在公元 5 世纪的日本，就已经开始使用文字来表达人们的思想和情感了。

日本古史《古事记》和《日本书纪》中收录的上代歌谣，特别被称为“记纪歌谣”。内容上，基本属于庆典仪式歌，集体舞歌，劳作歌，游历漂泊艺谣，宫廷化艺谣等种类。随着时代的发展和文字的出现与成熟，人们将心中感悟与情感文字化，通过主体创作意识，记录和产生的抒情诗，即成为今天所谓的“诗歌”。其形式也在整体发展的潮流中，自然渗透，逐步定型，继而形成惯例和流行风潮。

现存日本最古老的诗歌集《万叶集》中收录的大量诗作，就是在这个变迁期出现的。它系统地按照年代次序，广泛收录了从第 16 代仁德天皇时期的 42 年（古坟时代），到天平宝字时期的 760 年前后（奈良时代）的和歌，歌谣等大量作品，共计 4500 余首。其中有：短歌 4207 首，长歌 265 首，旋头歌 62 首，佛足石歌 1 首，连歌 1 首。到平安时代《古今和歌集》编撰时，除短歌（即和歌）外，只收录了 5 首长歌和 4 首旋头歌。可见在当时，除短歌以外的其它各诗体诗歌，已经基本消失了。

15. 平安时代（公元 794-1185 年）

平安时代始于日本第 50 代桓武天皇（在位 :781-806）迁都至“平安京”（京都），到源頼朝建立武士政权“镰仓幕府”（1185-1333）为止，历时近 400 年。这是古代日本风调雨顺，歌舞升平的时代。尤其是贵族们，过着奢华的生活，享受着平安盛世，文化方面也是百花盛开。

日本平安时代年表（794-1192）

西暦	主要事件
794 年	遷都至平安京
797 年	坂上田村麻呂被任命为首位征夷大将軍
805 年	最澄和尚归国，翌年开天台宗
806 年	空海和尚归国，开真言宗
819 年	空海和尚在高野山建立金剛峯寺
838 年	派遣最後一批遣唐使
876 年	清和天皇譲位，陽成天皇即位
887 年	光孝天皇崩御，宇多天皇即位 藤原基経成为首任“関白”
894 年	采纳菅原道真建議，停止派遣遣唐使
901 年	菅原道真因藤原時平，贬职往“太宰府”。
905 年	紀友則，紀貫之，凡河内躬恒，壬生忠岑等 4 人编撰《古今和歌集》
935 年	紀貫之著《土佐日記》
996 年	清少納言著《枕草子》
1001 年	紫式部开始執筆《源氏物語》
1008 年	《源氏物語》部分内容流出，1010 年初基本完成
1053 年	平等院鳳凰堂建立

1068 年	後三条天皇即位
1072 年	後三条天皇譲位，白河天皇即位
1086 年	白河天皇譲位，堀川天皇即位 白河上皇的院政开始
1096 年	京都流行田楽 白河上皇出家，就法皇位
1107 年	堀川天皇崩，鳥羽天皇即位
1123 年	鳥羽天皇譲位，崇徳天皇即位
1129 年	鳥羽法皇开始院政
1141 年	崇徳天皇譲位，近衛天皇即位
1155 年	近衛天皇崩御，後白河天皇即位
1158 年	後白河天皇譲位，二条天皇即位 後白河上皇的院政开始
1175 年	法然说法“専修念仏”，開浄土宗
1180 年	源平争乱勃発 8 月，源頼朝与平氏方在石橋山起战事 9 月，木曽義仲挙兵 10 月，源平両軍在富士川交戦
1183 年	10 月，源頼朝獲得東国支配権
1185 年	3 月，“壇之浦战役”，平家滅亡 10 月，源義経得宣旨追討頼朝 11 月，源頼朝得院宣追討源義経，在諸国設置“守護”・“地頭”（地方官）
1191 年	日本佛教臨済宗開山祖，栄西和尚从中国帰国
1192	7 月，源頼朝就任征夷大将軍

平安时代政治

最大的特征是：政治实权逐渐从贵族手中过渡到武士阶层。前半期，贵族是政治上的主角，武士只是为了保护他们的生命财产而存在。但随着武士阶级自身力量逐渐增强，在天皇命令下出色完成各种任务，开始显露出较比贵族更具行动力，并逐步获得实际发言权。到平安时代末期，随着地方武士政权“镰仓幕府”的成立，以贵族为主导的政治体制宣告终结。

平安时代生活

平安时代期间，日本贵族和普通平民的生活方式有着很大不同。贵族大都住在被称作“寝殿造”的气派讲究的宅邸里。服装上，贵族女子身穿“十二单”（12 件套）礼服；男子戴“乌帽子”，文官束带。而平民，则依旧生活在“竖穴式”的棚屋式住宅里。所谓竖穴式居所，一般是一种浅挖地坑洞，筑建墙壁，支起屋顶的简陋住宅。百姓的一般衣着是，由上半身专用和下半身专用的两片麻布构成的，极为简单的服装。

在饮食方面，贵族家庭主要是吃白米饭和鱼类等食物。而平民百姓一般只有小米，野菜等可吃，食不果腹。据考证，由于经济上窘迫，时有饥馑发生，以至于很多儿童，因营养失调而死亡，成人平均寿命一般为也只有 30 几岁。两极分化严重，贫富差距巨大。

16. 歌合用語（公元 885 年）

据记载，“歌合”（即赛诗会）始于日本平安時代。最早的歌合是日本仁和元年（885）在“民部卿”家举办的。以后是天德 4 年（960）的“天德内裏歌合”，然后是建久 3 年（1192）的“六百番歌合”，建仁元年（1201）的“千五百番歌合”等，比较知名并具有代表性。虽然歌合基本上属于一种诗歌游戏，但在日本平安时期，诗作的優劣也关乎时人能否出人头地的大事，实际上并不都是纯兴趣和轻松的文学活动。而且，随着時代的发展，歌合的文学性越来越高，甚至具有文学論，诗歌論的位置。

算をき（算置，左），こも僧（薦僧，右）の歌合

1. 方人　在歌合（赛诗会）上发表诗作之人。也有诗作本人并不直接到场，而由代表者或下属代为吟咏。

2. 念人　夸赞本陣（对）的诗作，指出对方诗作缺点的点评者。其作用是引导“判者”（评审者）作出有利于本方的判词。

3. 判者　判定左右两阵诗作之優劣，并决定最终勝负的评审者。也有评审结果为“持”（即不分胜负）的情况。“判者”一般由诗坛上德高望重者担任，以具有权威性。《新古今和歌集》時代以降，改变“判者”单人评审为多人评审“衆議判”的评审办法，以突出公平与客观性。

4. 讲师　在歌合上朗读诗作之人。朗读称“披講”，由左阵（队）先行。到平安時代时，讲师共二人，左右两阵（队）各出一人担任，以后只设一人。

5. 判词　判者（评审者）陈述判定诗作优劣理由的说辞。

6. 题　为易于判断優劣，而事先设定的统一的诗作题目，即“题詠”。

7. 左方右方　举行歌合时，一般是在高台之上，左右阵各有 5 人分坐两侧，称左方，右方。左方人员身着青色装束，右方人员则身着赤色装束，正襟危坐，顺序进行比赛。

古代主要歌合：

1. 民部卿家歌合：日本仁和元年（885)(有記録的最早歌合)
2. 寛平御時后宮歌合：寛平元年（889)
3. 亭子院歌合：延喜 13 年（913)
4. 天徳内裏歌合：天徳 4 年（960）由村上天皇主持
5. 寛和二年内裏歌合：寛和 2 年（986）由花山天皇主持
6. 六百番歌合：建久 3 年（1192）由九条良経主持
7. 千五百番歌合：建仁元年（1201）由後鳥羽院主持
8. 水無瀬恋十五首歌合：建仁 2 年（1202）由後鳥羽院主持

17. 镰仓幕府（1185 年-1333 年）

古代日本的第一个武士政权。因幕府政权驻地在镰仓（地名)，史称“镰仓幕府”。镰仓幕府的创建人为“源赖朝”，其妻是著名的“北条政子”。幕府的建立，标志着日本中央皇族与贵族统治的结束，新兴武士阶层登上历史舞台。自此，天皇成为摆设，幕府成为日本实际上的权利中心。

日本“平治之乱”（1159）後，被流放到伊豆（地名）的源頼朝于 1180 年（治承 4 年）8 月，响应“以仁王”的诏命，起兵讨伐平氏。源頼朝以鎌倉为本拠点，设置“侍所”（军部)，統率“御家人”（旗下武士)，并借讨伐平氏之名，开始経営“東国”（今关东区域)。这被史学家认为，是镰仓幕府政权建立之始。

源頼朝在挙兵当初，已暗中联合了“後白河法皇”（出家天皇)。因此在 1183 年（寿永 2 年）平氏之都被攻陷后，法皇院政恢复原有機能，法皇与源頼朝之间的交往得以急速進展。最终朝廷在寿永 2 年（1183）10 月宣旨，正式承認源頼朝对日本“东国”的支配权。

1185 年，源頼朝与弟源義経发生对立，源頼朝以源義経从法皇处获宣旨，追討自己为由，率军兵临京城。又借机迫使朝廷，承認其在日本各地设置“守護”，“地頭”（地方首领)，成功将全国纳入幕府的统辖范围。

后，其弟源義経不得已，逃亡至奥州（今福岛县，宫城县，岩手县，青森县，秋田县东北等地）藤原氏处，求得庇护。但奥州迫于源頼朝的强大压力，最终不得不反手讨伐源義経。最終，“奥州藤原氏”也一同被源頼朝所滅，天下悉数归顺镰仓幕府。

1190年（建久元年）源頼朝进京面见法皇，得到朝廷对自封日本国总“追捕使”“総地頭”地位的认可，承担起日本全境的“諸国守護”（军事，警察）之责。又于1192年，迫使朝廷任命其为“征夷大将軍”（最高权力者）。历史上，也有把这一年看作是，镰仓幕府政权正式诞生的年份。

镰仓幕府初期的政权機関设有“侍所”（军部）和“問注所”（政务）两大体系。由源頼朝从京城请来的以“大江広元”为首的官僚集团，按照“镰仓殿”（即征夷大将軍）的命令，采取动态管理方式，担任“两所”总管；地方上，则设置“守护”，“地头”（地方政权首领）；皇城京都设“京都守護”，九州设“鎮西奉行”（监管），奥州设“奥州総奉行”（总管）等机构和官职，进一步加强了对全国的统治。

源赖朝死后，其子源赖家继任“镰仓殿”（最高权力者）。1203年（建仁3年）北条时政（源赖朝岳父）消灭了政敌外戚“比企氏”，将其弟北条实朝拥立为“镰仓殿”，自己则巧立名目，自封为“政所别当”（又称“执政”），开启了北条氏实际掌管幕府权力的执政模式。

承久元年（1219）北条实朝被杀，幕府从京都“摄关家”请来有亲属关系的“九条赖经”（贵族）作“镰仓殿”。但这只是名义上的，幕府实权仍掌握在北条政子（源赖朝遗孀）手中。1221年，后鸟羽上皇发动“承久之乱”，讨伐镰仓幕府，但最终失败，幕府势力反而得到进一步加强。于是，幕府索性在皇城京都，设置新机构“六波罗探题”，取代“京都守护”，全面承担起京城的治安，警备，监视朝廷，西国（关东以西）政务等。之后，幕府也迎来了一段稳定发展期。1225年（嘉禄元年）以北条政子之死为契机，“执政”北条泰时立志改革，尝试从独裁政治向“合议”制转变。同年，设执权为两名（一名为联署），建立“评定众”（协商会）。1232年（贞永元年）又制定武家法典《御成败式目》，谋求依法行政。幕府政治迎来了全盛期。

到北条泰时之孙北条时赖时期，北条氏的“家督得宗”（“得宗”专指北条族人）专制政治开始启动。“得宗执政”北条时赖，于宽元 4 年（1246 年）以图谋不轨为由，将九条赖经（幕府将军）赶回京都。次年 1247 年（宝治元年），又将九条赖经的同党“御家人”三浦氏消灭。随后，又从京城迎来“后嵯峨上皇”的皇子“宗尊亲王”担任幕府将军。这样就等于，镰仓幕府掌握了“治天之君”（实权派天皇或太上皇）与即位天皇的选定权。

到 1274 年（日本文永 11 年），当“元寇”（蒙古帝国军队）入侵日本时，幕府出面全面指导国土防卫，趁机又夺取了朝廷的外交大权，并开始推行强硬的对外政策。还破例从“本所领”（荘園領主及国司领地）征取军粮，甚至还动员“非御家人”（旁系武士）参与守土防卫，把权力进一步扩展到非幕府管辖领域。

在经济方面，由于当时貨幣経済的发展，“御家人”（本系武士）逐渐丧失了自有領地，陷入窮困之地。加之，因抵御“蒙古襲来”（来犯），被迫分摊了巨额军费和物资，更加剧了“御家人”走向窮乏的步伐。

与此同时，幕府对于“治天之君”与天皇選定的干涉，激化了“持明院系”（后深草太上皇）与“大覚寺系”（後醍醐天皇）的严重对立。後醍醐天皇，强烈不满镰仓幕府的擅权干涉，在 1324 年（正中元年）谋划打倒幕府（史称“正中之变”）。但因計画事前败露，後醍醐天皇被流放到隠岐孤岛。但此时，全国各地討幕之兵已风起云涌，势不可挡。终于在 1333 年 5 月，足利高氏（即“足利尊氏”）率军攻陷了京都“六波羅探題”（监督机构）。同时，另一支“倒幕”势力“新田義貞”则攻陷了鎌倉幕府大本营。自此北条氏幕府宣告滅亡，从此退出历史舞台。

18. 南北朝時代（公元 1336 年-1392 年）

南北朝时代的时间跨度，一般认为是：从公元 1336 年（日本延元元年暨建武 3 年）因日本皇統两大势力抗争分裂为南朝和北朝，到公元 1392 年（元中 9 年暨明德 3 年）両朝合一为止的 57 年时间。也有另外再加上建武中興 3 年来计算时間的。

公元 1333 年（元弘 3 年暨正慶 2 年）鎌倉幕府滅亡後，後醍醐天皇亲政，推行復古政策，偏重举用公家阶层。对此，武士階級强烈反感，颇有衆望的“足利尊氏”借势重建武家政府（即室町幕府）。足利尊氏为避免被指责为“朝敵”，利用鎌倉時代以来的皇統矛盾与对立，拥立“持明院统”（後深草天皇系）为光明天皇，与”大覚寺統”的後醍醐天皇相抗衡。于是，後醍醐天皇为主张其皇权的正統性，遷至吉野。如此，日本历史上，就产生了吉野（南朝）对京都（北朝）的両朝对立局面，史称南北朝时代。

南北朝时代划分为 3 期：

第 1 期. 从延元元年暨建武 3 年 12 月後醍醐天皇遷幸吉野，到正平 3 年暨貞和 4 年（1448)。这一時期南朝在全国各地进行有組織的活動，両派抗争最为激烈；

第 2 期. 正平 4 年暨貞和 5 年，足利尊氏之弟足利直義，因与幕府“執事”高师直发生权力之争（史称“観応之乱”)，室町幕府内部持续了約 20 年間的紛争期。这是幕府政权内部各种矛盾最为错综复杂的一段時期，期间南朝趁机也进行了小規模的活動。

第 3 期. 1468 年（正平 23 年暨応安元年)，由于“山名時氏”南朝武将）的归顺，幕府政权内部重新整合，南朝被封闭在吉野和九州肥後的山中，无力伸展。于是，以室町幕府为主导的中央集權体制確立。这期间，幕府政权曾多次尝试恢复和实现南北両朝合一，但直到元中 9 年暨明德 3 年南朝“後亀山天皇”回京，才得以最终実現。此时，在室町幕府将軍“足利義満”执政下，日本全国才得以名副其实地实现了最终統一。

19. 俳句 . 川柳（公元 15 世纪）

“俳句”是“俳谐之句”的简称，属于一种短诗。“俳谐”原本有表示“戏谑”，“滑稽”的语意。“俳句”最早是长篇“俳諧連歌”的“发句”（起首三句，即引句）。到室町时期（1336-1573）时，逐步单独成篇，成诗。到明治 20 年代以后，又由著名诗人正岡子規（1867-1902），开始作为固有名词使用，确立为日本诗歌的一种新型诗体形态。到江户时代后，俳句又得以定型，流行和普及，最终形成以 5，7，5 等 17 个日文字音为基础的，由 3 个句子构成的短诗体诗歌。

俳句成为“定型诗”后，内容上一般需要有“季语”（季节用语）。如日本著名“俳人”（俳句诗人）松尾芭蕉 1689 年创作的俳句 :“荒海や　佐渡に横たふ　天の川”（安四洋原译 :“海涛任汹涌，远处佐渡仍可见，银河贯长空。”），其中的“银河”就是表示季节性夜空的“季语”。

此外，俳句中还有一个约定，即使用日文假名的“や”，“かな”，“けり”等“断字”进行断句，来表现诗歌的节奏感和强烈的咏叹。如松尾芭蕉的千古绝唱 :“古池や　蛙飛び込む　水の音”（安四洋原译 :“月下古池塘，忽见有蛙跃身跳，水击一声响。”），俳句诗中第一句尾的“や”就是断字。

川柳

“川柳”是一种主要用口語文体（即白话）表达诗意的诗歌形式。其特点是 : 内容簡潔，滑稽，機知，風刺和奇异，独具特色。与吟咏大自然风格的俳句不同，在川柳中，更多的是表现对社会的不满与嘲讽等内容。

川柳诗的形式，始于日本江户（1603 - 1868）中期。诗体形态以 3 句，共 17 个字音为基准，形成为一种短诗型诗歌文学。川柳诗通常是，通过机智的用语表现，敏锐地把握人事，风俗，世态等方面的题材。

川柳原本是由长篇俳谐的“前句付”（原指 : 为形成长篇联句整诗，在 5.7.5 字句后，填写的 7.7 字句 ; 或相反，先有 7.7 字句，然后再加写的 5.7.5 字句的附加句。）演变而来，即以 7.7 或 5.7.5 字句作为附加句，接续前诗，以成联句。日本元禄 16 年以后，在长篇俳谐中，又加进了滑稽，谐戏和市井气等特性，内容更加丰富多彩。随之，原本只是附加句的“前句付”，又从俳谐中独立出来，自成一诗。甚至出现了可以独立鉴赏，单独成篇的“前句付”集，称“高点付句集”的出版物，成为一种新型的人事诗和风俗诗。

据说更早的是，从日本享保年间开始，一种叫“万句合”的长篇诗在江户（今东京）盛行起来，因其代表人物名叫“柄井川柳”，于是诗借人名，遂称这种诗歌为“川柳”，川柳诗由此诞生。

到日本文化，文政（1804-1830）年间，川柳诗曾一度被称为“狂句”，取其狂放不羁之意。例如：金々先生造花夢（见出版物《黄表紙》1794 年版）的狂句名篇：“仰向いて　搗屋秋刀魚を　ぶつり食ひ”（安四洋原译：“仰面朝天看，高举春坊秋刀鱼，几口就吞咽。”（编译者笑），至今脍炙人口。一副市井之人，偶食名吃“炭烤秋刀鱼”的得意神态。跃然纸上。讽刺，形象，夸张，滑稽。

川柳（因音同，有时也写作“千流”）。后来归属于“俳谐”中的“杂徘”（诗）类。字音数虽与“俳句”相同，但是没有季语，不问题材和遣词用句，主张无拘无束，与讲究音韵格律的“俳句”有所不同。

20. 七殿五舍

七殿五舍，指日本平安京御所中的 12 座建筑，大体位于平安京大内“紫宸殿”和“仁寿殿”后侧，是天皇后妃，亲王和内亲王的居所。七殿为：1. 弘徽殿，2. 承香殿，3. 麗景殿，4. 登華殿，5. 貞観殿，6. 宣耀殿，7. 常寧殿；五舍为：1. 飛香舎（藤壺），2. 凝花舎（梅壺），3. 昭陽舎（梨壺），4. 淑景舎（桐壺），5. 襲芳舎（雷鳴壺）。

七殿五舍示意图：

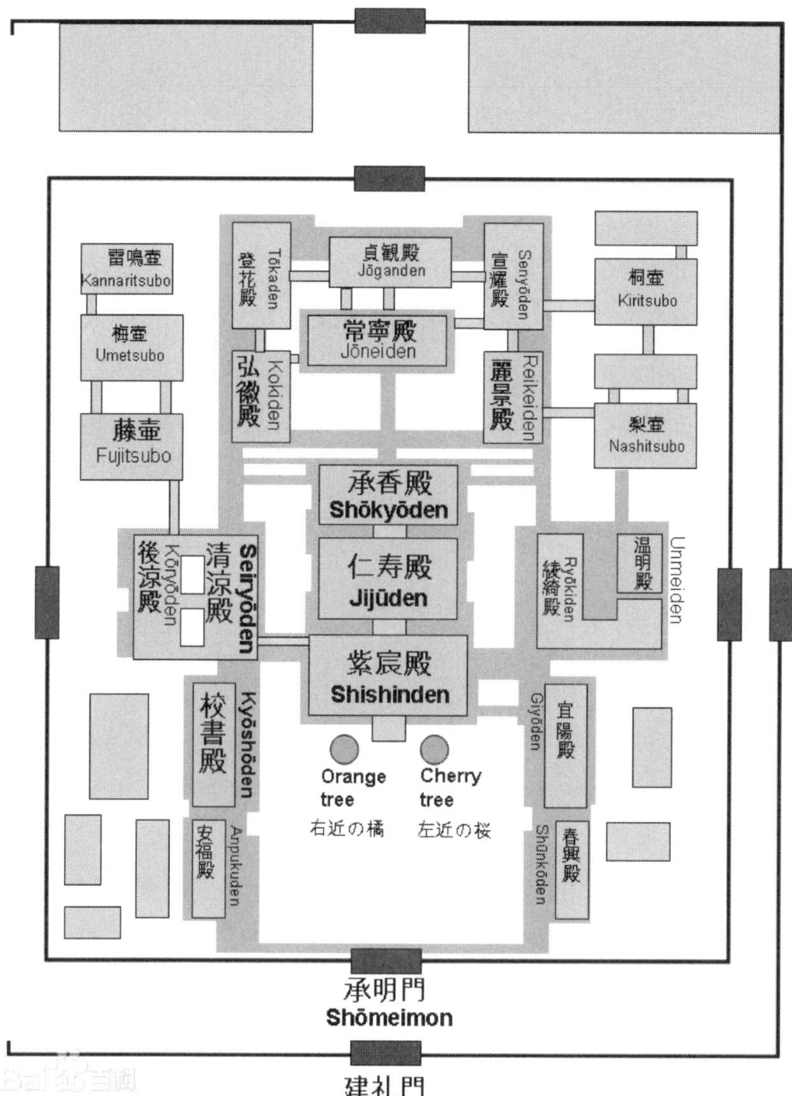

雷鳴壷
Kannaritsubo
梅壷
Umetsubo
藤壷
Fujitsubo
登花殿
Tōkaden
貞観殿
Jōganden
宣耀殿
Senyōden
桐壷
Kiritsubo
常寧殿
Jōneiden
弘徽殿
Kokiden
麗景殿
Reikeiden
梨壷
Nashitsubo
承香殿
Shōkyōden
後涼殿
Kōryōden
清涼殿
Seiryōden
仁寿殿
Jijūden
綾綺殿
Ryōkiden
温明殿
Unmeiden
紫宸殿
Shishinden
校書殿
Kyōshōden
宜陽殿
Giyōden
Orange tree
右近の橘
Cherry tree
左近の桜
安福殿
Anpukuden
春興殿
Shūnkōden
承明門
Shōmeimon
建礼門
Kenreimon

21．天皇后宫

日本飛鳥，奈良時代，天皇后宫有皇后，其下有妃，夫人和嬪等三類配偶者；其中皇后 1 人，妃 2 人（从四品以下内親王中選取），夫人 3 人（从三品以上貴族女儿中選取），嫔 4 人（从五品以上貴族女儿中選取）。到平安时代初期改为：1. 皇后（中宮），2. 女御，3. 更衣，4. 御息所，5. 御匣殿等五个等级。

1. 中宮（ちゅうぐう）皇后之别称。皇后为多人时，最先立后者称皇后，其他称中宫。

2. 女御　原本与嫔妃同列，后成为仅次于皇后的地位。通常，成为皇后者，需经过宣旨，先作“女御”，然后，才能升为皇后，是皇后的候选之人。天皇后宫设“家司”，管理日常事务。家司人员排序是：1. 别当，2. 侍所别当，3. 侍所勾当，4. 侍所長，5. 侍，6. 政所知家事，7. 案主。

3. 更衣　编制 12 人，享有四品－五品俸禄。“更衣”原本是专门负责天皇衣着部门“便殿”的女官。后上升为天皇侍寝，待遇相当于“女御”。据记载，桓武天皇时期的更衣“紀乙魚”是日本首位更衣。

4. 御息所　原本是“御息所”的宫女，无官职。服务于天皇休息之处“御息所”，故有此称谓。御息所也可以侍寝。到平安时代末期，東宮皇太子与太上皇的配偶者也称“御息所”。到鎌倉時代时，鎌倉幕府中皇族出身的将軍，其正室配偶也称“御息所”，后又逐渐演变成皇太子与親王配偶者的专有称谓。

5. 御匣殿　原本是“御匣殿”的女官，负责天皇装束的縫制。后因可侍寝天皇，地位上升为仅次于更衣。“御匣殿”中最高地位者称“别当”，享有官阶待遇。

此外，还有 1.“大御息所”，特指天皇的生母。2.“女御代”，天皇和“女御”幼小时，宫中举行诸如“大嘗会御禊儀式”之际，設置的臨時職务。“女御代”可代替幼小时的“女御”，参加“御禊儀式”。後逐渐成为常设职务。3.“御匣殿别当”，这是御匣殿長官的称谓。最初仅表示“御匣殿”

的普通女官。后因可以侍寝天皇，地位提升，成为天皇的配偶者之一。有资格成为女御者，必须先担任“御匣殿”，然后才能正式步入天皇配偶者之途。東宮太子的配偶者亦然。

宫人（即宫女）

宫人（统称“女房”），是服务于天皇後宫的高中級宫女。因每人分配有一室专门的住房，故称“女房”。宫人（即女房）也分为若干等级。1等称：上臈或小上臈，2等称：中臈和命妇（又分：内命妇和外命妇），3等称：下臈，女藏人或節折蔵人。

下等级宫人依次称：采女，得选，刀自，女官下仕，杂仕，童女，半物，半童，长女，樋洗，厕人等。

22. 藤原氏系谱

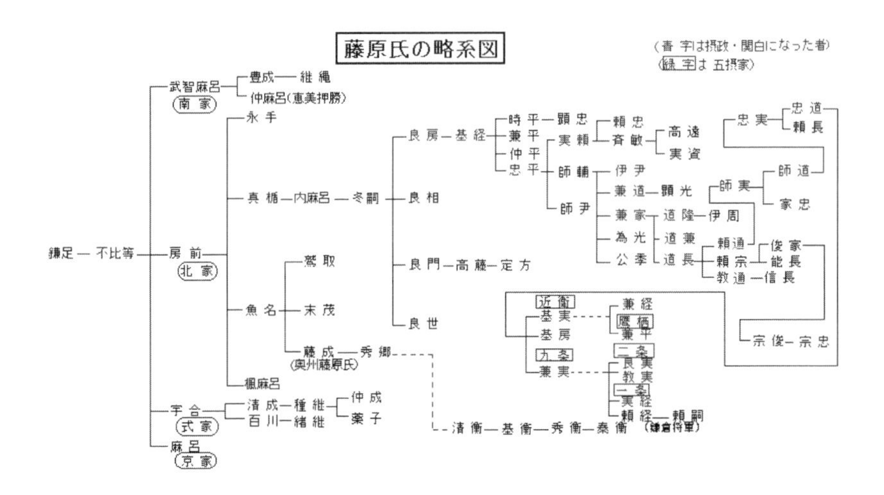

后记
— 写在出版直前 —

小书耗时 3 年有余，终于要出版了。这期间，正与世界性“新冠”大流行期相叠加，更使人印象深刻，感慨有加。3 年多的时间，可以说很漫长，也可以说很短暂。漫长的是，如此长时间的病毒大流行，在地球人族史上恐怕绝无仅有；短暂的是，似乎还有一些事情，需要在安静的环境中完成（如聆听“神”的教喻），却转瞬间又回到以往的嘈杂与纷扰之中。但无论如何，小书的出版，对笔者来说，无疑是令人欣慰的。

家母晚年体弱居家，闲暇时，常喜翻看《红楼梦》，对书中人物了如指掌，如数家珍，每每使笔者瞠目。由此想到，作者曹氏雪芹曾借林黛玉之口说，作诗最难得的是一个“巧”字，可遇而不可求。(大意)。如不然，就如同贾岛《题李凝幽居》一诗中的“推”与“敲”之烦恼，绞尽脑汁，难于定夺。当然，笔者仍认为，还是“敲”好，即消除了“入户不轨”（笑）的嫌疑，又平添了“寂静”与“空灵”之感，意境幽远，诗趣盎然。

诗作原创尚且如此，翻译他（她）人，特别是外国作家的诗文，且多为上千年前的作品，就更加难上加难，实在是一件颇费心力的事情了。赶“巧”时，每天可译上 7-8 首，乐也陶然；无“巧”时，半年亦无法落笔 1 首，搜肠刮肚，苦心煞费。这也许就是，笔者不断揣摩，几经修改，反反复复，常使出版编辑不胜其烦，大费周折的缘由之所在吧。

就在小书最终完成，笔者大舒一口气时，不经意间，又看到了“カタカムナ”的相关资讯，似乎又“巧”解了一个颇受困扰的疑团，即日本和歌（短歌）“5.7.5.7.7”的字音结构问题。从日本学者楢崎皐月氏，早年破解的上古“言灵”之谜，可以了解到，仅靠一定数目的文字排列，以及读音频律的振动，确实足以形成诗文，朗朗上口，表达人们的情感与心境。而日本更早的远古长篇叙述诗“ホツマツタエ”（《秀真伝》），也是由 5.7.5.7... 的连续字数音所构成。因此感觉到“和歌”中，似确有“神性”

存在，传说中的日本第一首“和歌”为众神之一“须佐之男命”所作，似乎也就不无道理了。

顺致敬告，笔者翻译的松尾芭蕉所著《奥の細道》一文，及其俳句百首初稿也已成形，希望乘势进发，早日完成出版，恭请期待。同时切望读者诸君，把对小书译文的意见及感想等，发送到笔者邮箱，以共同切磋琢磨，再图精进为盼。

值此之际，笔者要再次地，特别感谢风见章子女士和日本风咏社大杉社长及其同仁，为小书出版所付出的努力和辛劳，并以此作为出版后记。

安四洋　于 2023 年出版之日

邮箱：ansiyangansiyang@163.com

安　四洋

1954年11月に中国長春市生まれ。日本語の学習は1964年から（東大留学3年間を含む）。1975年より北京の政府部門に勤務，計10年間。その後，人民銀行に勤務，約8年間。後はコンサルティングの仕事は約3年間，テレビ関連の仕事は計8余年間など。翻訳著書：「日本銀行」。作家謝氷心著「中国文学をどう鑑賞すか」（東大講義）。唐詩「唐の響き」など。趣味多様。現在は年金生活者。現住地：中国大連市。メールアドレス：ansiyangansiyang@163.com

杜　紅雁

1955年10月生まれ。旧名：杜紅艶。日本語の勉強は1964年の長春外国語学校の時代から（立教大学訪問学者1年を含む）。北京外国語大学日本語科を卒業後，政府部門に勤務，約10年間。その後，旅行会社の管理職に就き，計10余年。趣味は音楽鑑賞，読書と旅行など多様。現在は悠々自適の年金生活。現住地：中国北京市。

日本短歌行〈小倉百人一首〉中文全訳

2024年5月17日　第1刷発行

編訳者　安　四洋
発行人　大杉　剛
発行所　株式会社 風詠社
〒553-0001　大阪市福島区海老江5-2-2
大拓ビル5 - 7階
TEL 06（6136）8657　https://fueisha.com/
発売元　株式会社 星雲社
（共同出版社・流通責任出版社）
〒112-0005　東京都文京区水道1-3-30
TEL 03（3868）3275
装幀　2DAY
印刷・製本　シナノ印刷株式会社

ISBN978-4-434-33174-9 C0092